KB269444

서문문고
078

수호지 (4)

김 광 주 옮김

차 례

61 점쟁이에게 속아서

吳 用 智 賺 玉 麒 麟
張 順 夜 鬧 金 沙 渡

　군사 오용의 말은, 자기가 구변이 남만 못지않으니 북경(北京)으로 가서 노준의를 설득시켜 산채로 데리고 오는 것은 주머니 속의 물건을 집어내는 것같이 문제없는 일이지만, 꼭 한 사람 괴상망측하게 생긴 동행자가 필요하다는 것이었다.

　이 말을 듣고 제일 먼저 내달은 사람이 바로 흑선풍 이규였다. 송강이 아무리 말려도 막무가내, 자기가 꼭 따라가겠다고 날치는지라 오용이 세 가지 조건을 제시했다.

　첫째, 일을 마치고 돌아올 때까지 한 방울의 술도 입에 대지 말 것.

　둘째, 길을 오고 갈 때는 도동(道童)으로 변장하고 시자(侍者)가 되어 나의 말에 절대 복종할 것.

　셋째, 이것이 제일 어려운 조건인데, 절대로 말을 하지 말고 끝까지 벙어리 행세를 할 것.

　흑선풍 이규가 투덜거렸다.

　"술을 끊고 도동 노릇을 하기는 쉽지만, 벙어리 행세를 하라는 건 너무 지독한데요."

　"자네는 입만 놀리면 반드시 시끄러운 사고를 일으키니까."

"좋소! 입속에 동전 한 닢을 물고 가지요."

송강이 말했다.

"자네가 꼭 가겠다고 하니, 나중에 무슨 일이 있든지 나를 원망하지 말게!"

"천만에. 이 판부 두 자루를 가지고 가니까 천 명쯤은 문제없이 모가지를 잘라 버릴 수 있소!"

이튿날, 이른 아침에 오용은 보따리 하나를 꾸려 가지고 이규를 도동으로 변장시킨 다음 보따리를 지게 하고 산을 내려왔다. 두령들과 송강은 그들을 금사탄까지 전송하였다. 송강은 오용에게 이규가 사고를 일으키지 않도록 특별히 좀 조심해 달라고 재삼 부탁했다.

오용과 이규는 북경을 향해 4,5일 동안이나 길을 걸었다. 밤에는 여인숙에서 자고 낮에는 길을 걸어서 며칠 만에야 북경성 밖에 있는 어느 여인숙에서 쉬게 됐다.

그날 밤, 이규는 밥을 지으러 부엌에 들어가서는 젊은 심부름꾼이 불을 더디게 피웠다고 한주먹에 후려갈겨서 코피를 흘리게 만들게 만들었다. 젊은 심부름꾼이 오용에게 와서 이런 사정을 이야기했다. 오용은 이규 대신 사과하고 동전 몇10관을 주어서 간신히 달랬다.

또 하룻밤을 자고 그 이튿날 아침식사가 끝난 다음, 오용은 이규를 방안으로 조용히 불러 타일렀다.

"자네는 여기까지 오는 동안에도 내 속을 썩였는데, 오늘은 성 안으로 들어갈 판이니, 제발 내 목숨이 왔다갔다 하는 짓은 하지 말아 주게! 우리, 한 가지 암호를 작정해 두기로 하세. 내가 머리를 한 번 흔들기만 하면 자네는 무슨 일이 있어도 꼼짝달싹 않고 잠자코 있기로."

두 사람은 여인숙에서 몸차림을 바로잡고 성 안으로 들어가기로 했다. 오용은 오추사(烏縐絲) 두건을 푹 눌러쓰고 흰 비단으로 손목을 두른 도복을 입고, 오색이 찬란한 띠를 질끈 동이고, 끝이 뭉뚝한 푸른빛 헝겊신을 신고, 손에는 구리쇠로 만든 방울 달린 지팡이를 들었다. 이규는 더부룩하고 누런 머리털을 두 갈래로 갈라서 상투를 틀고, 추포단갈포(麤布短褐袍)를 입고, 잡색띠를 띠고, 산에 오를 때 신는 투박스런 신을 신고 키보다도 더 큰 괴봉(拐棒)을 어깨에 메고 종잇장에 글씨를 써서 늘어뜨렸는데, 거기에는 '명, 운수를 점치는 데(講命談天), 요금은 한 냥(卦金一兩)'이라고 적혀 있었다.

몸차림이 끝나자 오용과 이규는 방문에 자물쇠를 채우고 북경성 남쪽문을 향하여 나섰다. 1리도 못 가서 벌써 굉장한 북경성 문이 바라보였다.

오용과 이규는 천연스럽게 성문 근처까지 걸어갔다. 약 4,50명의 수문군사가 파문관인(把門官人)을 둘러싸고 앉아 있었다. 오용이 그 앞에 나가서 절을 하자 군사가 물었다.

"당신은 어디서 오시오?"

"소생은 장용(張用)이라고 합니다. 이 도동은 성이 이(李)입니다. 강호를 돌아다니며 점을 쳐서 살아가고 있습지요. 오늘은 귀군(貴郡)에 와서 여러 사람들의 명과 운수를 점쳐 드리려고 합니다."

오용은 가짜 증명서를 꺼내 보였다. 군사들이 눈을 흘겼다.

"이 도동의 시커먼 눈동자는 마치 도둑놈같이 사람을 노려보는걸!"

이규는 그 말에 화가 나서 심술을 부리려고 하다가 오용이 재빨리 머리를 흔들어서 가로막았기 때문에 잠자코 있었다.

"시운(時運), 명(命), 생사(生死), 귀천(貴賤)을 점쳐 드립니다. 쳐보시고 싶은 분은 먼저 은전 한 냥만 내십시오!"

오용은 이렇게 소리를 지르며 방울 달린 지팡이를 흔들면서 노원외(盧員外)의 집 문앞까지 갔다. 어린아이들이 5,60명이나 아우성을 치고 따라왔다. 거리가 떠들썩한 소리를 듣고 노원외가 하인배들에게 물었다. 그들은 이렇게 아뢨다.

"외지에서 떠들어온 점쟁이가 사람을 모으느라고 떠들고 있습니다. 한 번 점을 쳐주는데 은전 한 냥이나 받는다니 누가 그렇게 비싼 값을 내고 점을 쳐보겠습니까! 그들의 걸음걸이가 괴상망측해서 아이들이 뒤를 따라다니며 아우성을 치고 있는 것입니다."

"그렇게 호언장담을 하는 점쟁이라면 학문도 대단하겠지! 자네가 나가서 데리고 오게!"

마침내 오용은 그 집 하인배에게 불려서 노원외 앞에 나서게 되었다. 노원외는 오용을 조그마한 방으로 안내하여 자리잡고 앉은 다음 하인배를 시켜서 은전 한 냥을 가져다가 복채로 놓으면서,

"나의 운명을 한 번 점쳐 주십시오!"

했다. 오용은 노원외의 생년월일을 물어 본 뒤 쇠로 만든 산통을 꺼내서 한 번 흔들어 본 다음, 상 위에 대고 탁 쳐

서 괘(卦)를 뽑아 내놓고 소리를 질렀다.

"이건 괴상한 점괘인데요!"

"왜 그러십니까? 나의 운명의 길흉이 어떻습니까?"

"원외님! 꾸지람을 하시지 않는다면 솔직히 말씀드리겠습니다만…."

"선생께서는 방향을 모르는 사람에게 길을 지시해 주시는 건데, 솔직히 말씀하신들 어떻겠습니까?"

"원외님의 명은 백 날을 넘지 못해서 반드시 혈광지재(血光之災)가 있으시겠습니다. 가재(家財)를 지킬 수 없을 뿐더러 도검(刀劍) 밑에 돌아가시겠습니다."

노준의가 웃으면서 말했다.

"그건 잘못 보셨습니다. 이 노준의는 북경의 부잣집에서 태어나 자랐고, 조종(祖宗) 가운데 법을 범한 사람도 없으며, 친척 중에서 개가한 여자도 없고, 나 자신이 만사에 조심해서 이치에 어긋나는 일을 하지 않았고 재물을 탐낸 일도 없는데, 어찌 혈광지재가 있을 수 있겠습니까?"

오용은 별안간 얼굴빛이 해쑥해지면서 받았던 복채를 돌려주고 몸을 일으켜 밖으로 나오면서 한탄했다.

"천하의 사람들은 모두 아유첨망(阿諛諂佞)을 좋아하는군. 할 수 없다! 분명히 평천로(平川路)를 가르쳐 주는데도 충언(忠言)을 악언(惡言)으로만 생각하니. 소생은 이대로 물러가겠습니다!"

노준의가 점잖게 잡으면서 말했다.

"선생, 과히 노하지 마십시오. 이 노준의가 농담을 한 번 해본 것뿐입니다. 끝까지 점쳐 주시는 말씀을 듣고 싶습니다."

"직언(直言)이란 언제나 믿기 어려운 것입니다."

노준의가 말했다.

"말씀하시는 대로 다 듣겠습니다. 숨김없이 이야기해 주십시오."

"원외님은 귀격(貴格)이시어 모든 일이 호운(好運)이신데, 유독 금년만은 시(時)가 성세(星歲)를 범하여 악운이 뻗치셔서 백 날도 못 가 몸과 머리가 따로따로 떨어지는 끔찍끔찍한 액운을 당하시겠는데, 이것은 이 세상에 태어나시면서부터 팔자로 작정된 것이니 피하실 도리가 없으십니다."

"그것을 피할 수는 없겠습니까?"

오용은 또 한 번 산통을 흔들었다.

침통한 음성으로 혼잣말같이 중얼거렸다.

"동남방 손지(巽地) 밖으로 1천 리를 나가셔야만 이 대난을 면하실 수 있겠군! 그렇게 하시면 다소 무서운 일은 있다 해도 과히 몸을 상하시지는 않겠습니다."

"이 재난을 면할 수만 있다면, 후히 사례하겠습니다."

"원외님의 운수에는 네 구절의 괘가(卦歌)가 있습니다. 소생이 말씀해 드릴 것이니 벽에 적어 두셨다가 일후에 맞는지 틀리는지 두고 보시면, 그때 비로소 소생의 점이 묘하다는 것을 아시게 될 것입니다."

노준의는 붓과 벼루를 가져다가 흰 벽에다 그것을 적을 채비를 차렸다. 오용은 네 구절을 노래처럼 입으로 불렀다.

갈대꽃 핀 여울에 일엽편주 있어

준수한 호걸이 황혼에 혼자 놀고 있다.
의라는 것이 다할 때, 그것이 알고 보면 명이라는 것이
니
몸을 굽혀 난을 피하면 근심이 없으리라.
蘆花灘上有扁舟　俊傑黃昏獨自遊
義到盡頭原是命　反躬逃難必無憂

노준의가 벽에다 다 적고 나자, 오용은 산통을 수습해
넣고 절을 하고 몸을 일으켰다. 노준의가 만류했다.
"선생, 잠시 더 앉아 계시다가 점심때나 지나거든 가십
시오."
"원외님의 후의는 감사합니다만, 소생은 점쟁이 벌이에
지장이 있을 것이니 다음날 다시 찾아뵙기로 하겠습니다."
이렇게 말하고 불쑥 나오니, 노준의도 문간까지 전송하
는 도리밖에 없었다. 이규도 괴봉(拐棒)을 들고 문밖으로
나왔다.
오학구는 노준의와 작별하자 이규를 데리고 곧장 성 밖
으로 나왔다. 여인숙에 셈을 해주고 보따리를 수습한 다
음, 이규에게 점쟁이 간판을 짊어지게 하고 여인숙을 나오
면서 이규에게 이런 말을 했다.
"이것으로 큰 일은 다 치렀네. 밤을 새워서라도 빨리 산
채로 돌아가서 노원외를 영접할 준비를 해야지. 그는 조만
간 오고야 말 테니까."

한편, 점쟁이의 말을 듣고 난 노준의는 밤잠을 제대로
자지 못하고 초조한 나날을 보내다가, 마침내 하루는

4,50명의 하인배들 중에서 두목격으로 있는 이고(李固)와 연청(燕靑)을 조용히 불렀다.

이고는 본래 동경사람이었는데, 북경에 아는 사람을 찾아왔다가 만나지 못하고 추위에 떨면서 노원외집 문전에 쓰러져 있는 것을 목숨을 건져 주고 집에 두었더니, 착실히 일을 보고 글씨도 잘 쓰고 주판질도 잘하여 5년 후에 도관(都管) 자리를 주어서 재산관리까지 맡긴 하인이었다.

또 연청은 재간이 놀라운 사람이어서 여러 고장의 방언을 못하는 것이 없고, 특히 활을 잘 쏴서 사냥을 나가면 한 번 겨눈 짐승을 놓치는 법이 없이 백 마리나 넘는 새를 잡아 가지고 오기 일쑤였다. 위인이 영리해서 북경 안팎에서 모르는 사람이 없는 출중한 하인이었다. 노준의가 좌우 양편에 두 하인을 세워 놓고 자못 심각한 표정으로 입을 열었다.

"내 며칠 전에 운수를 점쳐 봤더니, 백 날이 못 가서 혈광지재가 있어, 동남방 1천 리 밖으로 나가지 않으면 이 재앙을 피할 길이 없다고 하네. 내 생각에는 동남방이라 하면 태안주(泰安州)일 것이니, 거기에는 동악태산(東嶽泰山) 천재인성제금전(天齊仁聖帝金殿)이 있어 천하 인민의 생사재액(生死災厄)을 살펴보고 있으니까, 첫째로는 거기에서 불공을 드려 소재멸재(消災滅罪)를 꾀하고, 둘째는 이번의 액운을 면해 보고, 셋째는 장사도 해보고 바깥세상에서 구경도 해볼 생각이니, 이고 자네는 태평거(太平車) 열 채를 마련해서 산동(山東)으로 떠나 보낼 짐짝을 싣고, 자네도 길 떠날 채비를 하고 나와 같이 떠나

세. 연청은 집안일을 잘 보살펴 주게. 창고와 집안 열쇠를 지금 곧 이고에게서 받아 주게. 나는 사흘 이내로 떠날 테니까."

이고가 극력 반대했다.

"주인님 생각은 잘못이십니다. 점쟁이 따위의 말을 어떻게 믿으십니까? 집 안에 가만히 계시면 무슨 걱정이 있겠습니까?"

연청도 반대했다.

"산동 태안주엘 가시려면 공교롭게도 양산박 근처를 통과하셔야 됩니다. 거기에는 송강 일당의 강도들이 우글우글합니다. 어쩌면 양산박의 악한들이 가짜 점쟁이로 변장을 하고 주인님을 꾀어내자는 수작인지도 모릅니다. 어제, 제가 집에 없었던 것이 한이 됩니다. 제가 집에만 있었다면, 그 점쟁이를 혼내 주고 말았을 것을…."

"자네들은 함부로 떠들지 말게. 어떤 놈이 감히 나를 속인단 말인가? 양산박의 도둑놈들쯤이 나에게 뭐란 말인가? 그 따위 초개 같은 놈들은 내가 도리어 붙잡아 가지고 나의 무예 솜씨를 천하에 알려 주는 것도 대장부다운 일이 아니겠나!"

노준의가 이런 말을 하고 있을 때, 병풍 뒤에서 젊은 여자가 내달았다. 노준의의 아내로 겨우 스물다섯 살. 성이 가(賈)씨인데, 시집 온 지 겨우 5년밖에 안 되는 부인이었다.

"여보세요! 아까부터 말씀하시는 것을 듣자니, 가업을 팽개치고 위험한 고장으로 장사를 하러 가신다구요? 이대로 집 안에서 마음을 가라앉히시고 초연히 계시면 무슨 재앙이 닥쳐오겠어요?”

연청이 불쑥 나섰다.

“저는 주인님 덕택에 다소나마 봉술(棒術)을 배웠습니다. 주제넘은 말 같습니다만 저를 데리고 가주십시오. 도중에서 강도라도 덤벼든다면 4,50명은 문제없이 때려눕힐 수 있으니까요.”

“나는 장사에 관한 일이 서투르기 때문에 이고를 데리고 가는 걸세. 자네는 역시 남아 있으면서 집안일이나 잘 보살펴 주게!”

이고가 말했다.

“주인님, 저는 요즘 각기(脚氣) 증세가 있어서 길을 오래 걸을 수가 없습니다.”

노준의가 그 말을 듣자 대로하여 소리를 꽥 질렀다.

“천날이나 두고 군사를 기르는 것은(養兵千日), 하루 아침에 쓰기 위해서다(用在一朝)! 내가 가자면 가는 것이지 무슨 핑계가 그리 많으냐! 누구든지 나의 의사를 가로막는다면 내 주먹 맛을 뵈어 주겠다!”

이고도 깜짝 놀라 얼굴빛이 해쓱해졌다. 감히 더 말하는 사람이 없었다.

노준의는 끝내 자기 고집대로 열 채의 태평거를 열 사람의 인부와 4,50필의 말을 동원하여 길을 떠나고야 말았다.

이고를 앞장세워 먼저 떠나 보내어 만반 준비를 하도록 했다.

“자네는 인부 두 사람을 거느리고 먼저 가서 깨끗한 여인숙이 있거든, 곧 식사를 준비하고 기다리고 있게. 그리고 거장각부(車仗脚夫)들이 도착하거든 곧 밥을 먹여서 길을 가는 데 지장이 없도록 해주게!”

이고는 간봉(桿棒)을 손에 들고 두 인부와 함께 앞장서서 떠났다. 노준의는 하인배 몇 사람과 뒤따라서 수레를 몰고 떠났다. 가는 도중에는 산수의 경치도 근사했고 길은 시원스럽게 트였으며 비탈길도 심하지 않았다. 노준의는 무척 기뻐했다.

“집 안에 처박혀 있어 가지고는 도저히 이런 경치를 구경할 수 없다!”

밤에는 여인숙에 묵고, 아침이면 일찍이 떠나고 이렇게 며칠 동안 계속해서 길을 걸었다. 어느 날, 한 여인숙에서 하룻밤을 쉬고 새벽녘에 길을 떠나려고 했더니 그 집 젊은 심부름꾼이 노준의에게 이런 말을 했다.

“여기서 20리만 더 가시면 양산박 어귀에 다다르시게 됩니다. 송공명 대왕은 길가는 사람을 성가시게 굴지는 않지만, 어쨌든 조용히 조심조심 지나가십시오. 잘못 하시면 큰일나십니다!”

“흠! 그런 일이 있다고?”

노준의는 하인배를 보고 의복상자를 가져오라고 해서 흰 비단 기폭을 넉 장 꺼냈다. 여인숙 심부름꾼에게 긴 대나무 네 개를 얻어 가지고 거기다 기폭을 매달았다. 거기에는 큼직한 글자로 다음과 같이 썼다.

북경의 노준의 원통하고 분함을 참지 못하여
금장옥갑에 짐을 싣고 깊은 땅에 왔다.

태평거 수레는 빈 채로 돌아가지 않으리니
북산의 진기한 물건을 걸어 가지고야 가겠다.
慷慨北京盧俊義 金裝玉匣來深地
太平車子不空回 收取北山奇貨去

이고와 그밖의 여러 사람들은 그것을 보고 깜짝 놀랐다.
여인숙의 젊은 심부름꾼이 물었다.
"관인께서는 산채에 계신 송대왕과 친척 되십니까?"
"나는 북경의 재주(財主)일세! 그 따위 도둑놈들과 무슨
친척이 되겠나? 나는 송강이란 놈을 잡으려고 여기까지
온 사람일세!"
"관인께서는 음성을 낮추십시오! 소인들까지 누를 입게
되면 큰일납니다! 관인께서 일만의 인마를 거느리셨다고
해도 그분을 건드리실 수는 없습니다!"
"개수작 말아! 네 놈들도 모두 그 도둑놈들과 일맥상통
하는 놈들이구나!"
여인숙 젊은 심부름꾼도, 또 여러 인부들도 어리둥절해
서 말을 못했다. 이고가 땅바닥에 꿇어 엎드렸다.
"주인님, 제발 여러 사람들을 불쌍히 여기시고 이 한목
숨이 그대로 남아서 고향으로 돌아가도록 해주십시오!"
노준의는 호통을 쳤다.
"네 따위 참새새끼들이 어찌 나와 같은 큰새〔鴻鵠〕의 마
음을 알 수 있단 말이냐! 나는 평소에 배운 재간을 한 번
도 발휘해 보지 못했다. 이런 기회에 써보지 못하면 언제
또 써보겠느냐!"
노준의는 끝까지 고집을 부리며 박도를 꺼내더니, 간봉

(桿棒) 끝에 매달고 수레를 급히 몰아서 양산박으로 통하는 길을 무작정 달렸다.

아침에 떠나서 점심때쯤 되었을 때, 앞으로 널찍한 숲이 바라보였다. 아름드리의 굵직굵직한 나무들이 울창하게 들어차 있었다. 바로 그 숲 근처까지 갔을 때, 난데없이 휘파람 소리가 들려왔다. 노준의는 수레를 한편으로 비켜 세웠다. 인부들은 부들부들 떨면서 수레 밑에 숨었다. 노준의가 호통을 쳤다.

"내가 찔러죽이거든 네 놈들은 그것을 꽁꽁 묶기나 해라!"

바로 이때 숲속으로부터 4,5백 명의 도둑들이 뛰어나오고 그 뒤에서 징소리가 요란스럽게 울리더니 또 4,5백 명의 졸병들이 몰려나와서 앞길을 가로막았다. 숲속으로부터 포성이 한 번 울리더니 장정 한 사람이 불쑥 뛰어나왔다.

그 장정은 바로 흑선풍 이규였다. 두 자루의 판부를 손에 들고 호통을 쳤다.

"노원외님! 벙어리 도동(道童)을 잊어버리시지는 않으셨겠지?"

노준의는 퍼뜩 생각이 났다.

"나도 그때부터 네 놈들이 강도의 일당인 줄 알고 붙잡을 계획을 세우고 이번에 여기까지 나온 참이다. 송강이란 놈보고 빨리 내려와서 항복하라고 해라. 우물쭈물하고 있으면 네 놈들을 깡그리 죽여 버리고 한 놈도 살려 두지 않겠다!"

이규는 호탕하게 웃어 젖혔다.

"원외님, 이번이야말로 우리 군사(軍師)님의 묘한 계책에 꼼짝 못하고 떨어지신 거요. 자, 빨리 우리들에게 가담하시어 두령의 자리에 앉으시오."

노준의는 대로하여 박도를 휘두르며 이규에게 덤벼들었다. 이규는 두 자루의 판부를 휘두르며 마주 대들었다.

그런데 채 3합도 싸우기 전에 이규는 몸을 훌쩍 날리더니 숲속으로 뺑소니를 쳤다. 노준의가 박도를 든 채 추격했다.

이규는 나무 사이를 이리저리 피하고 숨고 했다. 노준의는 약이 올라서 숲속 깊숙이 쫓아 들어갔다. 이규는 소나무숲 속으로 도주하더니 자취를 감춰 버렸다. 노준의가 살펴보니 사람의 그림자라고는 하나도 찾아볼 수 없었다. 돌아서서 나오려고 하는데, 뜻밖에도 소나무숲 근처에서 사람의 떼가 우르르 몰려나왔다. 그 중의 한 사람이 소리를 질렀다.

"원외님! 도망칠 생각 마시오. 나를 알아보시지 못하시오?"

노준의가 바라보니 퉁퉁하게 살이 찐 화상 하나가 검정빛 승복을 입고 선장(禪丈)을 거꾸로 들고 있었다.

노준의가 또 호통을 쳤다.

"네 놈은 어디 사는 중녀석이냐?"

"나는 화화상 노지심이라는 사람이오. 군사(軍師)의 분부를 받잡고 원외님을 산으로 모시려고 내려왔소!"

노준의는 약이 바짝 올랐다.

"돼먹지 않은 중녀석이 감히 무례한 짓을 하다니?"

호통을 치면서 보도(寶刀)를 휘두르며 화상에게 덤벼들

었다. 노지심은 선장을 휘두르며 마주 대들었다. 3합도 싸우지 않고 노지심은 몸을 훌쩍 날려 도주했다. 이번에는 도둑놈 속으로부터 무송이 두 자루의 계도를 휘두르며 덤벼들었다. 노준의는 또 무송과 3합쯤 싸웠는데, 무송 역시 도주해 버리고 말았다. 노준의는 껄껄 웃었다.

"쫓아가지 않겠다! 변변치 못한 놈들아!"

이때, 언덕에서 또 한 사람이 소리를 질렀다.

"노원외님! '사람은 끓는 물 속에 빠질 것을 겁내고(人怕落湯), 쇠는 화로 속에 떨어질 것을 두려워한다(鐵怕落爐)'는 말도 못 들으셨소. 우리 군사의 계책에 빠져 가지고 땅에 떨어지신 것이 이미 팔자인데, 어디로 달아나시겠다는 거요."

노준의가 호통을 쳤다.

"네 놈은 누구냐?"

"나는 적발귀 유당이오!"

"이 도둑놈아! 꼼짝 말고 게 있거라!"

노준의가 유당과 3합쯤 싸웠을 때, 옆에서 또 소리를 지르는 사람이 있었다.

"호걸, 몰차란 목홍이 예 있다!"

유당과 목홍 둘이서 박도를 휘두르며 노준의에게 덤벼들었다. 또 3합쯤 싸웠을 때, 유당과 목홍이 몇 걸음 뒤로 물러서니, 이번에는 박천조(撲天鵰) 이응(李應)이 덤벼들었다. 노준의가 세 사람을 상대로 끄떡없이 싸우고 있을 때, 돌연 산꼭대기에서 징소리가 울렸다. 세 두령은 저마다 싸움을 감당해내지 못하는 체하고 달아나 버렸다. 전신에서 땀이 비오듯 하는 노준의도 그 이상 쫓아가지 않고 숲 근처로 되돌아 나와서 수레와 부하들을 찾았으나 하나도 보이지 않았다. 높은 언덕으로 올라가서 사방을 휘둘러보았다. 멀리 언덕 밑으로 도둑놈들이 수레와 말을 앞으로 몰고 이고와 여러 부하들을 꽁꽁 묶어 가지고 징을 치고 북을 울리며 소나무숲 속으로 들어가는 것이 보였다.

노준의는 노기가 충천하여 박도를 휘두르며 곧장 쫓아갔다 언덕 근처까지 왔을 때, 난데없이 두 장정이 나타났다.

"어디를 가시오?"

주동과 뇌횡 두 사람이었다. 노준의는 또 호통을 쳤다.

"이 날도둑놈들아! 나의 수레와 부하들을 돌려보내라"

주동은 긴 수염을 손으로 쓰다듬으며 껄껄대고 웃었다.

"노원외님! 그래도 모르시오? 우리 군사께서 늘 하시는 말씀이, '별이란 한 번 날면 되돌아가는 법이 없다'는 것입니다. 일이 이 지경이 된 바에야 빨리 두령의 자리에 앉으시는 것만 같지 못하실 거요."

노준의는 대로하여 또 박도를 휘두르며 덤벼들었다. 주동도 뇌횡도 3합쯤 싸우더니 뺑소니를 쳤다. 노준의는 뒤를 쫓아갔다. 두 장정은 보이지 않고 산꼭대기에서 딱따기 소리, 피리 소리가 울려 왔다. 뒤를 돌아보니 누런 깃발이 바람에 무수하게 휘날리고 있는데, 거기에는 '체천행도(替天行道—하늘 대신 도를 행한다)'라는 넉 자가 수놓여 있었다. 그 편으로 가까이 가보니 금칠을 한 붉은 비단우산 밑에 송강이 서 있고, 왼편에는 오용, 오른편에는 공손승이 2백여 명의 부하를 거느리고 유유히 서 있었다.

그리고 여러 사람이 이구동성으로 인사를 했다.

"원외님, 그 동안 안녕하셨습니까?"

노준의는 점점 더 약이 올라서 자기 성명을 밝히면서 산꼭대기를 쳐다보고 욕설을 퍼부었다. 오용이 달래듯이 말했다.

"원외님, 그다지 화내실 것은 없지 않습니까? 송공명께서는 오랫동안 원외님을 생각하시다가 특별히 소생을 파견하시어 이곳으로 모셔 오기로 작정했던 것입니다."

말을 끝내기가 바쁘게 화영이 활을 쐈다. 화살은 멋들어지게 노준의가 쓰고 있는 전립(氈笠)의 빨간 갓끈을 정통으로 맞혔다. 노준의는 간담이 써늘해져서 몸을 훌쩍 돌이켜 무작정 도망질을 쳤다. 산 위에서 군고소리가 요란하게 들리더니, 진명과 임충이 1대의 군마를 거느리고 고함을 지르며 노준의의 뒤를 쫓았다. 날은 저물고 다리는 아프고, 노준의는 어디가 어딘지도 모르고 발길 내키는 대로 달아났다. 어딘지는 몰라도 하늘과 땅이 끝장나는 곳만 같았다. 사방을 휘둘러보니 온통 갈대숲뿐이요, 깊은 물이 끝닿은 데를 알 수 없이 괴어 있었다. 알고 보면 거기는 바로 압취탄 근처였다. 노준의는 하늘을 우러러보며 장탄식을 했다.

"남의 충고를 듣지 않았기 때문에 이렇게 혼이 나는 것이로구나!"

이때 갈대숲 속으로부터 어부 한 사람이 조그마한 배를 저어 왔다. 노준의는 애원했다.

"길을 잃어버린 사람이니 좀 살려 주시오!"

"길을 찾아가시려면 육지로 3,40리나 가야지만 배로 가면 4,5리 길밖에 안 되오. 돈을 10관만 내놓으시면 배를 태워 드리리다."

노준의는 뱃삯을 주고 배를 탔다. 4,5리쯤 나갔을 때, 앞으로 바라보이는 갈대숲에서 배 한 척이 달려 나왔고, 또 얼마쯤 가니까 왼편, 오른편 숲속에서 배가 한 척씩 내달았다. 뱃사공들은 험상궂은 얼굴을 한 장정들로, 세 척의 배가 가까워지자 서로 콧노래를 부르며 인사를 했다. 노준의는 당황해서 소리를 질렀다.

"빨리 배를 기슭에 대주시오!"

어부가 앙천대소하며 입을 열었다.

"나는 혼강룡 이준이오. 원외님이 항복하시지 않겠다면 목숨을 나한테 바치시오!"

노준의가 박도를 휘두르며 덤벼드니 이준은 노를 집어 던지고 물속으로 텀벙 뛰어들어가 버렸다. 배꼬리에서 다른 장정 하나가 불쑥 물 위로 솟구쳐 오르더니,

"나는 낭리백조 장순이외다!"

하면서 배를 뒤집어엎었다. 노준의는 물속에 빠지고 말았다.

62 백발백중

放冷箭燕靑救主
劫法場石秀跳樓

　장순은 배를 뒤집어엎은 다음 물속에서 허우적거리는 노준의를 허리에 끼고 저편 기슭으로 올라갔다. 거기서는 5,60명이나 되는 사람들이 횃불을 밝히고 기다리고 있다가 노준의를 결박하려고 했다. 이때 신행태보 대종이 달려들며 송강의 명령을 전달하고 호통을 쳤다.
　"노원외님의 몸에 손을 대면 안 된다!"
　부하들에게 명령하여 비단옷으로 갈아입히고, 교자에 태워서 걸어가기 시작했다. 앞에서는 어느 틈엔지 2,30쌍의 홍사등롱(紅絲燈籠)이 1대의 인마를 비추고 있으며, 고악 소리도 요란하게 영접하러 나오고 있었다. 선두에 있던 송강, 오용, 공손승을 위시하여 여러 두령들이 일제히 말을 내려서 노준의 앞에 무릎을 꿇었다.
　"붙잡힌 이상에는 한시 바삐 죽여 주시오!"
　노준의도 무릎을 꿇고 앉아서 말했다. 송강, 오용이 아무리 달래고 떠받들고 해도 노준의는 막무가내, 죽는 한이 있어도 도둑의 일당에는 가담하지 않겠다고 완강히 거절했다.
　오용이 또 꾀를 냈다.
　이고를 먼저 돌려보내고, 노준의는 4,5일 동안 몸이나 쉬어 가지고 추후에 떠나도록 하라는 것이었다. 결국, 노준의의 승낙을 얻고 이고를 먼저 떠나 보내게 됐는데, 오용은 앞질러서 먼저 금사탄에 가서 대기하고 있다가, 5백 명의 부하를 거느리고 버드나무숲 속으로부터 뛰쳐나와서 이고를 붙잡았다.

"너의 주인은 예전부터 우리와 합의를 보아서, 이번에 둘째 두령의 자리에 앉기로 결정되어 있었다. 그렇기 때문에 우리 산채로 오기 전에 네 구절의 반시(反詩—모반시)를 자기 집 벽에다 적어 놓은 것이다. 그것이 어째서 반역의 시인지를 내 가르쳐 주마. '노화탄상유편주(蘆花灘上有片舟)'의 노(蘆)자와, '준걸황혼독자유(俊傑黃昏獨自遊)'의 준(俊)자와, '의사수제삼척검(義士手提三尺劍)'의 의(義)자와, '반시수참역신두(反時須斬逆臣頭)'의 반(反)자를 합치면 '노준의반(蘆俊義反)'이라는 말이 되는 것이다. 이치로 따지자면 네 놈을 죽일 것이지만 불쌍해서 살려 보내는 것이니, 네 놈의 주인이 돌아가리라고는 꿈에도 생각지 말아라!"

이고와 하인배들은 꿇어 엎드려서 어쩔 줄 모르다가 오용이 나루터에서 배를 태워 주자 뒤도 돌아다보지 않고 북경을 향해 뺑소니를 쳤다.

한편, 충의당에서는 연일연야 주연이 베풀어졌다. 오늘은 송강의 초대, 내일은 오용, 모레는 공손승, 이렇게 30여 명의 두령들이 차례로 노준의를 하루씩 초대하여 잔치를 베푸니, 어느 틈에 한 달이란 세월이 흘러가고 말았다. 노준의가 곰곰 생각하고 결단을 내려서 집으로 돌아가겠다고 했을 때, 이번에는 흑선풍 이규가 불쑥 나서면서 화를 내고 덤볐다. 어째서 다른 두령들의 초대만 받고 자기의 초대는 업신여기고 받지 않느냐는 항의였다.

어쩔 수 없이 또 4,5일 후에 떠나기로 했다. 4,5일이 지난 다음에는 군기사 주무가 또 야단을 쳤다.

"나의 술에만 독약을 탔단 말이오? 어째서 초대를 받지 않으신다는 거요? 당신이 끝까지 초대를 받지 않겠다고 버틴다면 여러 사람들이 가만히 있지 않을 것이오."

이렇게 전후 50일이나 지나갔다. 노준의는 빨리 집으로 돌아가겠다고 누차 송강에게 호소했다. 송강도 단을 내렸다.

"좋습니다! 내일은 금사탄까지 전송해 드리겠습니다."

이튿날, 의복과 무기를 노준의에게 돌려주고 여러 두령들이 산기슭까지 전송해 주었다. 송강이 한 쟁반의 금은을 선사하자 노준의는 거절했다.

"우리 집에도 금은재백은 얼마든지 있습니다. 노자돈만 있으면 그만이지, 선물은 받지 않겠습니다!"

송강과 여러 두령들은 노준의를 금사탄까지 전송해 주고 산채로 돌아갔다.

노준의는 열흘 만에 북경으로 돌아왔다.

성 밖 여인숙에서 하룻밤을 자고 이튿날 새벽 성 안으로 들어가려고 걸음을 빨리하고 있을 때, 난데없이 다 찢어진 두건을 쓰고 의복이 남루한 사나이가 나타나더니 노준의 앞에 꿇어 엎드렸다. 자세히 보니 그것은 바로 연청이었다. 그의 호소하는 말을 들어 보니, 이고가 양산박에서 먼저 돌아와서 노준의의 아내에게 주인은 양산박의 송강에게 항복하고 둘째 두령이 됐다고 하며 관가에 고소하고, 또 노준의의 아내와 배가 맞아서 이고가 자기를 거추장스러운 존재라고 집에서 내쫓아 버렸다는 것이다. 그래서 연청은 성 밖으로 떠돌면서 문전걸식을 하며 가까스로 날을 보내고 있다는 딱한 말이었다.

노준의는 그 말을 믿지 않았다.

"나의 아내는 그런 못된 여자가 아니다. 이놈, 함부로 주둥이를 놀리지 말라!"

"아닙니다. 주인님께서는 평소에 무예에만 정신을 쓰고 여자에게 관심이 없으셨으니까 잘 모르십니다. 사실인즉 예전부터 이고란 놈은 부인과 좋아하던 사이였습니다."

"에잇! 고얀놈! 네 놈이 무슨 나쁜 짓을 해놓고 남에게 뒤집어씌우려는 수작이 아니냐? 어디 집에 가서 확실한 것을 알아보고 나서 다시 이야기하자!"

노준의는 자기 집으로 달려 들어가 이고와 아내를 붙잡고 연청에 관한 일을 추궁했다. 그들은 우물쭈물 뒤로 밀어 버리고 우선 음식을 마련해서 노준의에게 대접했다. 노준의가 막 젓가락을 들려고 했을 때, 앞뒤 문으로부터 2,3백 명의 공인들이 고함을 지르며 덤벼들더니, 노준의를 결박해 가지고 한 발자국을 뗄 때마다 매 한 번씩 때리며 유수사로 끌고 갔다.

노준의는 양중서 앞에 끌려나가서, 자기는 양산박의 송강과 하등의 관련이나 내통한 바 없다는 것을 극력 주장했으나, 양중서가 그 말을 곧이들을 리 없었다. 도리어 호통만 쳤다.

"고얀놈! 양산박의 강도놈들과 일맥상통하지 않았다면 어째서 그렇게 오랫동안 거기 머물러 있었느냐? 또 네 놈의 여편네와 이고가 이렇게 고소장을 제출했는데도 자백을 하지 않을 작정이냐!"

그뿐이랴. 이고란 자가 여러 벼슬아치들에게 미리 뇌물을 먹여 놓았기 때문에 노준의는 도저히 죄를 면할 길이 없어, 결국 매질에 못 이겨, 사실무근한 일을 관가에서 협박하는 대로 승인한다는 진술서까지 인정하고 영창으로 끌려가게 되어, 양원압뢰절급으로 단두(斷頭)의 일까지 맡아 보는 채복(蔡福)이란 자의 앞에 나서게 됐다.

채복은 북경 본토박이로서 힘이 세어서 사람들이 철비박(鐵臂膊)이라고 불렀다. 그 옆에는 또 한 사람, 그의 친동생인 채경(蔡慶)이 나란히 서 있었다. 그는 머리에 꽃을 꽂기를 즐겨 해서 사람들이 일지화(一枝花) 채경이라는 별명으로 불렀다.

채복이 노준의를 훑어보며 말했다.

"나를 몰라보겠소?"

노준의는 채복의 얼굴을 똑바로 쳐다보고는 깜짝 놀라며 말을 못했다. 서로 잘 알 만한 사이였기 때문이었다. 채복은 아우 채경에게 분부했다.

"이 사형수를 영창으로 데리고 가게! 나는 잠깐 집에 좀 다녀올 테니."

채복이 감옥문을 나서서 담모퉁이까지 왔을 때, 장정 하나가 불쑥 나섰다. 밥통을 손에 들고 만면에 눈물이 글썽글썽했다. 채복은 그것이 연청인 것을 알자 선뜻 물었다.

"연청형! 왜 그러는 거요?"

연청은 땅에 꿇어 엎드린 채 눈물을 줄줄 흘리며 말했

다.

"절급님! 불쌍하다고 생각해 주시오. 우리 주인 노원외
는 터무니없는 죄를 뒤집어썼습니다. 나는 성 밖에서 문전
걸식을 하면서 얻은 밥을 나누어 가지고 주인에게 드리려
는 것이니 잘 좀 봐주십시오!"

"그건 나도 알고 있소. 손수 가지고 들어가서 먹여 주도
록 하시오!"

연청은 감사하다고 절을 하고, 영창 안으로 들어가서
노준의에게 차입을 해주었다.

한편, 이고는 어느 다방 안 이층에 앉아서, 심부름꾼을
시켜서 집으로 돌아가려고 주교를 건너서는 채복을 유인
해 들였다. 이고가 채복을 보더니 이렇게 말했다.

"오늘 밤중으로 노준의를 없애 버려 주십시오. 큰 사례
는 못하지만 산조금(蒜條金) 50냥을 드릴 테니 받아 주십
시오. 감옥에 계신 분들에게는 따로 손을 써두겠습니다."

채복은 너털웃음을 웃었다.

"당신은 노준의의 재산을 자기 것으로 만들고, 그의 아
내까지 빼앗아 버리고도 부족해서 이번에는 돈 50냥을 써
서 그 사람의 목숨마저 없애 버리려는 것이오? 일후에 제
점형옥관(提點刑獄官)이 나타나서 조사를 한다면 나는 무
슨 꼴이 되란 말이오?"

사람의 목숨 하나를 놓고 그들은 흥정을 했다. 50냥이
백 냥으로, 백 냥이 5백 냥까지 올랐다. 이고는 5백 냥을
서슴지 않고 채복에게 내주었으며, 그것을 받은 채복 역시
서슴지 않고 말했다.

"내일 아침에 노준의의 시체나 처분하러 오시오!"

이고는 감사하다고 절하고 헤어졌다. 채복이 자기 집으로 돌아오니 또 하나의 낯선 손님이 기다리고 있었다. 그것은 소선풍 시진이었다.

"나는 이번에 양산박 송공명 형님의 명령을 받고 노원외의 소식을 탐지하러 온 사람입니다. 뜻밖에도 그가 탐관오리와 음부간부(淫婦奸夫)의 꾀에 넘어가 영창에 처박혀 목숨이 위태롭다는 것을 알았습니다. 그의 생사가 당신의 손에 달렸다니, 그를 살려내도록 해주신다면 모르거니와, 불연이면 병사를 성 안으로 몰고 들어와서 성벽을 쳐부수고 남녀노소의 구별없이 모조리 죽여 버리고 말겠습니다! 황금 1천 냥을 가지고 왔으니 이것을 받아 주시든지, 혹은 나를 당장에 결박해 버리시든지 양자택일을 해주시오!"

채복은 너무도 겁이 나서 전신에 식은 땀이 비오듯 했다. 어떻게 해서든지 노준의를 살려 주겠다고 승낙했다. 시진은 자기의 종자를 불러들여서 황금 1천 냥을 채복에게 주었다. 그 종자란 바로 신행태보 대종이었다.

그들이 돌아간 다음에, 채복은 결단을 내리기 어려워서 감옥으로 달려가 아우 채경과 상의했다. 채경이 말했다.

"형님은 이만 일에 뭘 망설이실 게 있소. 사람을 죽이려면 피를 볼 것이 뻔하고, 사람을 구출해 주려면 퍼뜩퍼뜩 해치우는 것이 좋지 않겠소! 1천 냥이나 되는 황금이 있다면 감옥 친구들에게 뿌려서 노준의의 목숨을 건져 유형에 처하도록 해놓고, 그 다음이야 양산박의 호걸들에게 맡겨 버리기로 합시다."

채복과 채경은 이렇게 작정하고 돈을 써서 감옥의 상하

여러 사람들을 비밀리에 매수해 놓았다.

이튿날, 이고는 아무리 기다려도 소식이 없어서 채복에게 가서 독촉을 해봤으나, 채경은 자기네가 손을 쓰려고 해도 양중서가 말을 듣지 않는다고 슬쩍 책임을 전가시켜 버렸다. 다시 양중서에게 사람을 보내어 연락을 해봤지만 양중서는 양중서대로,

"그것은 압로절급이 하는 일이니 내 마음대로 손을 쓸 수도 없는 일이오. 2,3일 안으로 노준의가 저절로 죽도록 만들겠소."

하고 딱 잡아떼었다.

이렇게 해놓고 양중서는 공목으로 있는 장(張)가를 불러서 해결책을 상의했다. 장공목이 대답했다.

"소리(小吏)의 보는 바로는 노준의에게는 비록 원고(原告)가 있다고는 하지만, 실증은 없습니다. 양산박에 오랫동안 머물렀다 하나 그것은 강제로 잡혀 간 것이니 진범(眞犯)으로서 다스릴 수는 없습니다. 척장(脊杖) 40대쯤 때려서 3천 리 밖으로 유형에 처하심이 좋으시리라 생각하는데, 상공의 의사는 어떠하신지요?"

"그건 지극히 명쾌한 판단이로군! 나의 생각과 꼭 들어맞는 말이야!"

곧 채복에게 명령하여 노준의를 영창에서 끌어낸 다음, 매를 때리고 20근 중량이나 되는 큰칼을 씌워서 동초(董超) · 설패(雪覇)를 시켜서 사문도(沙門島)로 호송하기로 하였다.

동초와 설패는 개봉부에서 벼슬을 지내고 있었을 때, 임충을 호송하고 창주로 가는 도중에 임충을 죽이지 못한

채 돌아왔기 때문에 고태위의 눈에 나서 북경으로 유형을 당했는데, 다시 양중서의 눈에 들어 관가의 일을 보고 있는 사람들이었다.

　동초와 설패가 떠날 채비를 하고 있을 때, 이고가 그것을 알고 두 사람을 시급히 주점으로 청했다. 이야기를 들어 보니, 노준의는 자기의 원수이므로 사문도로 가는 도중에서 적당히 처치해 주면 한 사람 앞에 산조금 50냥씩을 주겠다는 것이었다. 그리고 우선 써달라고 은붙이 큰 덩어리 두 개를 동초와 설패 앞에 내놓았다.
　동초와 설패는 서로 얼굴을 쳐다보며 곰곰 생각했다. 눈앞에 놓인 큼직한 은붙이에 마음이 동하지 않을 수 없었다. 결국 그들의 대답은,
　"어디 적당히 해봅시다!"
였다. 그들은 은붙이를 받아 넣고 집으로 돌아가서 보따리를 꾸려 가지고 와서는 노준의한테 시급히 떠나자고 했다. 노준의가 말했다.
　"소인은 오늘 형을 받아서 매맞은 자리가 아프니, 내일 떠나도록 해주십시오!"
　설패가 소리를 꽥 질렀다.
　"주둥이를 닥쳐 둬라. 이 영감님은 정말 재수가 없어서 너같은 궁방가지[窮神]를 만나게 됐다. 사문도까지는 6천 리 길이 넘어 노잣돈만 해도 얼마가 들지 모르는데, 네 놈은 한 푼도 없는 빈털터리니, 우리더러 어떻게 하란 말이냐?"
　길을 가는 동안에, 동초와 설패가 노준의를 학대한 것

은 이루 다 말할 수도 없었다. 어느 날은 가을비가 퍼부어서 길이 질척질척해져 노준의는 잘 걸어가지 못하게 됐다. 그 전날 밤 묵었던 여인숙을 나와서 10여 리쯤 갔을 때, 노준의는 발이 아파서 한 걸음도 더 옮겨 놓을 수 없었다. 동초와 설패는 노준의를 숲속으로 끌고 들어가서 노준의의 허리를 동아줄로 잔뜩 묶어서 굵직한 소나무에 매놓고 두 발마저 꽁꽁 묶어 버렸다. 그리고 설패가 동초에게 말했다.

"아침에 너무 일찍 일어났더니 고단해서 견딜 수가 없소. 여기서 한잠 자고 다시 떠나기로 할 테니, 형님은 서편으로 나가서 망이나 봐주시오!"

"이 사람아, 빨리 처리해 버려야 하네."

"걱정 마시오. 망이나 잘 봐주시오!"

설패는 수화곤을 두 손으로 잡더니 노준의에게 덤벼들며 노준의의 대갈통을 후려갈기려고 했다.

"우리 두 사람을 원망하지 마라! 우리는 네 놈의 하인 이고에게서, 도중에서 죽여 달라는 부탁을 받았으니 어쩔 수 없다."

멀찌감치 떨어진 곳에서 망을 보고 있던 동초가 철썩! 하는 이상한 소리를 듣고 숲속으로 달려와 보니, 노준의는 그대로 나무에 매인 채로 있고, 설패가 나무 밑에 벌떡 나자빠져 있었다. 수화곤이 그 옆에 내던져진 채로 뒹굴었다.

"이상한데, 힘이 넘쳐서 저절로 쓰러진 것은 아닐 터인데!"

동초가 이렇게 생각하고 사방을 휘둘러 봐도 아무런 변

동도 없었다. 설패는 입으로 피를 토하며, 가슴팍에는 짤막한 화살이 한 자루 꽂혀 있었다.

"앗!"

소리를 지르며 동초가 놀라 나자빠지려고 했을 때, 동북쪽에 있는 나무 위에서,

"에잇!"

하는 고함소리가 들리더니 쓩! 하고 한 자루의 화살이 날아들어 동초의 모가지를 정통으로 맞혔다. 동초는 두 다리를 허공으로 뻗고 버둥거리면서 거꾸러지고 말았다.

나무 위에서 장정 하나가 뛰어내렸다. 단도를 뽑아서 동아줄을 끊고 큰칼을 부숴 버리더니 노준의를 부둥켜안고 방성통곡을 했다. 바로 연청이었다.

그의 활쏘는 솜씨는 평소부터 백발백중이었다. 노준의는 꿈인지 생시인지 분간키 어려웠다.

"나의 혼백이 자네를 만나고 있는 게 아닌가? 자네가 나의 목숨을 건져 준 것은 고마운 일이지만, 그 대신 공인을 둘이나 죽였으니 나의 죄는 더욱 무거워졌네. 이제부터 어디로 가야 한단 말인가!"

"모두가 송공명을 괴롭게 한 탓이니 이제는 양산박으로 가는 도리밖에 없습니다."

연청은 노준의를 등에 업고 15,6리 길이나 걸어서 어느 여인숙의 방을 빌린 뒤, 우선 술과 고기를 사다가 시장기를 면하였다.

한편에서는 대명부가 발끈 뒤집혔다. 시체와 화살을 검사해 본 결과 피해자는 동초와 설패, 화살의 주인은 연청

이라는 것이 판명되어, 양중서는 집포관찰(緝捕觀察)에
명령하여 기한부로 범인을 체포해 들이라고 했다.

　연청은 노준의를 시골 여인숙에서 쉬게 하고, 아침 반
찬거리가 없어서 활을 들고 근처에 나가서 새 몇 마리를
잡아 가지고 돌아왔다. 그런데 노준의가 간 곳이 없었다.

　온 마을이 떠들썩하고 갈팡질팡했다. 연청이 숲속에 몸
을 숨기고 바라보니 2,3백 명이나 되는 포졸들이 노준의
를 수레에 태워 가지고 꽁꽁 묶은 채 끌고 가는 판이었다.
연청은 무기가 손에 없으니 뛰쳐나가서 구출할 도리가 없
었다. 혼자 생각한다.

　'일이 이 지경이 됐으니 이제는 양산박으로 가 송공명에
게 이야기를 해서 주인의 목숨을 건져내도록 하는 도리밖
에 없다!'

　연청은 걸음을 빨리하여 언덕을 내려오고 있었다. 난데
없이 앞에서 두 장정이 불쑥 나타났다. 연청을 지나쳐서
반대방향으로 가버렸는데, 연청은 그 두 장정을 때려눕히
고 보따리를 빼앗아서 양산박까지 가는 도중에 노자라도
써볼 생각으로 몸을 돌이켜서 그들의 뒤를 쫓아갔다. 뒤따
라가서 전립을 쓴 장정의 등줄기를 주먹으로 후려갈겨서
쓰러뜨리고 다시 앞서 가는 장정에게 덤벼들었을 때, 저편
에서 휘두르는 몽둥이가 먼저 연청의 넓적다리를 후려쳐
서 연청은 땅 위에 나뒹굴고 말았다.

　이때 뒤따라가던 장정이 기어 일어나더니 요도를 뽑아
들고 연청을 단숨에 찔러죽이려고 했다. 연청은 목청이 터
져라고 애원했다.

　"두 분 호걸! 내 한목숨이 없어지는 것은 좋지만 우리

주인님을 위해서 연락을 못하는 것이 한이 됩니다."

"무슨 연락을 하러 간다는 거냐?"

연청은 자초지종 사연을 자세히 말했다. 두 장정은 연청이 바로 노준의의 집 하인인 것을 알자 깜짝 놀랐다. 그들은 다른 사람이 아니라 하나는 양웅 또 하나는 석수였다.

양웅이 말했다.

"우리 두 사람은 송공명 형님의 명령을 받고 북경으로 노원외의 소식을 탐지하러 가는 길이오. 군사와 대원장도 뒤따라 산에서 내려올 것이며, 모두들 소식을 고대하고 있는 판이오."

양웅이 다시 석수에게 말했다.

"나는 먼저 연청과 함께 산채로 돌아가서 형님에게 알려서 따로 손을 쓰도록 할 것이니, 당신은 북경으로 가서 형편을 탐지한 다음 시급히 돌아와 연락을 취해 주시오."

"좋소!"

석수는 쾌히 승낙했다. 연청은 보따리를 짊어지고 양웅을 따라서 걸음을 빨리하여 양산박으로 향했다. 송공명을 만나보고 여태까지의 사연을 자세히 이야기했다.

송강은 대경실색하여 곧 두령들을 모아 놓고 대책을 강구했다.

한편, 석수는 급히 소용되는 몇 가지 의복만 몸에 지니고 북경성 밖까지 단숨에 달려갔다. 날이 저물어서 곧장 성 안으로 들어가지 못하고 성 밖에 있는 여인숙에서 하룻밤을 묵었다.

이튿날 아침밥을 먹고 성 안으로 들어갔다. 웬일인지

모든 사람들이 한숨을 내쉬고 얼굴에 슬픈 빛이 감돌았다.
  석수는 이상하게 생각하고 거리 한복판까지 나가 봤는
데 집집마다 대문을 굳게 잠가 버렸다. 석수는 행인들을
보고 물었다. 어떤 노인이 대답했다.
  "이 손님은 아무것도 모르시는군! 우리 북경에 노원외라
는 분이 있었는데 굉장한 재주(財主)였소. 이분이 양산박
의 도둑놈들에게 속아서 끌려간 것이 화근이 되어서, 도망
쳐 돌아 오기는 했지만, 억울한 죄를 뒤집어쓰고 사문도로
귀양살이를 떠나게 됐소. 그런데 어떻게 된 일인지, 도중
에서 공인 두 사람을 죽였다고 해서 어젯밤에 다시 붙잡
혀 가지고, 오늘 오시 삼각(三刻)에 시조(市曹)로 끌어내
고 참해 버린다는 것이오. 손님도 한번 구경하시오."
  석수는 사형장 근처에 있는 주루(酒樓)로 올라가서 술
을 큰 사발로 벌컥벌컥 들이켜고 이층 창문으로 밖을 내
다보고 있었다. 술집 심부름꾼 녀석이 올라오며 말수선을
피웠다.
  "손님, 술이 취하셨군요! 아래에서는 사형을 집행한다는
데, 어서 술값을 셈해 주시고 다른 데로 가보시오!"
  "이놈! 뭣이 겁이 나서 그러느냐? 저리 꺼져 버리지 않
으면 네 놈을 때려죽이고 말겠다."
  심부름꾼 녀석은 찔끔해서 아래층으로 내려가 버렸다.
밖에서는 징소리, 북소리가 하늘을 무찌를 듯이 울려 왔
다. 십자 가두에는 열몇 쌍의 도봉(刀棒)을 들고 있는 사
형집행 공리들이 앞뒤를 포위하고 있으며, 노준의를 꽁꽁
묶은 채 바로 주루 앞에 꿇어앉혀 놓았다.
  채복은 법도(法刀)를 손에 잡고 서 있으며, 채경은 노

준의의 큰칼을 움켜잡고 말했다.

"노원외님! 우리 형제가 당신을 구출해 드리지 않는 게 아닙니다. 일이 공교롭게 되어서 어쩔 수 없습니다. 앞에 있는 오성당(五聖堂) 안에 당신의 위패를 벌써 마련해 놓았으니 그리 가셔서 편안히 세상을 잊어버리도록 하시오!"

공인 하나가 소리를 질렀다.

"오시 삼각이다!"

노준의의 목에서 큰칼이 벗겨졌다. 채경은 노준의의 목을 붙잡고, 채복은 법도를 힘껏 움켜잡고 내리치려고 했다.

이 아슬아슬한 찰나에, 석수는 술집 이층에서 고함을 질렀다.

"양산박의 호걸들이 모조리 여기서 대기하고 있다!"

채복과 채경은 노준의를 팽개치고 제일 먼저 뺑소니를 쳤다. 석수는 이층에서 훌쩍 뛰어내려 강도를 휘둘러서 마치 무·배추나 오이를 베어 던지듯이 10여 명의 모가지를 뎅겅뎅겅 잘라 버리고, 한 손으로 노준의를 껴안고 남쪽을 향해 뺑소니를 쳤다.

석수는 본래가 북경의 지리를 잘 모르며, 노준의도 너무나 놀라서 어리둥절, 넋을 잃었기 때문에 얼마 못 가서 갈팡질팡 피신처를 못 찾게 되었다.

한편, 양중서는 대경실색하여 즉각에 성문을 잠그고 수많은 군사들을 동원하여 범인을 추격하게 했다.

63 북경성, 위기에 빠지다

宋 江 兵 打 大 名 城
關 勝 議 取 梁 山 泊

사방에서 공인들이 몰려들고 갈고리와 올가미가 위력을 발휘하며 던져져서, 석수와 노준의는 마침내 수많은 상대방을 대적할 수 없이 그들에게 붙잡혀, 사형장을 소란케 한 도둑놈으로 몰려 양중서 앞에 끌려나가게 되고 말았다.

석수가 아무리 호통을 치고 발악을 해도 소용이 없었다. 양중서는 두 사람에게 큰칼을 씌워서 사형수의 옥중에 처박고 채복을 시켜서 잘 감시하라고 명령을 내렸다. 채복은 양산박의 호걸들과 접근하고 싶은 생각이 간절한 자였는지라, 두 사람을 같은 영창에 가둬 놓고 매일같이 술과 고기를 먹여 가며 후대해 주었다.

하루는 성 안, 성 밖으로부터 양산박에서 뿌린 격문(불온한 포고문)이 수십 장이나 날아들었다. 양중서는 그것을 읽어보고 얼굴이 새파랗게 질렸다. 그 격문은 이러했다.

양산박의 의사(義士) 송강은 대명부 관리들에게 앙시(仰示)한다. 원외(員外) 노준의로 말하면, 천하의 호걸지사로서 내 계청(啓請)하여 산 위로 모시고 함께 하늘을 대신하여 도(道)를 행하려는 분이다. 어찌하여 간악한 놈들의 뇌물에 어지러워져서 선량한 사람을 굴복시켜 죽이려 하느냐! 나는 석수에게 명령하여 먼저 돌아와 보고게 했더니, 뜻밖에 그마저 붙잡히고 말았다. 만약에 두 사람의 생명을 살려 둘 수 있고, 음부간부(淫婦奸夫)를 잡아서 내놓는다면, 내 그 이상 더 바랄 것이 없겠지만, 나의 동지와 부하들을 일부러 다치게 한다면 즉각에 산채를 총동원하고 군사를 일으켜 모든 사람이 한마음으로 원수를 갚고야 말겠다! 대병(大兵)이 한번 다다르는 곳에, 옥석의 구별이 없이 모조리 불태워 버릴 것이다.

양중서는 곧 새로 부임해 온 왕태수(王太守)를 불러서 선후책을 상의했다. 왕태수는 다음과 같이 의견을 제시했다.

첫째, 두 사람의 목숨은 그대로 살려 둔 채 시급히 조정에 상주문을 올릴 것.

둘째, 글월로 채태사에게 자세한 사정을 보고할 것.

셋째, 당지의 군사들을 성 밖으로 내보내 진을 치게 하고 불의의 사태에 대비케 하면 북경을 무사히 지킬 수 있고 백성들도 피해를 입지 않으리라는 것이었다.

양중서는 그의 의견대로 채복을 불러서 두 죄수를 너무 엄하게 구박하지 말고 잘 구슬러 두라는 명령을 내렸다. 채복은 자기 뜻한 대로 일이 잘 되어가므로 기뻐하면서 영창에 들어가 두 사람을 위로해 주었다.

한편, 양중서는 병마도감 대도(大刀) 문달(聞達)과 천왕(天王) 이성(李成)이란 자를 불러서 성 밖에 진을 치도록 명령을 내렸다.

이튿날, 이성은 자기 장(帳)에 나아가 대소 관군들을 불러 놓고 상의했다. 이때 한편 구석에서 위풍당당한 장정 하나가 튀어나왔다. 그는 바로 급선봉(急先鋒) 색초(索超)였다.

이성은 색초에게 성 밖 35리 지점에 진을 치고 쳐들어오는 송강의 군사를 막아내도록 하라고 명령을 내렸다.

색초는 명령을 받자, 바로 그 이튿날부터 군사를 집결시켜 놓고 성 밖 35리 지점인 비호곡(飛虎谷) 산기슭에 진을 쳤다.

다시 하루가 지난 다음, 이성도 정부(正副) 장령을 거느리고 성 밖 25리 지점인 회수파(檜樹坡)에 진을 치고 주위에는 창도(鎗刀)를 빽빽하게 설치해 놓고 사방으로 깊이 커다란 말뚝을 박았으며 삼면에 깊은 함정을 팠다.

여러 군사들은 주먹을 쥐고 손바닥을 비비면서 한마음 한뜻으로 협력하며, 양산박의 군마가 도착하여 그들이 공을 세우게 되기만을 고대하고 있었다.

이야기는 두 갈래로 갈라진다.

알고 보면 양산박의 격문이란 것은, 오학구가 연청과 양웅의 보고를 받고, 다시 대종을 시켜서 노준의와 석수가 붙잡혔다는 소식을 탐지하고 가짜 격문을 만들어서 아무도 모르게 각 요소에 뿌린 것이었다.

대종이 양산박으로 돌아와서 자초지종을 자세히 보고하니, 송강은 대경실색하여 군사 오학구와 상의했다. 오학구는 서슴지 않고 대답했다.

"내일은 길일(吉日)이니 형님께서는 두령들을 절반만 거느리고 북경을 공격하시오. 나머지 절반의 두령들에게 졸개들을 거느리고 산채를 지키게 하겠소!"

송강은 쾌히 승낙하고 철면공목 배선을 시켜서 병사들의 배치를 결정하도록 했다. 이번에도 흑선풍 이규가 나서면서 선봉을 서겠다고 했다. 아무리 말려도 듣지 않았다. 오학구도 어쩔 도리가 없어서 마침내 이규에게 병사 5백을 주어서 선봉으로 삼고 그 이튿날 곧 산에서 내려보내기로 했다.

때는 가을도 저물어 갈 무렵.

정부(征夫)들은 갑옷을 입기도 편했고, 전마(戰馬)도 살찌운 지 오래였다. 군졸들은 오랫동안 진지에 나가 보지 못하여, 한 번 싸워 보고 싶은 마음이 간절했다.

그들은 저마다 기뻐서 날뛰면서 창도를 수습하고 말안장을 단단히 한 다음 휘파람 소리를 바람에 휘날리며 예정된 시각에 산을 내려갔다.

한편, 비호곡 진지에 있던 색초는 송강의 대군이 쳐들어온다는 유성보마(流星報馬)의 보고를 받자, 즉각 회수파에 있는 이성에게 비보(飛報)를 전했다. 이성은 급보를 접하자 성 안으로 시급히 연락하고, 자신도 전마(戰馬)를 달려 전채(前寨)로 가서 색초와 만나 대비책을 상의했다.

이튿날 오경 때, 영채를 총동원시켜서 유가탄(庾家疃)으로 진출하여 1만 5천의 병력을 내세워 진을 쳤다. 이성과 색초는 갑옷으로 전신을 싸고 문기(門旗) 아래 말을 멈추고 멀리 동쪽을 바라보았다. 먼지를 일으키며 약 5백의 인마가 비호같이 달려들었다. 이성이 채찍을 휘둘러 신호를 보내자, 병사들은 일제히 손발을 동시에 써서 경노(硬弩)와 강궁(强弓)을 쏴댔고, 양산박의 호걸들도 유가탄에 한일로 진을 쳤다.

그 진두로 말을 달려 내닫는 것은 바로 흑선풍 이규였다. 두 자루의 판부를 잔뜩 움켜잡고 무시무시한 눈을 딱 부릅뜨고 벼락같이 소리를 질렀다.

"양산박의 호걸 흑영감〔黑爺爺〕을 알아보느냐?"

이성이 말 위에서 그것을 보고, 색초와 함께 껄껄 웃었다.

"허구한 날 양산박의 호걸이라는 소문을 듣기만 했더니, 알고 보니 저렇게 꼴사나운 도둑놈들이었구나! 말할 나위도 없는 놈이다! 선봉(先鋒)! 저 도둑놈부터 먼저 붙잡아라!"

색초도 따라 웃으면서 대꾸했다.

"소장이 나서지 않아도, 공을 세울 사람이 있을 것입니다."

바로 색초의 등덜미에서 왕정(王定)이라는 장수가 긴창을 휘두르며 기병 백 명을 거느리고 달려나갔다. 그렇게 대담한 이규도 기병의 돌격을 막아낼 길이 없어서 즉각에 뺑소니치고 말았다.

색초는 군사를 거느리고 유가탄 저편까지 추격해 갔는데, 난데없이 언덕 저편에서 징소리·군고 소리가 천지를 진동하더니 2대의 군마가 뛰쳐나왔다. 왼편에는 해진과 공량, 오른편에는 공명과 해보가 각각 5백 명의 부하를 거느리고 덤벼들었다. 색초는 적에게 원군이 있다는 것을 알자, 대경실색하여 말 머리를 돌려서 후퇴해 버렸다.

이성이 물었다.

"어찌하여 그 도둑놈을 붙잡지 않았소?"

"산 저편까지 추격해서 붙잡으려는 판인데 뜻밖에도 놈들의 원군이 나타나고 복병들이 덤벼들어서 어쩔 수 없었습니다!"

"그 따위 도둑놈들이 뭣이 겁이 난단 말이오!"

이성은 이렇게 호통을 치면서 전군의 병사를 거느리고 유가탄으로 쳐들어갔다. 앞에서 또 1대의 군마가 깃발을 휘날리고 군고를 울리며 고함을 지르고 나타났다. 그 선두에는 여장(女將) 한 사람이 말을 타고 있었는데 인군홍기(引軍紅旗)에는 '미인 일장청(美人一丈靑)'이라는 금자(金字)가 크게 씌어 있었다.

호삼랑 일장청의 왼편에는 고대수, 오른편에는 손이랑이 1천이 넘는 군마를 거느리고 있었는데 모두가 여기저기에서 모아들인 오합지졸들이었다. 이성이 껄껄 웃으며,

"저 따위 군인들이 무슨 쓸모가 있단 말이냐? 선봉은 나가서 놈들과 대적하라! 나는 따로 군사를 나누어 가지고 사방의 도둑놈들을 무찔러 붙잡을 테니!"

했다. 색초는 명령을 받자, 금잠부(金蘸斧)를 손에 들고 말을 달려 쳐들어갔다. 일장청은 말 머리를 훌쩍 돌리더니 산속 깊숙한 곳으로 달아나 버렸다.

이성이 군사를 총동원시켜서 추격하고 있을 때, 돌연 함성이 천지를 진동하고 안개가 자욱하게 하늘을 뒤덮더니 1대의 군마가 비호같이 덤벼들었다. 이성은 군사를 14,5리쯤 후퇴시켜 시급히 유가탄으로 달아나기 시작했다. 이때 왼편에서는 해진과 공량이, 오른편에서는 공명과 해보가 군사를 거느리고 쳐들어왔다. 여장군(女將軍)도 두 명의 두령과 다시 말 머리를 돌려서 이성에게 덤벼들

었다.

이성의 군사가 쫓기어서 급히 진지로 철수하려고 했을 때, 이번에는 흑선풍 이규가 뛰쳐나와서 앞길을 가로막았다.

이성과 색초는 대패하여 목숨만 건진 뒤 진지로 돌아왔다. 송강의 군사는 추격을 중지하고 군사를 수습해 잠시 쉬게 하면서 진지를 정비했다.

이성과 색초는 시급히 성 안으로 사람을 보내어 정세를 보고했다. 양중서는 경각을 지체치 않고 문달에게 명령하여 부하를 거느리고 나가서 싸움을 거들어 주라고 했다. 문달은 회수파 진지로 달려가서 이성과 대책을 세운 다음 유가탄으로 쳐들어갔는데, 이때 벌써 송강의 군사도 질풍같이 진격해 오고 있었다.

그 선두에 나선 사람은 벽력화 진명, 말을 멈추고 호통을 쳤다.

"대명부의 남관오리(濫官汚吏)들아, 듣거라! 오래 전부터 이 성을 함락시키려고 했지만, 백성과 양민을 해칠까 염려한 것뿐이다. 순순히 노준의와 석수를 내놓고, 음부간부도 함께 바친다면 나는 병사를 후퇴시키고 싸움을 그만둘 것이며, 맹세코 침범하지 않겠다! 그래도 깨닫지 못하고 고집을 부리겠다면, 빨리 태도를 분명히 해라!"

문달이 대로하여 호통을 쳤다.

"저 도둑놈을 붙잡을 장수는 없느냐?"

성미가 남에 없이 급해서 급선봉(急先鋒)이라 일컫는 색초가 대뜸 선두에 나서며 소리를 질렀다.

"네 놈은 본래가 조정의 명관(命官)으로서 어찌 사람다운 짓을 못하고 도둑놈이 됐단 말이냐? 네 놈을 잡기만 한다면 육시처참을 하겠다!"

진명도 성미가 급하기로 남 못지않은 사람이었다. 즉각에 낭아봉을 휘두르며 말을 달려 덤벼들었다. 이리하여 두 필의 말, 두 가지의 무기가 생사를 걸고 대결했다.

양편 진영에서는 똑같이 고함소리가 천지를 진동했다.

두 사람이 대결하기 20여 합, 도무지 승부가 나지 않았다. 이때 송강 편의 선봉대 가운데서 한도(韓滔)가 뛰쳐나오며, 말 위에 앉은 채 화살을 겨누어서는 색초를 향해 쏴댔다. 그 화살은 마침내 색초의 왼편 팔에 명중했다.

색초는 금잠부를 내동댕이치고 말 머리를 돌려 자기 진지를 향하여 뺑소니쳐 버렸다.

송강이 한 번 채찍을 높이 쳐들고 신호를 보내니, 전군이 총동원, 노도처럼 적진을 향하여 돌격을 개시했다.

시체가 벌판에 즐비하게 깔리고, 피가 강물처럼 흘러내릴 지경으로 적군을 대파하고, 송강의 군사는 파죽지세로 유가탄을 넘어서서, 순식간에 회수파 진지까지 무찔러 버리고 말았다.

그날 밤, 문달이 비호곡까지 도주하여 군사를 수습해 보니 약 3분의 1을 상실하고 있었다.

회수파 진지에 군사를 일시 주둔시킨 송강은 군사(軍師) 오학구와 상의한 결과, 그 밤으로 계속해서 북경성을 들이치기로 작정하고 즉각에 진격을 개시했다.

비호곡으로 도주해 들어간 문달이, 초상집 개 모양으로 풀이 죽어 진중에서 대책을 강구하고 있을 때, 송강의 군사가 또 쳐들어온다는 보고가 날아들었다.

문달은 병사를 거느리고 말을 달려서 나와 봤다. 동쪽 산 위에 무수한 횃불이 타오른 것을 보고 즉각에 쳐들어 갔더니, 이번에는 산 뒤에서 기병이 내달았다. 선두에 나선 대장 소리광 화영이 부장으로 양춘·진달을 거느리고 측면에서 덤벼들었다. 문달은 대적할 수 없어서 군사를 후퇴시켜 비호곡으로 철수했다.

서쪽 산 위에서도 무수한 횃불이 타올랐다. 선두에 나선 대장 호연작이 부장으로 구붕·연순을 거느리고 돌격해 왔다. 그 뒤에서 또 고함소리가 일어났다. 그것은 벽력화 진명이 부장으로 한도·팽기를 거느리고 곧장 쳐들어오는 것이었다. 문달의 군사는 뿔뿔이 흩어져서 진지를 버리고 도주하려고 했는데, 앞을 가로막으며 또 고함소리가 일어나매 화광이 충천했다. 그것은 능진이 부하를 거느리고 비호곡으로 나와서 화포를 쏴댔기 때문이었다.

문달은 간신히 목숨만 건져 가지고 성을 향해 도주했다. 그런데 또 앞을 가로막으며 1대의 군마가 나타났다. 선두에 뛰쳐나온 대장은 표자두 임충이었다. 부장으로 마린·등비를 거느리고 문달의 퇴로를 막아 버린 것이었다.

이리하여, 사방에서는 전고(戰鼓) 소리 요란하고 화광이 충천하니, 병사들은 뿔뿔이 흐트러져서 도주해 버렸고, 문달은 간신히 목숨만 살아서, 이성과 함께 군사를 합쳐 가지고 날이 밝을 무렵에야 성 근처까지 도주할 수 있었다.

양중서는 이 소식을 듣자 대경실색하여 혼비백산, 경각을 지체치 않고 군사를 동원해서 성 밖으로 내보내 패잔병을 맞아들인 다음, 성문을 굳게 닫고 통 밖으로 나가지 못하게 했다. 이튿날, 송강의 군마는 이를 추격하여 동문 근처에 영채를 마련하고 성을 공격할 준비를 했다.

한편, 양중서는 유수사(留守司)에서 여러 사람을 모아놓고 타개책을 협의했다. 이성이 의견을 말했다.

첫째, 채태사에게 심복지인을 파견해서 정세를 보고하고, 시급히 조정에 상주하여 정예의 구원병을 요청할 것.

둘째, 시급히 공문을 발송해서 근처 부현(府縣)에 알려서 구원병을 요청할 것.

셋째, 북경성 안에서는 대명부에 지시하여 부역군(賦役軍)을 동원시켜 성벽으로 올라가 성을 지키도록 하고 주야 구별없이 경비를 엄중히 할 것.

양중서는 당일로 대장 왕정(王定)을 사신으로 결정하여 동경으로 가서 급보를 전하게 하고, 근처 부현에도 구원병을 동원시켜 달라고 요청했다.

한편에서, 송강은 여러 장수들을 나눈 뒤, 각각 군사를 거느리고 성의 동쪽·서쪽·북쪽 삼면을 포위하고 진을 치도록 했으며, 남문만은 그대로 남겨두었다. 그리고 연일 군사를 동원하여 공격을 가하는 한편, 산채로부터 군량을 운반해다가 지구전에 대비케 하고, 무슨 일이 있어도 북경성을 격파하고 노원외와 석수 두 사람을 구출하기로 했다.

동경 태사부로 달려간 왕정이 밀서를 올리자, 채경은 대경실색하며 자세한 사정을 물었다. 왕정은 노준의의 사건을 상세히 설명하고, 현재 송강이 군사를 동원하여 성을 포위하고 있는데 그 세력이 대단해서 격파하기 어렵다는 형편과, 유가탄·회수파·비호곡 세 진지의 전투를 충분

히 설명해 주었다. 그랬더니 채경은,

"원로에 피곤할 것일세. 우선 관역(館驛)에 가서 쉬도록 하게. 내 여러 관원들과 상의해 볼 것이니."

했다. 왕정이 다시 품고(稟告)했다.

"태사은상(太師恩相)! 대명부는 누란(累卵)의 위기에 빠져서 그 운명이 조석으로 박두해 있습니다. 만약에 이 성이 함락당한다 하오면 하북(河北)의 여러 군현이 어찌 되겠습니까! 태사은상께서 시급히 군사를 동원하시어 놈들을 소탕해 주시기 바랍니다!"

채경이 말했다.

"긴말할 것 없네. 우선 물러나 있게!"

왕정이 물러나자, 태사는 즉각 당일부간(當日府幹—일직관)을 시켜서 추밀원관(樞密院官)을 시급히 불러다 군정중사(軍情重事)를 상의하기로 했다. 얼마 안 되어서 삼아(三衙)의 태위(太尉)를 거느리고 동청추밀사(東廳樞密使) 동관(童貫)이 절당(節堂)에 나와서 태사를 만났다. 채경은 대명부가 위기에 빠져 있다는 사실을 상세히 설명하고,

"어떠한 계책을 세워서, 누구를 내세우면 적군을 격퇴시키고 성을 무사히 지킬 수 있을까?"

하고 물었다.

여러 사람들은 얼굴을 서로 쳐다보고 당황해할 뿐이었는데, 보사태위(步司太尉) 뒷자리에서 장정 하나가 불쑥 뛰쳐나왔다. 그는 바로 아문방어보의사(衙門防禦保義使)로 있는 선찬(宣贊)인데 병마(兵馬)를 장관(掌管)하는 책

임자였다.

이자는 얼굴이 냄비 밑바닥 같으며 들창코에 곱슬머리, 붉은 수염에다 신장은 8척이나 되고, 강도(鋼刀)도 잘쓰고 무예가 출중하였다. 예전에는 왕부(王府)에서 군마(郡馬-왕의 사위) 노릇을 했기 때문에 모든 사람이 그를 추군마(醜郡馬)라고 불렀다. 일찍이 연주전(連珠箭)이라는 화살로 번장(番將—異邦將) 하나를 이겨낸 일이 있어서 군왕(郡王)이 그의 무예를 사랑하여 사위를 삼았으나, 군주(郡主)가 너무나 추한 그의 모습을 싫어하여 한을 품은 채 죽어 버렸기 때문에 중용되지 못하고 어쩔 수 없이 병마보의사 노릇을 하고 있는 위인이었다.

그는 또 아첨을 잘하고 위인이 경망하여 동관이 지극히 싫어하는 존재이기도 했다. 선찬 또한 그런 눈치를 알기 때문에 참다 못해 일부러 자리에서 뛰쳐나와 태사에게 품고를 하였다.

"소장이 예전에 시골에 있었을 때부터 잘 아는 사람이 하나 있습니다. 이 사람은 바로 한말(漢末)에 천하가 삼분되었던 시절의 의용무안왕(義勇武安王—관운장)의 적파자손(嫡派子孫)으로 관승(關勝)이라고 합니다. 생긴 모습이 그의 조상 운장(雲長)과 똑같으며 청룡언월도(青龍偃月刀)를 잘 써서 사람들이 대도(大刀) 관승이라고 일컫습니다. 현재, 포동(蒲東)에서 순간(巡簡)이라는 벼슬자리에 있으면서 천역을 달게 받고 있지만, 이 사람은 어렸을 적부터 병서를 배워서 무예에 정통하고, 만부(萬夫)도 당할 수 없는 굉장한 용맹을 지니고 있습니다. 만약에 그를 상장(上將)으로 기용하여 후대한다면 양산박의 수채는 문제없이 소탕하고 광도(狂徒)를 뿌리뽑아 나라를 보호하고 백성을 편안하게 할 수 있으리라고 믿습니다!"

채경은 그 말을 듣자 크게 기뻐하여 즉각에 선찬을 사자(使者)로 결정해서, 문서를 가지고 말을 달려 밤길을 헤아리지 않고 시급히 포동으로 달려가, 예의를 갖추어 관승을 청해다가 적군 토벌의 계책을 세우라 분부하고, 중관(衆官)을 자리에서 물러가게 했다. 선찬은 문서를 받아 가지고 4,5명의 종자를 거느리고 말을 달려 길을 떠났다. 얼마 안 되어서 포동 순검사에 도착하여 말을 내리고 당일로 관승을 찾았다.

관승은 마침, 학사문(郝思文)과 더불어 아문 안에서 고금흥폐(古今興廢)에 관한 한담을 하고 있었다. 동경에서 사신이 왔다는 말을 듣고 학사문과 함께 급히 나와서 선찬을 영접했다. 인사가 끝난 다음, 선찬은 청상으로 안내되어 자리를 잡고 앉았다.

관승이 물었다.

"오래간만입니다. 오늘은 무슨 일로 원로에 여기까지 오셨습니까?"

석찬이 대답했다.

"양산박의 도둑놈들이 북경으로 쳐들어왔기 때문에, 이 선찬이 태사 면전에서 형장이 안방정국(安邦定國)의 계책이 있으며 항병참장(降兵斬將)의 재간이 있다고 여쭈었더니, 조정에서 칙지를 내리고 태사는 균명(鈞命)을 내려서 채폐안마(綵幣鞍馬)로써 예의를 갖추어 형장을 청해 오라고 했습니다. 시급히 준비를 하시고 경사로 올라가시기 바랍니다!"

관승은 그 말을 듣고 크게 기뻐하시면서 선찬에게 학사문을 소개했다.

"이 친구는 나와 의형제를 맺은 사람입니다. 무예 십팔반(十八般)에 정통한 사람이니, 태사님의 초청을 받은 이상에는 둘이 같이 가서 힘을 합쳐 가지고 나라를 위해서 일해 보고 싶습니다!"

선찬도 쾌히 승낙하고, 경각을 지체치 않고 길을 떠나서 순식간에 태사부 앞에서 말을 내렸다. 선찬·관승·학사문 세 사람은 절당으로 안내를 받아서 채태사 앞에 나섰다.

채경이 관승을 한 번 보니 굉장히 훌륭한 모습이었다. 신장이 8척 5,6촌, 가느다란 세 갈래 수염이 뻗쳤으며, 긴 눈썹과 봉 같은 눈에 얼굴은 대추빛처럼 시뻘겋고, 입술은 물감을 들인 것같이 새빨갰다.

태사는 여간 만족해하지 않고 대뜸 물었다.

"장군의 청춘(靑春—연수)은 얼마나 되시오?"

관승이 대답했다.

"소장의 나이 서른두 살입니다."

"양산박의 도둑놈들이 북경성을 포위하고 있는데, 원컨대 묘책을 세워서 이 포위망을 격파해 주시오."

"오래전부터 양산박의 도둑놈들이 세상을 어지럽게 하고 있다는 소문은 들었습니다. 이번에 놈들이 소굴에서 밖으로 나왔다는 것은, 놈들 스스로 불더미 속으로 뛰어든 셈입니다. 그러나 북경성을 구출하려면 인력의 소모가 클 것이오니, 정병(精兵) 수만 명만 주신다면 먼저 양산박을 점령한 다음에 북경의 적군을 쳐부숴서, 놈들의 수미(首

尾)를 끊어 놓는 작전을 쓰겠습니다.”

채태사는 그 말을 듣자 기뻐서 어쩔 줄 모르며 탄복했다.

“이야말로 ‘위를 포위하고 조를 구하는 계책(圍魏救趙之計)’이로군! 꼭 나의 마음에 맞소!”

이리하여 즉각에 추밀원 여러 관리들에게 명령하여 하북의 정예 1만 5천 명을 집결케 하고 학사문을 선봉에, 선찬을 후군(後軍) 책임자로, 관승을 영병지휘사(領兵指揮使)에 임명하여 날짜를 작정하고 위풍당당히 양산박으로 쳐들어가기로 했다. 이야말로 용을 대해(大海) 밖으로 끌어내고 범을 평천(平川)으로 잡아오는 작전이었다.

64 교묘한 유인

呼 延 灼 月 夜 賺 關 勝
宋 公 明 雪 天 擒 索 超

송강은 매일같이 북경 성지(城池)를 공격했지만, 이성과 문달은 감히 나와서 싸우지 못했다. 색초는 화살 맞은 상처가 중해서 회복되지 못한 채 있었고, 그밖에는 나와서 싸울 만한 사람이 없었다.

송강은 성을 격파치 못해서 답답한 나날을 보내고 있었다. 하루는 군사 오용이 중군(中軍) 장내(帳內)에 들어와서 이런 말을 했다.

"성 밖으로 삼 기(三騎)가 달려나갔는데 저것은 양중서가 사자를 경사에 파견하여 구원병을 청하는 것이 틀림없습니다. 그의 장인 채태사는 시급히 군사를 이편으로 보낼 것이지만, 만약에 '위를 포위하고 조를 치는 계책(圍魏救趙之計)'을 쓴다면 반드시 양산박의 대채를 먼저 공격할 것이니 이렇게 되면 큰일입니다. 이런 점에 주의하시고 우선 군사를 후퇴시키십시오. 한꺼번에 철수한다는 것은 졸렬한 방법인가 합니다."

이런 말을 하고 있을 때, 신행태보 대종이 달려들며 보고했다. 동경의 채태사가 관우의 적파자손 관승을 초청해다 양산박을 공격한다고 하니, 시급히 군사를 동원하여 양산박 산채의 위급을 구출하도록 하라는 것이었다.

이때, 군사 오학구가 말했다.

"그렇지만 지금 당장 돌아가실 수는 없습니다. 먼저 밤의 어둠을 이용해서 보병을 떠나가게 하고, 2대의 군사는 뒤에 남겨 두어서 비호곡 양편에 매복시켜 두도록 하십시다. 성 안에서는 우리들이 철수하는 줄 알면 반드시 추격해 올 것이니, 이렇게 하지 않으면 우리 편 군사가 일대 혼란에 빠질 것입니다."

송강은 즉각에 명령을 내렸다.

화영에게 5백의 군마를 주어서 비호곡 왼편에, 임충에게 군마 5백을 주어서 비호곡 오른편에 매복하도록 했다.

한편, 호연작을 시켜서 기병 25기를 거느리고 능진과 함께 풍화포(風花砲)를 끌고 성 밖 10여 리 지점에서 대기하고 있다가, 적병이 추격해 오면 곧 발포하고 동시에 좌우 양편의 복병이 달려들어서 그것을 무찔러 버리라고 지시했다.

그리고 철수해 나가는 전군(前軍)은 전고(戰鼓)도 울리지 말고, 깃발도 날리지 말고, 적병과 맞닥뜨려도 싸우지 말고 서서히 조용히 철수하라고 명령했다.

성에서는 송강의 군사가 깃발을 질질 끄고 도부(刀斧)를 짊어지고 전원이 진지를 철수하는 광경을 내려다보고 있었다. 양중서는 부하의 보고를 받자, 곧 이성과 문달을 불러서 상의했다.

"경사의 원군이 놈들의 양산박을 공격하러 떠났기 때문에, 놈들은 소굴을 빼앗길까 봐 당황해서 돌아가는 모양일세. 차제에 곧 추격하면 송강을 잡을 수 있을 걸세!"

이런 말을 하고 있는 참에, 성 밖으로부터 보마(報馬)

가 달려들며 동경에서 온 문서를 전달하고, 군사를 몰아 송강의 소굴을 공격할 터이니 만약에 적군이 철수하는 눈치가 보이면 경각을 지체치 말고 추격하라고 연락했다. 양중서는 즉각에 이성과 문달에게 1대의 군마를 주어서 동서 양면으로부터 송강의 군사를 추격케 했다.

송강은 성 안으로부터 군사가 추격해 오는 것을 알면서도 모른 체하고 비호곡 근처까지 후퇴했다. 이때, 돌연 후방에서 화포 소리가 울렸다. 이성과 문달은 대경실색하여 말을 돌리고 돌아다봤다. 후방에서는 전고 소리가 요란하며 깃발이 휘날리고 있었다. 이성과 문달은 즉각에 군사를 철수시켰는데, 왼편에서 화영이, 오른편에서 임충이 뛰쳐나와 각각 1천의 병력을 가지고 덤벼들었다. 이성은 계책에 빠진 줄 알았지만 이미 어찌할 도리가 없었다. 그대로 후퇴하고 있을 때, 이번에는 전방에서 호연작이 내달으며 1대의 기병을 몰고 덤벼들었다. 이성과 문달은 금투구도 동댕이치고 갑옷도 찢긴 채 성 안으로 도망쳐 들어가 문을 단단히 잠그고 나오려 들지 않았다.

송강의 군사는 양산박 근처까지 철수했을 때, 추군마(醜郡馬) 선찬의 군사와 맞닥뜨리게 되었다. 송강은 비밀리에 부하를 수채와 산채로 파견하여 수륙양면으로 구원해 달라는 지령을 내렸다.

이때, 수채의 두령 장횡과 그의 아우 장순 사이에는 의론이 분분했다. 장횡은 이번에야말로 한 번 공을 세우러 나가 보겠다는 것이었고, 장순은 원군이 없는 단독 행동은 위험하니 그만두자는 것이었다.

옥신각신한 끝에 장순이 아무리 말려도 듣지 않고, 장횡은 마침내 그날 밤으로 소선(小船) 50여 척을 거느리고 한 척에 겨우 4,5명씩을 태운 다음, 기슭으로 배를 몰고 나갔다.

밤이 이경쯤 되어서, 관승이 중군 장내에서 불을 켜놓고 책을 읽고 있을 때, 정찰병이 4,50척의 배가 쳐들어온다는 보고를 했다. 관승은 태연히 냉소를 터뜨리면서 비밀리에 전군에게 여차여차하라는 명령을 내렸다.

한편, 장횡이 2,3백 명을 거느리고 갈대숲 속으로부터 뛰쳐나와 관승의 중군 근처까지 와보니, 관승이 수염을 쓰다듬으며 책을 읽고 있었다. 멋도 모르고 긴창을 휘두르며 장내로 뛰어 들어갔다. 이때 옆에서 징소리가 한 번 울리더니 전군이 고함을 지르며 천지가 진동할 듯이 소란을 일으켰다. 장횡이 긴창을 질질 끌며 뺑소니를 쳤을 때, 사방에서 복병이 우르르 몰려드니, 물속에서는 자유자재로 날뛰는 장횡도 육지에서는 꼼짝 못하고, 2,3백 명의 부하들까지 모조리 붙잡혀서 관승의 장전(帳前)으로 끌려가는 수밖에 없었다.

한편, 양산박 수채에서는 원씨 삼형제가 송강에게 부하를 보내서 지시를 받으려고 하는 판인데, 장순이 달려들며 자기 형이 고집을 부리고 적진에 뛰어들었다가 관승에게 붙잡혔다는 보고를 했다. 삼형제가 장순에게 그의 형을 혼자 내보낸 것이 잘못이라고 아무리 꾸짖어도 소용없는 일이었다. 장순은 삼형제의 말대로 그날 밤 사경 때쯤 되어서 수채의 두령을 전부 집결시킨 뒤 배 1백여 척을 몰고 관승의 진지로 쳐들어갔다.

관승은 부하들의 보고를 받고 역시 냉소를 터뜨릴 뿐이었다.

"바보 같은 놈들! 네 놈들이 감히 나를 어쩌겠다는 거냐!"

즉각에 대장 한 사람을 불러서 어떻게 대처하라는 지시를 내렸다.

한편에서는 원씨 삼형제가 선두에 서고 장순이 그 뒤를 따라서 고함을 지르며 진지로 쳐들어갔지만, 진지에는 도창(刀鎗)이 꽂혀 있고 깃발이 휘날리면서도 군사의 그림자는 찾아 볼 수 없었다. 원씨 삼형제가 깜짝 놀라서 도주하려고 했을 때, 장전에서 징소리가 울리더니 좌우 양편으로부터 기병과 보병이 철통같이 둘러싸며 덤벼들었다. 장순은 어쩔 수 없이 물속으로 풍덩 뛰어 들어갔고, 원씨 삼형제도 간신히 몸을 피해서 물가까지 왔을 때, 갈고리와 올가미를 쓰는 무수한 병사들을 감당할 도리가 없이 원소칠이 거기에 걸려서 붙잡히고 말았으며, 원소오·원소이·장순 세 사람은 이준(李俊)이 동위(童威)·동맹(童猛)을 거느리고 필사적으로 구출해 주었기 때문에 목숨만은 건져서 돌아갈 수 있었다.

또 한편에서는, 선찬이 송강의 양산박 본진을 맹렬히 습격했다. 송강도 전 병력을 동원하여 이에 응전했다. 화영이 제일 먼저 말을 달려 창을 휘두르며, 적진의 선두에 나선 선찬을 쫓아갔다. 선찬은 칼을 휘두르며 화영과 대결하기를 10여 합. 화영은 싸움에 패한 체하고 말 머리를 돌려서 달아났다.

선찬은 화영의 뒤를 추격했다. 화영은 비호같이 몸을

돌이켜 말 위에 앉은 채 활을 쐈다. 선찬은 용하게 칼날로 그것을 막아냈다.

첫째 화살이 실패했다고 생각한 화영은 둘째 화살로 선찬의 앙가슴을 겨누고 쐈다. 선찬은 두 번째 화살 역시 갑옷 속에 몸을 옴츠러뜨리고 용케 피하기는 했으나, 화영의 놀라운 솜씨에 겁을 집어먹고 말 머리를 돌이켜 자기 진지로 도주했다. 화영은 그것을 추격하여 세 번째 화살을 선찬의 등줄기를 겨누고 쐈으나, 선찬도 등에 호심경(護心鏡)을 쓰고 있었기 때문에 그것 역시 무위로 끝났다. 당황하게 진지로 달려들어가서 관승에게 그런 사실을 보고했다.

관승은 당장에 부하를 불러 호통을 쳤다.

"빨리 내 말을 끌어 오너라!"

마침내 관승은 갑옷을 든든히 입고 칼을 휘두르며 진두에 나섰다.

송강은 진두에 나선 관승의 비범한 모습에 오용과 함께 남몰래 감탄하여 마지않으며, 여러 장수들을 돌아다보고 말했다.

"정말, 풍문에 듣던 바와 조금도 다름없는 영웅이로군!"

이때, 임충이 분연히 내달으며,

"우리 형제들은 양산박에 자리잡은 이래, 대소 6,70차 싸움에 한 번도 비굴한 꼴을 보인 일이 없었소! 어찌하여 스스로 우리의 위풍을 손상시키는 말씀을 하시오!"

하더니, 즉각에 창을 휘두르고 말을 달려 관승에게 덤벼들려고 했다. 관승이 그것을 보자 큰 소리로 호통을 쳤다.

"양산박의 강도놈들아! 송강을 불러내라! 나는 그놈에

게 어찌하여 조정에 배반하는 짓을 하는지 묻고 싶다!"

송강은 문기(門旗) 밑에 있다가, 임충을 가로막고 친히 말을 달려 진두에 나서면서 관승에게 정중히 절했다.

"운성(鄆城)의 소리(小吏) 송강 삼가 인사드리오. 장군의 문죄(問罪)에 응하리다!"

관승이 호통을 치며 물었다.

"소리의 몸으로 어찌 감히 조정에 배반하느냐?"

"조정이 밝지 못하여 간신배들이 제멋대로 날뛰고 충량(忠良)한 사람을 용납지 않으며 남관오리(濫官汚吏)가 득시글거려 천하백성을 해치는 까닭이오. 송강 등은 하늘을 대신하여 도(道)를 행하려는 것뿐이지 이심(異心)이 있는 것은 아니오!"

"똑똑히 들어 둬라, 이 도둑놈아! 뭣이 하늘을 대신하는 것이며, 뭣이 도를 행한다는 거냐? 천병(天兵)이 여기 있거늘 감히 간사스런 말로써 변명을 하느냐? 만약에 말을 내려 결박을 받지 않는다면 네 놈을 갈갈이 찢어죽이고 말 테다!"

진명이 옆에서 그 소리를 듣다가 대로하여 낭아봉을 휘두르며 말을 달려 곧장 관승에게 덤벼들었다. 관승도 말을 달려나와서 대결했다. 임충도 진명에게 공을 빼앗기기 싫어서 관승에게 덤벼들어 삼 기가 한데 어울려서 격전을 전개했다. 송강은 관승에게 부상을 입히게 될까 걱정하여 금고(金鼓)를 울려서 싸움을 중지시켰다.

임충과 진명이 말 머리를 돌려서 진지로 돌아오더니,

"그놈을 붙잡게 되는 판인데 어째서 형님은 싸움을 못하게 하시는 거요?"

하면서 불만을 터뜨렸다. 송강이 큰 소리로 입을 열었다.

"현제(賢弟)! 우리는 충의(忠義)를 자수(自守)하는 자요. 둘이 하나를 붙잡는다는 것을 나는 원치 않소. 한때 그를 붙잡을 수 있다손 치더라도 그의 마음은 굴복시키지 못할 것이오. 내가 보건대 대도(大刀) 관승은 의용지장(義勇之將)으로서 대대로 그 바탕이 충신의 집안이오, 그 조상은 신(神)처럼 묘에 떠받들려 있는 사람이니, 만약에 이런 인물을 산 위에 모실 수 있다면 나는 내 자리를 쾌히 양보하고 싶소!"

임충과 진명은 더군다나 불만을 참을 길이 없었으나 어쩔 도리 없이, 그날은 양군이 싸움을 중지했다.

관승은 자기 영채로 돌아가서 말을 내려 갑옷을 벗은 다음 곰곰 생각해 보는 것이었다.

'내가 두 사람을 상대하기 힘들어서 붙잡히게 된 아슬아슬한 순간에, 송강은 어째서 자기 장수들을 후퇴시킨 것일까?'

관승은 부하를 시켜서 장횡과 원소칠을 끌어내서, 어째서 송강을 떠받들고 있느냐고 물어 봤다. 원소칠이 선뜻 대답했다.

"우리 형님은 산동, 하북에 명성이 쟁쟁하신 분인데, 너 같이 예의를 모르는 놈이 뭣을 알겠느냐!"

관승은 우울한 마음을 금치 못하고 밖으로 나가서 서성거렸다. 달빛이 천지에 가득 찼다. 서리가 싸늘하게 깔린 벌판을 혼자 헤매면서 그는 남몰래 탄식만 하고 있었다. 이때, 정찰병 하나가 달려오더니 어떤 텁석부리 장군 한 사람이 단기로 나타나서 관승을 만나보자고 한다는 것이었다. 몸에 무기도 지니지 않았고, 성명도 밝히지 않으며, 덮어놓고 관승을 만나보게 해달라고 한다는 것이었다. 그 사람은 바로 호연작이었다. 관승은 부하를 물러가게 하고 단둘이서만 만났다.

"소장은 과거에 연환마군을 통솔하고 양산박을 쳐들어 왔었습니다. 뜻밖에도 놈들의 간계에 빠져서 군기를 상실했기 때문에 경사에 돌아갈 수 없게 됐습니다. 오늘날에 진지에서 임충과 진명이 장군을 붙잡으려고 했을 때 송강이 급히 군사를 불러들인 것은 장군께서 부상을 입으실까 격정한 까닭입니다. 송강은 평소부터 귀순하고 싶은 뜻이 있지만 여러 도둑놈들이 말을 듣지 않기 때문에 이번에 이 호연작과 상의하여 놈들을 모두 귀순시킬 방침을 세우고 있습니다. 장군께서 승낙만 하신다면 내일 밤중에, 경궁단전(輕弓短箭)을 가지시고 쾌마(快馬)를 달리시어 사잇길로 적채(賊寨)에 들어가시어 임충을 산 채로 잡으셔서 경사에 바치시면, 장군께서도 대공을 세우시게 될 것이고, 송강과 소장도 속죄하게 되리라고 생각합니다."

관승은 호연작의 말을 듣고 크게 기뻐하며 추호도 의심치 않았다. 이튿날 송강은 전군을 동원하여 도전했고, 관승은 호연작과 대책을 상의했다. 호연작이 말했다.

"우선 적장을 쳐부숴 놓고 밤중에 그 계획을 실행토록 하십시다."

관승과 호연작 둘이서 말을 타고 진두에서 달려나갔다. 송강이 진두에서 호연작을 매도했다.

"산채에서는 네 놈을 그렇게 후대했는데 무엇 때문에 깊은 밤중에 도망쳐 나가서 배반하는 것이냐?”

호연작도 호통을 치며 맞대들었다.

“너희들 도둑놈들이 뭣을 알겠느냐!”

송강은 먼저 황신을 내보내서 싸우게 했다. 호연작은 황신과 싸우기를 10여 합. 별안간 채찍으로 황신의 말을 휘감아서 황신을 땅에 떨어지게 했다.

송강의 진지에서는 병사들이 몰려나와서 황신을 떠메고 갔다. 관승은 크게 기뻐하며 총공격령을 내렸다. 그러나 호연작은 그것을 중지시키고 밤중에 양산박으로 쳐들어갈 계획을 실천하자고 권고했다. 그날 밤에는 달이 밝았다.

관승은 선찬과 학사문에게 두 갈래로 갈라져서 원호하도록 명령하고, 호연작에게 길을 인도시키며 밤 삼경 때쯤 송강의 진지를 습격하여 포성을 신호로 일제히 돌격하기로 작정했다.

산길을 걸어서 깊숙이 진격해 들어갔을 때, 멀리서 붉은 횃불이 바라다보였다. 호연작은 그것이 송강의 중군(中軍)이 있는 곳이라고 설명했고, 관승은 그곳을 향하여 점점 더 가깝게 쳐들어갔다. 한 방의 포성이 들렸다. 관승의 군사가 횃불이 바라보이는 지점까지 쇄도했으나 사람의 그림자라고는 찾아볼 수 없었다. 그는 계책에 빠진 줄 알고 호연작을 불러 봤으나 그 역시 어디론지 사라져 버렸다. 말 머리를 돌리려고 했을 때, 사방 산속에서 군고와 징소리가 요란스럽게 울렸다. 말 머리를 돌려서 산골짜기 길을 나오려니, 숲속 저편에서 또 한 방의 포성이 들렸다. 사방에서 갈고리가 뻗쳐 나오더니 관승을 말안장에서 끌어내리고, 칼과 말과 갑옷을 빼앗은 다음 앞뒤로 포위하고 송강의 본진으로 끌고 갔다.

한편, 임충과 화영은 1대의 군사를 거느리고 학사문의 앞길을 가로막았다. 임충이 큰 소리로 호통을 쳤다.

"네 놈의 대장 관승은 계책에 빠져서 포위가 되었다. 하잘 것없는 네 녀석이 어째서 말을 내려 결박을 받지 않고 버티느냐?"

학사문은 대로하여 다짜고짜 임충에게 덤벼들었다. 두 필의 말이 접전하기를 몇 합, 학사문은 견디다 못해 말 머리를 돌리고 도주했다. 화영도 창을 휘두르며 싸움을 거들고, 또 한편에서는 호삼랑 일장청이 올가미를 던져서 학사문을 말 위에서 끌어내려 버렸다. 보병들이 달려들더니 학사문을 붙잡아 대채로 끌고 갔다.

이야기는 두 갈래로 갈라져서, 진명과 손립은 선찬을 산 채로 잡았고, 이응은 부하 장병을 거느리고 관승의 진중으로 돌진하여 장횡·원소칠, 그리고 잡혀 갔던 수군의 병사들을 구출했으며, 군량과 마필을 모조리 빼앗고 나머지 패잔병들을 쉽사리 항복시켰다.

동녘 하늘이 밝아 올 무렵에, 송강은 일행을 거느리고 산채로 돌아왔다. 충의당에 자리잡고 앉아서 관승·선찬·학사문을 각각 끌어냈다. 송강은 급히 당하로 내려와 관승의 결박을 풀어 주고 친히 손을 잡아 맨 가운데 의자에 앉힌 다음 정중하게 절을 하고 사죄했다.

"망명해서 떠돌아다니는 광도(狂徒)로서 호위(虎威)를 창범(倡犯)했으니 죄를 용서해 주시기 바라오!"

호연작도 앞으로 나와 엎드리며 사죄했다.

"우리 장군의 명령인지라 어쩔 수 없었습니다. 장군을 속인 죄를 용서해 주시기 바랍니다."

관승은 여러 두령들의 의기심중(義氣深重)함을 보자, 선찬·학사문을 휘둘러보며 말했다.

"우리는 이렇게 붙잡혔으니 어찌하면 좋겠소?"

두 사람이 입을 모아 대답했다.

"장군의 명령대로 하겠습니다."

관승이 송강에게 말한다.

"경사로 돌아갈 면목도 없으니 빨리 죽여 주길 바랄 뿐이오!"

"어째서 그런 말씀을 하시오? 장군께서 미천한 사람을 버리시지 않는다면 함께 하늘을 대신하여 도를 행하실 수 있소. 만약에 싫으시다면 억지로 붙잡을 수 없으니 돌려보내 드리겠소!"

"충의 송공명이라고 사람들이 일컫는 것은 과연 옳은 말이었습니다. 우리는 이제 몸을 의탁할 곳이 없으니 부하의 일개 소졸이 되어도 만족하겠습니다."

송강은 크게 기뻐하며 당일로 축하의 주연을 베풀었다. 또 다시 6,7천 명의 병사를 얻게 되었다. 설영에게 편지를 주어 포동으로 보내 관승의 가족까지 데려오도록 했다.

송강은 주연의 자리에서 묵묵히 앉았다가, 노준의와 석수가 북경에 잡혀 있는 것을 생각하고 눈물을 줄줄 흘렸다. 오용이 위로했다.

"형님, 그다지 걱정하실 것은 없소. 내게도 생각이 있으니, 하룻밤 지나서 다시 군사를 동원하여 북경을 공격하고 소기의 목적을 달성하리다."

관승이 자리에서 벌떡 일어서며 입을 열었다.

"이 관승은 사랑해 주신 은혜에 보답할 길이 없으니, 이번에 선봉으로 나서기를 원합니다."

송강은 크게 기뻐했다.

이튿날 아침에 명령을 내려 선찬과 학사문에게 거느리고 있던 군사를 돌려서 선봉으로 나서게 하고, 따로 북경을 공격했던 병사 전원에 이준과 장순을 딸려서 수전(水戰)에 쓰는 무기를 준비해 가지고 떠나가게 해서 차례차례 북경으로 향하게 했다.

한편, 양중서는 성 안에서 색초의 병이 완쾌되었대서 축하의 술상을 벌이고 있었는데, 돌연 탐마(探馬)가 보고해 왔다.

"관승·선찬·학사문이 모두 송강에게 붙잡혀서 도둑의 일당에 가담해 가지고, 양산박의 군사들을 몰고 쳐들어옵니다."

양중서는 어찌나 놀랐는지, 두 눈이 휘둥그레져서 어쩔 줄 몰랐다. 이때, 색초가 재빨리 나섰다.

"지난번에는 적군에게 속았으니 이번에야말로 그 원수를 갚겠습니다!"

양중서는 색초에게 상을 주고, 즉각에 군사를 거느리고 성밖에 나가 적을 맞아 싸우려고 했다. 이성과 문달도 색초를 따라서 함께 가기로 했다.

때는 겨울이 한고비였는지라 추위가 혹독하고 연일 눈보라가 사납게 몰아쳤다.

송강의 군사가 쳐들어가자 색초는 비호곡까지 나가서 진을 치고 그 이튿날 군사를 거느리고 싸우러 나섰다. 송강은 전군(前軍)으로 여방·곽성을 거느리고 높은 곳에 올라 싸움을 관망하고 있었다. 전고가 세 번 울리자, 관승이 진두에 나섰다. 저편 진지에서는 색초가 말을 달려 나왔다. 이때, 색초는 싸움을 하면서도 상대방이 누군지도 모르고 있었는데, 군졸 하나가 알려 줬다.

"저기 달려 나오는 것이 바로 이번에 배반한 대도 관승이란 자입니다."

색초는 그 말을 듣더니 말 한 마디 없이 다짜고짜 몸을 뛰쳐서 관승에게 덤벼들었다. 관승도 말을 달려 칼을 휘두르며 응전했다. 두 사람이 대결하기 10여 합, 이때 중군에 있던 이성이 색초의 부법전투(斧法戰鬪)로는 관승을 이겨내기 어려움을 알고 쌍도를 휘두르며 출진하여 관승에게 협공을 가했다.

이편에서는 선찬과 학사문이 그 광경을 보고 무기를 들고 뛰쳐나가서 싸움을 거들었다. 이리하여 5기가 한데 뒤섞여서 난투를 전개했다.

높은 곳에서 바라다보고 있던 송강이 채찍을 휘둘러서 신호를 보내니 전군이 일시에 총공격을 개시했다.

이성의 군사는 대패하여 뿔뿔이 흩어져서 황망히 성 안으로 도주하여 성문을 굳게 잠그고 틀어박혀 버렸다. 송강은 단숨에 성 밑에까지 쳐들어가서 그곳에 다시 진을 쳤다.

이튿날, 색초는 친히 1대의 군마를 거느리고 성 밖으로 진격해 나왔다. 오용은 그것을 보자 군사들을 시켜서 싸우는 체하고 적을 맞아들이다가 만약에 쫓아오면 곧 후퇴하도록 지시했다. 이리하여 색초는 이번 싸움에 승리를 거두고 기뻐하면서 성 안으로 돌아갔다. 그날 밤에는 구름이 몹시 끼고 바람이 사나웠다.

오용이 장(帳) 밖에 나가서 바라보니 주먹만한 눈이 마구 퍼붓고 있었다. 오용은 미리 세워 둔 계획대로 비밀리에 보병 몇 명을 북경성 밖으로 보내서 산기슭 개천가 좁은 길에 함정을 파놓고 그 위를 흙으로 덮어 두게 했다. 그날 밤에는 눈이 몹시 퍼붓고 바람이 사나워서 새벽녘에는 두 자도 더 되게 눈이 쌓여 있었다.

성벽에서 내려다보니, 송강의 군사들은 동요의 빛이 뚜렷하고, 진지도 정돈되지 않은 것 같았다. 색초는 이때라 생각하고 기병 3백을 집결시켜 성 밖으로 진격해 나갔다. 송강의 군사는 뿔뿔이 흩어져서 도주했으며, 수군의 두령인 이준과 장순만이 몸차림을 가볍게 하고 남아서 응전하고 있었는데, 색초와 싸우는 체하다가 창을 버리고 뺑소니를 치면서 색초를 함정 근처로 유인했다. 색초는 성미가 몹시 급한 위인이었다. 아무 의심도 하지 않았다. 이준은 말을 버리고 산기슭 개천가로 달아나면서 소리를 질렀다.

"송공명 형님! 빨리 달아나시오!"

색초는 자기 자신은 생각지 않고, 멀지 않은 곳에 송강이 있는 줄만 알고 그대로 말을 달리다가, 말을 탄 채 함정 속에 처박혀 버렸다. 뒤에서 복병들이 일제히 몰려들었다.

65 의사(醫師)가 반한 여자

托 塔 天 王 夢 中 顯 聖
浪 裏 白 條 水 上 報 寃

양중서는 색초가 송강에게 잡혀 갔다는 소식을 듣자 노준의와 석수를 당장에 죽여 버리고 싶었지만, 조정에서 원군이 급히 올 것 같지도 않고, 또 송강을 격분시키면 도리어 화를 초래하리라는 판단 아래, 어쩔 수 없이 두 사람을 그대로 살려 두고 경사에 상주하여 채태사의 명령을 기다리기로 했다.

송강은 영채로 돌아가자 중군 장내에 앉아서 색초를 끌어내 놓고 함께 일하자고 간곡히 권고했다. 색초도 본래가 천강성의 하나이므로, 잘못을 뉘우치고 쉽사리 송강에게 투항했다.

송강은 수차 성을 공격했으나 함락시킬 수 없어서 우울한 날을 보내고 있었다. 어느 날 밤, 송강이 장중에서 자고 있노라니, 난데없이 음풍(陰風)이 휘몰아치더니 탁탑천왕 조개가 멀찌감치 나타나서 소리를 질렀다.

"자네는 여기서 뭘 하고 있는 건가? 나는 자네에게 멀지 않아서 혈광지재(血光之災)가 나타날 것 같아 미리 알려 주어 구출하려고 왔네. 이 재앙은 강남(江南)에 있는 지령성(地靈星)이 아니면 면하게 해줄 사람이 없을 걸세. 빨리 군사를 철수하고 돌아가게. 우물쭈물하고 있다가 실수를 하면 어쩔 작정인가? 그때는 내가 자네를 구출해 주지 않았다고 원망하지 말게!"

눈을 떠보니 꿈이었다.

즉시 군사 오용을 불러 상의했더니, 그의 의견은 조천왕이 영험을 나타낸 것이니 그의 뜻에 복종해서 일단 군사를 철수했다가, 봄철이 되거든 다시 공격을 개시하자는 것이었다. 그러나 송강은 납치되어 간 노준의와 석수가 죽을 것을 생각하고 결단을 내리지 못했다.

그 이튿날부터 송강은 좌불안석, 목덜미는 도끼로 뻐개는 것 같았고, 바늘방석에 앉은 것같이 몸에서는 높은 열이 올랐다. 자리에 누운 채 몸을 일으키지 못했다. 여러 두령들이 병문안을 가본즉, 등줄기가 불덩어리처럼 시뻘겋게 부어 올라 있었다. 오용이 말했다.

"이것은 등창입니다. 약방문책을 보면 녹두가루가 심장을 보호하고 독기를 침범치 못하게 한다고 했습니다.. 곧 사다가 잡수시도록 하겠습니다."

그러나 녹두가루를 사다가 치료해 봐도 도무지 효과가 없었다. 이때 낭리백조 장순이 말했다.

"이 아우가 옛적에 심양강(潯陽江)에 있었을 적에, 어머니가 등창으로 고생을 하시게 됐는데 백약이 무효, 마침내 건강부(健康府) 안도전(安道全)이란 사람을 청해다가 거뜬히 고쳐 드린 일이 있습니다. 그 은덕이 어찌나 감사한지, 저는 지금까지도 용돈푼이 생기면 얼마씩 그에게 부쳐 주고 있습니다. 지금 형님의 종기도 똑같으신 등창입니다. 여기서 동쪽으로 길은 멀다지만 제가 급히 가서 그 사람을 모셔와야겠습니다."

오용이 말했다.

"형님 꿈속에 조천왕이 나타나서 혈광지재는 강남땅에 있는 지령성이라야 면하게 해줄 수 있다고 했다는데, 바로 그 사람인지도 모를 일이군!"

오용은 마침내 의사에게 줄 예물로 1백 냥어치 금붙이와 따로 2,30냥의 은전을 노자돈으로 주어서 안도전을 데리러 길을 떠나 보냈다. 그리고 한편 군사를 철수시키고 싸움을 일단 중지하겠다는 뜻을 여러 장수에게 전달하고 송강을 수레에 싣고 양산박을 향해서 출발했다.

북경성 안에서는 전번에 복병의 계책에 빠졌던 경험이 있기 때문에, 이번에도 꼼수인 줄 알고 뒤를 쫓지 않았다. 이튿날 양중서가 이 소식을 듣고,

"이것은 어떻게 하자는 배짱일까?"

하고 물으니 이성과 문달이,

"오용이란 놈은 가지가지 계책을 잘 쓰는 놈이니 성이나 든든히 지키고, 쫓아가지 않는 게 상책인 것 같습니다!"

하고 대답했다. 이야기는 두 갈래로 갈라진다.

장순은 송강을 구하려고 밤을 도와 걸음을 빨리했으나, 겨울도 끝날 무렵, 비와 눈이 쉴새없이 퍼붓는 사나운 날씨를 만나, 10여 일 만에야 겨우 양자강 근처에 당도했다. 그날도 눈보라가 심한 날이었다. 장순은 양자강을 건너려고 강가까지 갔지만 배라고는 한 척도 없었다. 어찌할 바를 모르고 서성대고 있자니까, 홀연 갈대숲 속으로부터 연기가 퍼져 오르는 것이 눈에 띄었다.

"뱃사공! 배를 가지고 곧 나와 주시오!"

장순이 소리를 질렀더니, 갈대숲 속으로부터 부시럭부

시럭 소리가 나더니 장정 한 사람이 튀어나왔다.

"어디로 가시려는 거요?"

"강을 건너서 건강부까지 가려 하오. 길이 급하니, 뱃삯은 두둑이 내리다."

"배를 태워 드리기는 쉬운 일이지만, 이미 날이 저물었으니 강은 건너가도 묵을 곳이 없을 거요. 숫제 우리 뱃속에서 쉬시고 사경 때쯤, 바람이 자고 달도 밝거든 강을 건너도록 하시는 게 좋을 것 같소."

장순은 그 뱃사공의 말대로 갈대숲 속으로 같이 들어갔다. 강가에는 조그마한 배 한 척이 매어져 있는데 선봉(船蓬) 밑에는 삐쩍 마른 사나이가 혼자 앉아서 불을 쬐고 있었다. 뱃사공은 장순을 부축해서 배 위에 태우고, 선창 속으로 들어가서 젖은 옷을 벗기더니 그 비쩍 마른 젊은 사나이를 시켜서 불에다 말리라고 했다.

장순은 보따리 속에서 솜옷을 꺼내어 갈아입고, 술생각이 났지만 살 수 없다고 하는지라 밥 한 그릇만 얻어먹고, 계속된 피곤을 못 이겨 초경 때부터 세상 모르고 잠에 곯아떨어졌다.

장순의 저고리를 불에 쬐어 말리고 있던 삐쩍 마른 사나이가 장순이 잠이 든 눈치를 채자, 별안간 나지막한 음성으로 뱃사공에게 말했다.

"형님, 이것 좀 보시오!"

뱃사공이 달려들더니 장순의 머리맡을 더듬어 보았다. 금붙이 같은 것이 있는 성싶자 손을 흔들면서,

"여보게, 배를 몰아 나가세! 강 한복판에 나가서 처치해 버릴 테니."

　비쩍 마른 젊은 사나이는 언덕으로 후닥닥 뛰어 올라가더니 배를 풀어 버리고 다시 배 위로 뛰어올라, 대나무 돛대로 배를 밀쳐서 강 한복판을 향하고 저어 나가기 시작했다.

　뱃사공은 선창 안에서 동아줄로 장순을 꽁꽁 묶어 버리고 배꼬리 선판 밑에서 판도(板刀)를 꺼냈다. 장순은 이때 겨우 눈을 뜨기는 했으나 두 손이 꽁꽁 묶여 어쩔 도리가 없었고, 뱃사공은 큰 칼을 움켜잡은 채 장순을 짓밟고 죽이려고 했다. 장순은 애원했다.

　"목숨만 살려 주시오! 돈은 몽땅 드릴 것이니!"

　"돈도 탐이 나지만, 네 놈의 목숨도 탐이 난다!"

　"그렇다면 끔찍한 죽음이나 면하게 해주시오. 그래야만 나의 영혼이 당신을 원망하고 괴롭게 굴지 않을 것이오!"

　뱃사공은 칼을 내려놓고 장순을 물 속으로 텀벙 던져 버렸다. 뱃사공은 장순의 보따리를 풀어 봤다. 금붙이 은붙이가 가득 들어 있었다. 삐쩍 마른 젊은 녀석에게 나누어 주기 싫어서,

　"자네, 이리 좀 들어오게!"

하고 젊은 사나이를 선창 안으로 불러들이자, 다짜고짜로 움켜잡고 칼로 모가지를 내리쳐서 물속에 집어던져 버렸다. 뱃사공은 뱃속의 피의 흔적을 씻어 버리고 혼자서 유유히 배를 저어서 어디론지 사라졌다.

　장순은 본래가 물속에서 4,5일쯤은 숨어 있을 수 있는 재간을 가진 사나이였다. 물속으로 내동댕이쳐진 순간에 강 밑에서 동아줄을 입으로 깨물어서 끊어 버리고 남쪽 강가로 헤엄쳐 갔더니, 멀리 숲속에서 불빛이 새어 나오는

것을 발견했다.

장순은 언덕으로 기어 올라와서 물에 젖은 몸도 돌보지 않고, 곧장 숲속으로 뛰어 들어가서 살펴봤다. 불빛이 훤한 곳은 바로 시골 술집이었다. 밤중인데도 사람들이 일어나서 술을 거르고 있는지 벽틈으로 등잔 불빛이 새어 나오고 있었다. 장순이 문을 두드렸더니 노인이 한 사람 나왔다. 공손히 절을 하자 노인이 물었다.

"당신은 강가에서 도둑놈을 만나서 물속으로 뛰어들어 도주해 온 분이 아니시오?"

장순이 도둑맞은 자초지종을 이야기하고, 헤엄을 칠 줄 알아서 간신히 살아났다는 사실과, 건강부의 안태의를 찾아간다는 사정을 솔직히 고백했다. 그 노인은 장순을 깊숙한 안방으로 안내하고 들어가서 옷을 갈아입혀 주고 술대접까지 해주었다.

이 이야기 저 이야기를 주고받다 보니 그 노인은 양산박의 송강을 상당히 존경하는 사람이었다. 노인의 말이,

"산동에서 오셨다면 양산박을 지나오셨을 거요. 거기 송두령이란 사람은 충의가 대단한 사람으로, 선량한 백성에게는 손을 대는 법이 없고 썩어빠진 벼슬아치들을 지극히 미워한다니, 그런 분을 우리 고장으로 모셔 올 수 있다면 우리도 썩어빠진 벼슬아치들의 학대를 받지 않고 살 수 있으련만…."

"공공(公公)! 놀라지 마시오. 소인은 낭리백조 장순이라고 합니다. 우리 형님 송공명께서 등창이 나서 황금 백 냥을 가지고 안도전을 모시러 가는 도중에 뱃속에서 감빡

잠이 들었다가 도둑을 맞고 강물 속에 내동댕이쳐진 것을
이렇게 살아나온 사람이오!"

"아! 당신이 양산박의 호걸이라구? 그렇다면 내 아들을
불러서 인사를 시켜 드려야겠소."

얼마 안 되어서 안으로부터 젊은 남자가 하나 나오더니
장순에게 절을 했다.

"저는 왕정륙(王定六)이라고 합니다. 달음질치기가 남달
리 빨라서 사람들이 활섬파(活閃婆)라고 불러 줍니다. 헤
엄치기와 봉술을 즐겨 해서 여러 번 스승을 찾아서 배우
기도 했습니다. 아까 형님을 죽이려고 했다는 두 놈들을
저는 다 잘 알고 있습니다. 뱃사공이란 것은 절강귀(截江
鬼) 장왕(張旺)이란 놈이고, 또 하나 비쩍 마른 놈은 유리
추(油裏鰍) 손오(孫五)란 놈입니다. 형님, 걱정 마십쇼.
여기서 4,5일 머무르시는 동안에 놈들은 반드시 술을 마
시러 여기 나타날 것이니, 그때 제가 원수를 갚아 드리
죠!"

그러나 장순은 갈길이 바빠서 원수만 갚고 있을 수 없
었다. 그 이튿날 눈이 그치고 날이 밝자, 다시 건강부를
향해 길을 떠났다. 성 안으로 들어가서 곧장 안도전의 집
을 찾아갔더니 그는 마침 점포에 앉아서 약을 팔고 있었
다. 그는 내과, 외과, 무슨 병이나 잘 고쳐서 먼 타향에까
지 이름이 쟁쟁한 의사였다. 장순은 공손히 절하고, 송강
이 등창으로 고생하는 사실과, 오는 도중에 도둑놈을 만나
하마터면 죽을 뻔했다는 자초지종을 자세히 이야기했다.
안도전이 말했다.

"송공명이라면 천하의 의사이니 내가 가서 꼭 봐드려야

겠는데, 아내가 세상을 떠난 지 얼마 안 되어서 집을 지킬 사람도 없고, 길이 너무 멀어서 떠나가기가 심히 곤란하오.”

“당신께서 가주시지 않는다면 소생도 돌아가지 않겠습니다!”

장순이 몇 번이나 애원하자 안도전도 하는 수 없이 승낙을 했다. 그런데 사실인즉, 안도전은 건강부의 창기 이교노(李巧奴)라는 여자에게 반해서 자주 드나들고 있었다.

그날 밤, 안도전은 장순을 데리고 그 여자의 집에 가서 술을 마셨다. 몇 잔씩인지 술을 마시고 거나해졌을 때, 안도전이 이교노에게 말했다.

“나는 오늘 밤은 여기서 자고, 내일 아침에는 이 친구하고 산동 땅엘 다녀오겠어. 오려면 한 달, 빠르면 20여 일만에 돌아오리다. 그때 또 와서 찾아보기로 하고.”

“가지 마세요. 제 말을 듣지 않으시려면 두 번 다시 저의 집에 오시지 마세요. 끝까지 제 말을 듣지 않으시고 떠나가신다면, 당신의 살점이 조각조각 찢어지도록 저주하겠어요!”

여자는 안도전의 품에 안겨서 온갖 아양을 떨면서, 길을 떠나지 말고 자기와 같이 지내자고 유혹하는 것이었다. 이 꼴을 보고 있던 장순은 그 여자가 잡아 삼켜 버리고 싶도록 미웠지만 어쩔 도리가 없었다.

날이 저물자, 안도전은 술이 만취해서 곯아떨어져 버렸다. 이교노는 안도전을 제 방으로 데리고 가서 침상에서 쉬게 해 놓고 되돌아와서 장순을 쫓아내려고 했다.

"먼저 돌아가세요. 우리 집에는 주무실 곳이 없어요!"

"형님이 술이 깨시면 함께 돌아가겠소!"

이교노는 장순을 내쫓지 못하고, 대문 옆에 있는 조그만 방에서 자게 했다.

장순은 화가 치밀어서 잠을 이룰 수 없었다. 초경 때쯤 되어서 누군지 대문을 두드렸다. 장순이 벽틈으로 내다보니, 어떤 장정 하나가 슬쩍 들어서더니 포주할멈을 보고 말을 걸었다.

"돈 열 냥을 가지고 왔는데, 교노의 비녀와 팔찌나 만들어 주려 하오. 무슨 방법을 생각해서, 나하고 좀 만나게 해주시오."

"그럼, 내 방에서 잠깐 기다리시오. 내 불러다 드릴게."

장순이 등불 그림자 속에서 바라보니 그 장정은 바로 뱃사공인 절강귀 장왕이었다. 이놈은 강에서 도둑질을 해 가지고는 이 집으로 돈을 쓰러 온 것이었다. 장순이 격분을 참아 가며 살펴보고 있자니까, 포주할멈이 딴 방에다 술상을 차려 놓고 이교노를 보내서 장왕의 술시중을 들리고 있었다.

밤이 삼경 때쯤 되자, 부엌에 있는 두 하인도 술이 취해서 곯아떨어졌고, 포주할멈도 등잔불 옆에서 꾸벅꾸벅 졸고 있었다. 장순은 살며시 방문을 열고 부엌으로 살금살금 기어 들어가서 부뚜막에 놓인 서슬이 퍼런 식칼 한 자루를 집어들고 나와서 먼저 포주할멈을 처치해 버렸다.

계속해서 하인배들을 죽이려고 했을 때, 식칼이 변변치 못해서 날이 무디어진 탓으로 칼날이 휘어 버리어 두 하인배들이 사람 살리라고 소리를 질렀다. 마침, 한옆에 도끼가 한 자루 있었다. 그것을 움켜쥐고 한놈 한놈 찍어죽이고 말았다.

방안에서 깜짝 놀라 뛰어 내닫던 이교노는 장순과 맞닥뜨리게 되어서 도끼에 찍혀 죽었고, 장왕은 여자가 등잔불 밑에 죽어 넘어진 것을 보자, 창문을 박차고 담을 넘어서 도주해 버렸다. 장순은 분해서 견딜 수가 없었다. 옷자락을 찢어서 피에 적셔 가지고 흰 벽에다 10여 군데나 똑같은 글자를 써 놓았다.

'사람을 죽인 자는 안도전이다.'

오경 때가 되어서 날이 훤히 밝았다. 안도전은 방안에서 술이 깨자 이교노를 불렀다. 장순이 대뜸 말했다.

"형님, 잠자코 계시오. 내 보여 드릴 것이 있으니."

안도전은 일어나서 네 사람의 시체를 보더니 대경실색하여 몸을 부들부들 떨면서 쭈그리고 있을 뿐이었다. 장순이 또 말했다.

"형님, 벽에 쓴 것을 보시오."

"지독한 짓을 했군!"

"갈 길은 둘밖에 없소. 하고 싶은 대로 하시오. 소리를 지르시면 나는 도망칠 거고, 그러면 형님이 내 대신 목숨을 내 놓으셔야 될 거요. 무사히 넘기시려면 댁에 가셔서 약주머니를 가지고 오셔서 급히 양산박으로 가서 우리 형님을 살려 주시오."

"이건 정말 너무 지독한 짓일걸!"

날이 밝자, 장순은 노자돈을 빼앗아 가지고 안도전과 함께 그의 집으로 돌아와서 대문을 열고 약주머니를 집어낸 다음 곧장 성 밖에 있는 왕정륙의 술집으로 달려갔다.

왕정륙이 맞아들이며 이렇게 말했다.

"오늘 장왕이란 놈이 이곳을 지나갔는데 형님이 안 계셔서 정말 유감이었습니다."

"나는 대사를 맡은 몸이니 사소한 원한쯤 생각할 겨를이 없네!"

장순이 이렇게 말하고 있는 바로 그때,

"장왕이란 놈이 또 왔습니다."

하고 왕정륙이 목소리를 낮추었다.

"가만 내버려 두고, 어디로 가나 잘 봐두기만 하게!"

장왕은 강가로 배를 살펴보러 나갔다.

왕정륙이 쫓아가서 말을 걸었다.

"장형, 배를 잠시 멈추고, 우리 친척 두 사람만 건너가게 해주시오."

장왕이 대답했다.

"배를 타려거든 빨리 나오도록 하게."

왕정륙이 장순에게 알리자 장순은 안도전을 바라보며 말했다.

"안형(安兄)! 형의 옷을 좀 빌려 주시오. 옷을 서로 바꿔 입고 배에 오릅시다."

"그건 왜 그러나?"

"생각하는 바가 있소. 얼마 있으면 알게 될 거요."

안도전은 옷을 벗어서 장순과 바꿔 입었다

장순은 두건을 쓰고 난립(煖笠)을 입고 교묘하게 변장을 했다. 왕정륙은 약주머니를 등에 짊어졌다.

강가까지 갔더니 장왕은 영문도 모르고 배를 기슭에 댔

다.

　세 사람은 배에 올랐다.

　장순이 배꼬리 쪽으로 살금살금 기어가서 선판을 떠들고 보니 역시 판도가 감춰져 있었다. 장순은 판도를 집어 들고 선창으로 되돌아왔다.

　장왕은 멋모르고 삐걱삐걱 소리를 내면서 노를 저어서 배를 강물 한복판까지 몰고 나갔다.

　장순이 웃통을 벗어제치고 소리를 질렀다.

　"뱃사공! 빨리 좀 이리 들어와 보시오! 선창 안으로 물이 새어 들어오는구려!"

　장왕은 그것이 계책인 줄 꿈에도 생각지 못하고, 깜짝 놀라서 머리를 선창 속으로 들이밀었다.

　바로 그 찰나에, 장순은 장왕을 덥석 움켜잡았다.

　"이 강도놈아! 지난번 눈오던 날에 네 놈의 배를 탔던 손님을 아직도 잊어버리지는 않았겠지!"
하고 호통을 쳤다.

　장왕은 두 눈이 휘둥그레져서 부들부들 떨며 무슨 말을 해야 좋을지 몰랐다. 장순이 연거푸 호통을 쳤다.

　"네 놈은 나의 황금 1백 냥을 강탈하고 나의 목숨까지 빼앗으려고 했지? 또 한 놈 그 비쩍 마른 녀석은 어디로 갔느냐?"

　"네, 저는 돈이 수중에 들어오자, 그놈에게 나누어 주기가 아까워서, 두말 못하도록 그놈을 죽여서 강물에 처박아 버렸습니다."

　"네 놈은 내가 누군 줄 아느냐?"

　"잘 모르겠습니다. 목숨만은 살려 주십시오!"

"나는 심양강 강변에 태어나서 소고산(小孤山)에서 자랐고, 생선중개업을 하면서 세상에 다소 얼굴이 알려졌던 사람인데 강주에서 시끄러운 일을 저지르고 양산박으로 들어가서 송공명의 부하가 되어서 천하를 횡행하며, 누구나 나를 무서워하지 않는 사람이 없다. 네 놈은 나를 속여서 배에 태우고 손발을 결박해서 강물 속에 던졌으니, 만약에 내가 헤엄을 칠 줄 몰랐다면 그대로 죽었을 게 아니냐? 그 원수를 갚아야겠는데 어찌 네 놈을 이대로 살려 줄 수 있단 말이냐?"

장순은 장왕을 그대로 선창 속으로 질질 끌고 들어가서 사지를 꽁꽁 묶은 다음, 양자강 한복판에 동댕이치며 호통을 쳤다.

"칼로 찔러죽이는 것만은 사양해 주마!"

장순은 뱃속에서 전일에 빼앗겼던 금붙이와 은붙이를 찾아낸 뒤, 보따리 속에 다시 간직해 넣고 배를 강가에 댔다. 장순이 왕정륙에게 말했다.

"현제(賢弟)의 은의(恩義)는 죽어도 잊을 수 없네. 자네가 싫지만 않다면, 아버님과 함께 술집을 걷어치우고 양산박으로 가서 모두 대의를 위하여 귀순함이 어떻겠나?"

"형님의 말씀이야말로 이 아우의 맘에 꼭 맞습니다."

말을 마치자 서로 작별하고, 장순과 안도전은 북쪽 강가로부터 길을 떠났으며, 왕정륙은 조그만 배를 타고 집으로 돌아가서 짐을 꾸려 가지고 두 사람의 뒤를 쫓았다.

장순은 안도전과 함께 북쪽 강가로 올라서자 약주머니를 짊어지고 걸음을 빨리했는데, 안도전은 선비의 몸이라 겨우 30리 길을 걷고는 발이 아파서 더 걸어가지 못했다.

장순이 그를 데리고 시골 주점에 들어가 술을 권하고 있
는데, 마침 밖으로부터 나그네 한 사람이 뚜벅뚜벅 걸어
들어오더니,

"여보게 어째서 이렇게 늦었나?"
하고 달려들었다.

장순이 바라다보니 그는 신행태보 대종이었다. 그는 나
그네 모습을 하고 뒤를 쫓아온 것이었다. 장순이 안도전을
그에게 소개하고, 송강의 병세를 물었다. 그 동안 의식조
차 몽롱해졌고, 음식을 전폐하고, 살결빛까지 이상해져서
죽음을 기다리고 있을 뿐이라고 했다.

안도전이 입을 떼었다.

"몸이 아프다는 것을 느낄 수만 있다면 고쳐 볼 희망은
있는데, 그 안에 도착하게 될지 그것이 걱정입니다."

"그건 문제없습니다."

신행태보 대종은 갑마(甲馬) 두 개를 더 만들어서 안도
전의 말에 매달고, 신행술을 써서 먼저 떠나기로 하고 장
순은 천천히 뒤따라 오도록 했다.

장순이 그 주점에 그대로 2,3일 동안 묵고 있자니까,
왕정륙이 보따리를 짊어지고 부친과 함께 나타났다. 장순
은 크게 기뻐하며 부자를 맞아들였다.

"여기서 줄곧 기다리고 있었네."

왕정륙이 물었다.

"안태의는 어찌됐나요?"

"신행태보 대종이 마중을 나와서 두 사람이 먼저 떠나갔
네."

왕정륙은 그의 부친과 장순을 따라서 양산박으로 향했

다.

대종이 신행술을 써서 안도전을 데리고 양산박에 도착하자, 산채의 여러 두령들은 곧 송강의 침실로 그를 인도했다. 침대 가까이 가보니 송강은 숨소리조차 들릴락말락했다. 안도전은 맥을 짚어 보면서 말했다.

"여러분 염려 마십시오. 맥은 아주 정상입니다. 몸이 매우 쇠약하셨지만 걱정없습니다. 큰소리를 치는 것 같습니다만, 열흘 안으로 반드시 완쾌되시도록 해드리겠습니다."

안도전은 우선 침을 놓아서 독기를 빼고 약을 바르고 보약을 먹였다. 닷새가 지나니 살결의 빛깔도 점점 좋아졌고 생기가 돌며 음식도 조금씩 먹게 됐다. 열흘이 채 못되어서 종기는 아직 합창되지 않았지만, 평소와 같이 건강을 회복하게 됐다.

송강은 병이 완전히 낫게 되자, 다시 오용과 상의해서 북경에 잡혀 있는 노준의와 석수를 살려내자고 성화를 부렸다.

안도전이 권했다.

"종기가 아직도 합창되지 않았으니, 무리를 하시면 안됩니다. 몸을 움직이시면 회복이 더디십니다."

오용이 위로한다.

"올 봄에는 내가 꼭 북경성을 격파하고 노준의와 석수를 구출하고 음부간부를 잡아낼 테니 안심하십시오!"

"군사가 그렇게 해준다면 죽어도 유감이 없겠소!"

필경, 군사 오용은 어떠한 계책을 쓰려는 것일까?

66 등대제(燈大祭) 밤에

時 遷 火 燒 翠 雲 樓
吳 用 智 取 大 名 府

오용이 송강에게 계책을 설명했다.

"형님이 병으로 자리에 누워 계실 때, 나는 가끔 대명부로 사람을 보내 정세를 살펴보았는데, 양중서는 주야로 우리 군사가 쳐들어올까 봐 전전긍긍하고 있다 하오. 동경의 채태사는 관승이 투항했다는 말을 듣고 천자에게는 이런 사실을 감추고, 대사령을 내려서 무사히 다스리려는 꾀를 내어 양중서에게 빈번히 편지를 보내며 노준의와 석수를 죽이지 말고 그대로 두라 하고 있소. 정월 15일 원소절(元宵節—등대제)도 얼마 남지 않았소. 북경에서는 매년 관습으로 이날 밤에 등롱불을 밝히는데, 이 기회를 이용하여 먼저 성 안에 군사를 매복시켜 놓았다가 외부로부터 대거 습격하여 내외호응해서 격파하면 좋겠소. 그러기 위해서는 성 안에 먼저 들어가서 불을 질러 신호를 해줄 사람이 문제요."

"내가 가겠소!"

하고 선뜻 나선 사람은 바로 시천이었다. 그는 계속해서,

"나는 어렸을 적에 북경에 가본 일이 있는데 성 안에 취운루(翠雲樓)라는 큰 누각이 있고, 누상누하에 대소 백여 개의 조그만 방이 있는데 등화제날 밤에는 반드시 혼잡을

이룰 것이니, 내가 정월 15일 밤, 취운루에 올라가 불을
질러서 신호를 하거든 군사께서는 병사를 거느리고 영창
을 습격하시면 좋을 것 같소."
했다. 이리하여 시천은 정월 보름날 일경 때쯤 취운루 위
에서 불을 지르기로 약속하고 당일로 떠났으며, 이튿날 오
용은 다음과 같이 인원을 배치하여 차례차례 북경을 향해
출발케 했다.

해진, 해보—사냥꾼 모습을 하고, 북경성 안 관원부(官
員府)에 짐승의 고기를 바치러 가는 체하고 정월 보름날
밤 신호의 불길이 오르면, 곧 유수부(留守府) 문앞으로 가
서 연락하러 오는 관병을 가로막을 것.

두천, 송만—쌀장수 모습으로 들어가서 동문을 점령할
것.

공명, 공량—하인배 모습을 하고 북경 번화가 처마 밑
에 숨었다가 싸움을 거들 것.

이응, 사진—나그네 몸차림을 하고 북경 동문 밖 여인
숙에 있다가 동문을 점령하고 파수병을 죽여서 빠져 나갈
길을 개척할 것.

노지심, 무송—행각승의 모습으로 북경성 밖 암자에 있
다가, 남문 밖으로 달려가 적의 대군을 가로막고 그 퇴로
를 끊어 버릴 것.

추연, 추운—등롱장수 행세를 하고 사옥사(司獄司) 앞
으로 달려가서 싸움을 거들도록 할 것.

유당, 양웅—포도공인(捕盜公人) 행세를 하고 북경 주
리(州裏) 앞에 여인숙을 잡고 있다가, 그들의 연락을 가로
막을 것.

　공손승, 능진—공손승은 도사(道士), 능진은 도동(道童)으로 변장하고, 수많은 화포(火砲)를 가지고 북경성 안 조용한 곳에서 대기하고 있을 것.

　장순, 연청—수문(水門)을 뚫고 북경성 안으로 들어가서 노준의의 집으로 달려가 음부·간부를 붙잡을 것.

　왕왜호, 손신, 장청, 호삼랑, 고대수, 손이랑—세 패로 갈려서 시골 사람으로 변장하고 거리로 등불구경을 나온 체하고 노준의의 집을 찾아가서 불을 지를 것.

　시진, 낙화—군관(軍官)으로 변장하고 곧장 채절급(蔡節級)의 집으로 가서 노준의와 석수를 죽이지 말도록 부탁할 것.

　이렇게 각자의 임무가 결정되자, 여러 두령들은 각각 명령을 받고, 물샐틈없는 연락을 취하면서 북경성을 향하여 떠나갔다.

　북경에서는 양중서가 이성, 문달, 왕태수를 불러 놓고 금년에는 등화제를 그만두는 게 좋지 않겠느냐고 의견을 물었다. 양산박의 도둑놈들에게 두 번이나 공격을 받았으니 등화제를 하다가 도리어 불상사가 일어날 우려가 있다고 생각했기 때문이었다.

　그러나 문달은 반대했다.

　등화제를 그만둔다면 양산박의 밀정들이 알게 되어서 도리어 웃음거리밖에 될 것이 없으니, 예년보다 더욱 성대하게 정월 13일부터 17일까지 닷새 밤을 계속 하되, 자기는 병사를 거느리고 성 밖으로 나가서 비호곡에 지을 치고 적군(賊軍)의 침범을 막고, 이도감(李都監)은 기병을

거느리고 성 안을 순찰하면 아무런 걱정이 없을 것이라고
했다.

양중서는 크게 기뻐하여, 여러 관리들과 결정이 끝나자
즉시 방을 붙여서 주민들에게 알렸다.

북경 대명부는 하북에서 제일가는 대군(大郡)으로서 도
처에서 장사치들이 모여드는 곳이라, 등화제가 있다는 소
문이 퍼지자 2,3백 리 먼 곳에서까지 사람들이 몰려들어,
상관(廂官)은 매일 거리거리를 순찰하느라고 눈코 뜰 사
이가 없었다.

집집마다 문전에는 시렁을 만들어 놓고 화려한 등을 달
았으며, 부잣집에서는 꽃등을 달고 사방에다 명인의 서화
(書畵)와 진기한 골동품을 진열하고 오색병풍까지 둘러쳤
다.

대명부, 유수사 주교 근처에는 등롱을 산더미처럼 쌓아
올리고 찬란하게 장식한 오산(鰲山)이라는 수레가 한 채
마련되어 있었고, 그 맨 꼭대기에는 붉은빛과 누런빛 종이
로 만든 용이 서리서리 휘감겨 있었다.

용의 비늘 하나하나마다 불이 밝혀져 있고, 입으로는
불을 토해서 주교 아래 개천으로 쏟아 놓고 있으며, 그 주
변 아래 위로는 무수한 등불이 밝혀져 있었다.

동불사(銅佛寺) 앞에도 청룡이 친친 감겨 있는 오산이
하나 마련되어 있고, 주위에는 역시 수많은 등불이 밝혀져
있었다. 또 취운루 앞에도 오산이 한 쌍 마련되어 있으며
그 위에는 백룡(白龍)이 한 마리씩 친친 감겨 있고, 주위
에는 똑같이 수많은 등불이 밝혀져 있었다.

본래, 이 취운루라는 주루(酒樓)는 하북에서 제일 유명

한 누각으로서, 건축규모가 웅장하고 찬란하며, 3층건물의 누상 누하를 합치면 백여 군데나 소각(小閣)들이 있고, 진종일 고악(鼓樂) 소리가 요란하고 허구한 날 생가(笙歌) 소리가 그치는 날이 없었다.

이런 소식이 양산박에 알려지자, 오용이 크게 기뻐하며 송강에게 전달했다. 송강은 친히 군사를 거느리고 북경을 공격하겠다고 했지만, 안도전이 권고하여 가로막았다.

"등창이 아직도 완쾌되신 게 아니니 경솔히 움직이시면 안 됩니다. 성미를 부리시거나 화를 내시면 완쾌되기 어렵습니다."

오용이 선뜻 나섰다.

"내가 형님 대신 가겠소!"

이리하여 즉각에 배선과 함께 군사를 8대로 편성했다.

제1대—호연작이 한도, 팽기를 데리고 전군(前軍)이 되고 황신이 뒤를 거든다.

제2대—임충이 마린, 등비를 데리고 전군이 되고 화영이 뒤를 거든다.

제3대—관승이 선찬, 학사문을 데리고 전군이 되고 손립이 뒤를 거든다.

제4대—진명이 구붕, 연순을 데리고 전군이 되고 양지가 뒤에서 거든다.

제5대—목홍이 두흥, 정천수를 거느린다.

제6대—이규가 이립, 조정을 거느린다.

제7대—뇌횡이 시은, 목춘을 거느린다.

제8대—번서가 항충과 이곤을 거느린다.

"이 8대의 기병과 보병은 각각 경각을 지체지 말고 출발하여 예정된 시간인 정월 15일 삼경을 기하여 일제히 북경 성하(城下)에 도착할 것. 기병도 보병도 동시에 출발할 것."

오용이 이렇게 명령을 내리자, 군사들은 일제히 산에서 내려갔고, 그밖의 두령들은 송강과 함께 남아서 산채를 지키고 있었다.

시천은 성벽을 넘어서 북경성 안으로 잠입했다. 여인숙에서는 외톨이 장돌뱅이를 재워 주지 않았다. 낮에는 거리를 돌아다니다가 밤이 되면 동악묘(東嶽廟)에서 잠을 자곤 했다. 정월 13일, 거리를 돌아다니고 있자니까 해진과 해보가 사냥해서 잡은 짐승을 떠메고 거리를 돌아다니며 구경하고 있었다. 또 두천과 송만이 놀이터에서 나오는 것도 목격했다.

취운루에 가서 미리 여기저기 살펴보고 있자니까 공명이 거지꼴을 하고 돌아다니는 것도 눈에 띄었다. 공명은 시천과 서로 지나쳐 가다가 아는 체를 하였다. 시천이 주의를 주었다.

"형님, 그렇게 눈같이 흰 얼굴을 해가지고, 어디 배고픈 사람 같소. 그런 꼴을 해가지고 돌아다니다가는 탄로나기 쉬우니 조심하시오!"

이런 말을 하고 있을 때, 탑모퉁이에서 거지 하나가 또 튀어나왔다. 공량이었다.

시천이 그에게도 똑같은 말을 하고 있을 때, 등덜미에서 어떤 두 사람이 나타나더니 두 사람을 덥석 움켜잡고 소리를 벌컥 질렀다.

"잘들 놀고 있군!"

양웅과 유당이었다.

양웅은 그들을 데리고 인기척이 없는 곳으로 가서 말했다.

"왜 그런 데서 서로 이야기를 하고 있느냔 말일세! 우리 두 사람이 알아봤기에 망정이지, 북경성 안에 포졸들이 좍 깔렸는데, 들키게 되면 우리 형님의 계획은 당장에 산통이 깨져 버릴 게 아닌가? 인제 자네들은 성 안으로 들어가지 말도록 하게!"

공명이 말했다.

"추연과 추윤은 거리에서 등롱을 팔고 있으며 노지심과 무송은 성 밖 붕당 안에 숨어 있네. 이젠 아무 걱정도 없단 말야. 시간이 되기를 기다리는 것뿐이지!"

다섯 사람은 함께 어떤 절간 앞까지 갔다가 마침 안에서 나오는 도사(道士) 한 사람과 마주쳤다. 그는 바로 공손승이었고 뒤에는 도동으로 변장한 능진이 따르고 있었다. 일곱 사람은 서로 눈짓을 해서 아는 체를 하고 각각 제 갈길로 흐트러졌다.

한편, 양중서도 만반의 준비를 갖추고 경계를 엄중히 하는 가운데 드디어 정월 15일이 되었다. 맑게 갠 좋은 날씨였다.

밤이 되자 절급으로 있는 채복이 아우 채경에게 영창을 감시하라고 부탁해 놓고 잠시 자기 집으로 돌아왔더니, 난데없이 장정 두 사람이 뛰어들었다. 군관으로 변장한 시진과 종졸(從卒)로 변장한 낙화였다. 채복은 시진을 처음 만나는 터라. 안으로 데리고 들어가서 술대접을 하려고 했더니, 시진이 말했다.

"술보다 더 중대한 일이 있습니다. 노준의와 석수가 여러 가지로 신세를 지고 있다는 것을 잘 알고 있습니다만, 오늘 밤 등화제의 혼잡한 틈을 타서 영창 안에 들어가 그들을 좀 만나보고 싶으니, 안내해 주셨으면 감사하겠습니다."

채복은 영창을 지키는 관리의 몸으로서 한동안 망설였지만, 결국 이 청을 거절한다면 북경성을 공격하여 엉망진창을 만들 것이 뻔하고, 자기 가족의 생명까지 위태로울 것이므로 그에게 협력하지 않을 수 없었다.

즉각에 헌옷 두 벌을 가져다가 시진과 낙화에게 갈아입혀서 벼슬아치처럼 변장을 시킨 다음 영창 안으로 데리고 들어갔다.

초경 때쯤 되어서 왕왜호와 일장청, 손신과 고대수, 그리고 장청과 손이랑은 세 쌍의 시골뜨기 부부로 변장을 하고 사람들이 혼잡한 틈에 끼여서 동문 안으로 들어갔다.

공손승은 능진을 데리고 성황묘(城隍廟) 복도에 걸터앉아 있었다. 이 성황묘는 주아문의 옆에서 그리 멀지 않은 곳에 있었다.

추연과 추윤은 등롱을 짊어지고 성 안을 슬슬 돌아다니고 있었으며, 두천과 송만은 각각 수레를 밀고 양중서의 아문 앞까지 가서 혼잡한 사람들 틈에 끼여 있었다.

유당과 양웅은 각각 수화곤을 들고 품속에 무기를 감추고 주교 양편에 앉아 있었다.

연청과 장순은 수문을 뚫고 성 안으로 침범하여 인기척이 없는 곳에 숨어 있었다.

얼마 안 되어서, 누상에서 이경을 알리는 북소리가 울렸다.

시천이 불을 지를 만반의 준비를 갖추어 가지고 취운루 안으로 살짝 숨어 들어갔다. 여러 소각에서는 무수한 사람들이 등롱구경을 하느라고 들끓고 있었다. 시천이 장사치인 체하고 이리 기웃 저리 기웃하며 돌아다니고 있을 때, 해진과 해보는 쇠갈퀴에다 토끼를 찔러서 떠메고 소각 앞에서 서성대고 있었다.

난데없이 어디선가 고함소리가 터졌다.

"양산박의 군사가 서문 밖까지 쳐들어왔다!"

해진이 시천에게 소리를 질렀다.

"자, 빨리 하게! 나는 유수사 앞으로 거들러 갈 테니."

해진이 유수사 앞으로 달려가자, 벌써 꽁무니를 빼는 관군이 성 안으로 물밀듯이 몰려들고 고함소리가 요란했다.

"문달이 진지를 뺏겼다! 양산박의 도둑놈들이 성 아래까지 쳐들어왔다!"

이성은 성벽을 지키고 있었는데, 이런 고함소리를 듣자 말을 달려 유수사로 가서 성문을 잠그고 주를 사수하라고 명령을 내렸다.

또 한편에서 왕태수는 친히 백여 명의 병사를 거느리고 거리를 지키고 있다가 당황하여 유수사로 달려갔다.

양중서는 그때, 주아문에서 기분좋게 술을 마시고 있었는데, 처음에 소식을 들었을 때는 태연했지만 유성탐마(流星探馬)가 연거푸 보고하는 바람에, 당황해서 어쩔 줄 모르며 소리를 질렀다.

"내 말! 내 말을 가져오너라!"

바로 이때, 취운루에서 하늘을 찌를 듯이 불길이 치밀어 올랐다. 양중서가 말을 타고 달려나가려고 했을 때, 난데없이 장정 두 사람이 수레를 밀고 닥쳐들었다. 그리고 순식간에 등롱불을 수레에다 매고 불을 질러 버렸다. 양중서는 동쪽 문으로 빠져 나가려고 했다. 두 장정이 호통을 쳤다.

"이응이 예 있다!"

"사진이 예 있다!"

하면서 박도를 휘두르고 덤벼들었다. 성문을 지키던 병사들은 도주해 버렸고, 관군 10여 명이 부상을 당하고 나자빠졌을 뿐이었다.

양중서는 동쪽 문을 단념했다. 거기에는 이응, 사진 외에도 두천, 송만이 버티고 있었기 때문이었다. 남쪽문으로 빠져 보려고 했지만, 거기서는 무시무시한 얼굴을 하고 행자(行者) 차림을 한 장정이 두 자루의 계도를 휘두르며 성 안으로 쳐들어온다는 보고가 날아들었다.

양중서는 유수사 앞으로 되돌아왔다.

그러나 거기에는 해진, 해보가 쇠갈퀴를 휘두르며 종횡무진으로 쳐부수고 있어, 아문으로도 들어갈 수 없었다. 이때 왕태수가 달려들었다. 그는 유당과 양웅의 수화곤에 맞아 대갈통이 깨지고 눈알이 튀어나와서 거리에 나자빠진 채 죽어 버렸다.

양중서는 말 머리를 돌려 서문으로 향했다. 그러나 성황묘 안에서 고함소리가 들리더니 화포 소리가 천지를 진동했고, 추연과 추윤이 집집마다 처마 밑에 불을 지르고 있었다. 남쪽 유곽에서는 왕왜호와 일장청이 쳐부수고 있으며, 손신과 고대수가 거들고 있었다.

동불사(銅佛寺)에서는 장청, 손이랑이 오산에 기어 올라가 불을 지르고 있었다. 북경성 안의 주민들은 갈팡질팡 도망을 하느라고 아우성이고, 집집마다 통곡소리가 하늘을 찌르며 아비규환의 지옥을 연출했다. 40여 군데서 치밀어 오른 불길이 북경성을 모조리 태워 버릴 듯이 방향조차 분간키 어렵게 했다.

서쪽 문으로 달려간 양중서는 이성의 군대와 마주쳤다. 다시 방향을 돌려 남쪽 성문으로 달려가서 말을 멈추고 고루(鼓樓) 위에서 내려다보니, 성 아래에는 양산박의 군사가 꽉 차 있었으며 무수한 깃발이 휘날리었다.

'대장 호연작'이라고 씌어진 깃발들이었다. 위풍당당한 호연작이 오른편에는 팽기, 왼편에는 한도를 거느리고, 뒤에서는 황신이 군사를 거느리고 함께 성문을 향하여 쳐들어오고 있었다.

양중서는 옴짝달싹도 할 수 없어서 이번에는 북문 성벽으로 몸을 피하여 내려다보았다. 불길이 낮같이 밝은데, 무수한 적병이 우글거리고 있으며, 선두에는 임충, 좌우 옆편으로 마린, 등비가 버티고 있으며, 뒤에서는 화영이 병사를 몰고 쳐들어오고 있었다. 양중서는 또다시 동쪽 문으로 돌아가 봤다. 거기서는 목홍, 두홍, 정천수가 박도를 휘두르며 천여 명의 병사를 거느리고 성 안으로 쳐들어오고 있었다.

양중서는 죽느냐 사느냐 하는 판이었다. 할 수 없이 남쪽 문으로 달려가서 결사적으로 뺑소니쳐 보려고 했다. 거기에는 좌우에 이립, 조정을 거느린 흑선풍 이규가 벌거벗은 채 이를 악물고 눈을 부릅뜨면서 두 자루의 판부를 움켜잡은 채 쳐들어오고 있었다. 이성은 선두에 서서 간신히 길을 뚫고 양중서를 호위하면서 도주했다. 왼편에서 고함 소리 진동하더니 횃불 속에서 수많은 병사들이 달려들었다. 선두에서 관승이 적토마를 탄 채 청룡도를 휘두르고 양중서에게로 달려들었다.

이성은 쌍도를 휘두르며 응전했지만, 당장에 풀이 죽어서 말 머리를 돌려 도주하고 말았다. 다시 왼편에서 선찬, 오른편에서 학사문, 뒤에서는 손립이 일제히 쳐들어왔다. 화영이 활을 쏘자 이성의 부장은 말 위에서 곤두박질치고 말았다.

이성은 급히 말을 몰아 무작정 달아났다. 얼마 못 가서 오른편에서 진명이 낭아봉을 휘두르며 연순, 구붕과 함께 덤벼들었고, 뒤에서는 양지가 싸움을 거들며 덤벼들었다. 이성은 일변 싸우며 일변 도망치며 병사의 절반을 상실하고, 간신히 양중서를 호위하고 사지에서 몸을 뛰쳐날 수 있었다.

이야기는 두 갈래로 갈라진다.

성 안에서는 두천과 송만이 양중서의 일가족속을 몰살해 버리고, 유당과 양웅이 왕태수의 가족을 모조리 죽여 버렸다. 공명과 공량은 사옥사의 담을 넘어서 안으로 들어갔고, 추연과 추윤은 사옥사 밖에서 왕래하는 사람들을 가로막고 있었다.

영창 안에서는 시진과 낙화가 신호의 불길이 오르는 것

을 보자, 대뜸 채복·채경에게 말했다.

"두 분은 저것을 보시오! 이제는 뭣을 더 우물쭈물하실 것이 없잖소!"

채경이 영창문을 지키고 있자니까 추연, 추윤이 벌써 감옥 문을 열어젖히고 호통을 쳤다.

"양산박의 호걸들이 총동원하여 몰려왔다. 빨리 노원외와 석수 형님을 데려오너라."

채경이 당황해서 채복에게 알렸을 때, 공명과 공량은 벌써 영창 지붕에서 뛰어내렸다. 채복, 채경의 대답도 듣지 않고, 시진이 큰칼을 풀어 주고 노준의와 석수를 석방시켰다.

시진이 채복에게 말했다.

"자아, 빨리 댁으로 나와 같이 가서 가족들을 구출하도록 합시다!"

채복과 채경은 시진과 함께 자기 집으로 가서 가족들을 지켰고, 노준의는 석수, 공량, 추연, 추윤 다섯 사람을 데리고 이고와 가씨를 잡으려고 자기 집으로 달려갔다.

이고는 양산박의 호걸들이 쳐들어오고 사면에서 불길이 치솟아 오르는 것을 보자 집 안에서 눈을 멀뚱멀뚱하고 있다가, 가씨와 상의해 가지고 금은재보를 한보따리로 꾸려서 짊어지고 도주하려 했다.

이때 바로 대문을 박차며 여러 사람이 몰려들었다. 이고와 가씨는 당황하여 되돌아 서서 뒷문으로 뛰쳐나와 강가로 내려가서 몸을 숨기려고 했다. 그러나 거기서는 장순이 버티고 서서 호통을 쳤다.

"이 못된 계집년아! 어디로 달아나겠다는 거냐!"

이고는 당황하여 뱃속으로 뛰어들어 몸을 감추려고 했다. 그러나 누군지 손을 뻗어서 이고를 덥석 움켜잡고 호통을 쳤다.

"이고란 놈아! 내가 누군 줄 아느냐?"

그것은 연청의 소리였다. 이고는 애원하였다.

"소을 형님! 형님하고 나하고야 무슨 원수가 있겠소? 나를 육지로 끌어내지만 말아 주시오!"

강가에 있던 장순은 벌써 계집년을 옆구리에 낀 채 질질 끌면서 배가 있는 쪽으로 가고 있었다. 연청도 이고를 붙잡아 가지고 함께 동문 쪽으로 갔다.

노준의가 자기 집으로 달려가 보니, 이고도 여편네도 없어졌기 때문에 하인배들에게 명령하여 금은재보를 모조리 운반해내서 수레에 싣고, 양산박으로 가서 여러 사람과 분배하기로 했다.

한편, 시진도 채복과 함께 그의 집에 가서 가재도구를 수습하고 가족을 거느리고 산채로 가기로 작정했다.

채복이 말했다.

"대관인님! 성 안의 주민들을 살려 주십시오! 죽이거나 상처를 입히지 않도록 해주십시오!"

시진은 그 말을 듣자, 즉각에 군사 오용을 찾으러 갔다. 오용을 만나자 즉각 이 명령을 내려 양민을 살해하지 말라고 했지만, 그때 벌써 성 안의 부민의 절반은 부상을 입은 뒤였다. 북경성 안의 광경이야말로, 연기는 성시(城市)를 휩쓸고, 불길은 누대란 누대를 모조리 태우고 있었다. 뻗쳐 오르는 홍광(紅光) 속에서 유리를 깨뜨리는 듯, 흑염(黑焰) 속에서 비취(翡翠)를 태우는 듯.

날이 밝자 군사 오학구와 시진은 성 안에서 금고(金鼓)를 울려서 병사들을 수습해 들였다.

여러 두령들은 노준의와 석수를 영접한 다음, 함께 유수사로 가서 서로 대면하고 인사를 했다. 노준의와 석수는 그 동안 영창 안에서 채복·채경 형제에게 신세를 졌다는 이야기와, 가지가지로 고생을 하던 끝에 천우신조하여 목숨을 건지게 됐다는 자초지종을 감개무량한 표정으로 여러 사람들에게 이야기했다. 이런 판에, 마침 연청과 장순이 음부간부 가씨와 이고를 끌고 나타났다. 노준의는 두 사람을 보자, 우선 연청에게 맡겨서 감시하도록 분부해 두고 나중에 적당히 처분하겠다고 했다.

한편에서, 이성은 양중서를 호위하고 성 밖으로 도주하고 있는 판에, 패잔병을 거느리고 되돌아오는 문달을 만나게 되어서, 다시 합류해 가지고 남쪽을 향해 무작정 달아났다. 얼마 가지 못해 전군(前軍)이 아우성을 치며 동요하기 시작했다.

번서·항충·이곤 세 호걸이 비도와 비창을 휘두르며 덤벼들었고, 그 뒤에서는 뇌횡이 시은, 목춘을 거느리고 1천 명의 보병으로 퇴로를 가로막았다. 필경, 양중서 일행의 인마는 어찌될 것인지?

67   가만히 있지 못하는 사나이

宋 江 賞 馬 步 三 軍
關 勝 降 水 火 二 將

양중서는 이성·문달과 함께 패잔병을 수습한 뒤 남쪽으로 도주했는데, 얼마 못 가서 또 2대의 복병과 맞닥뜨리게 되어서 이성과 문달이 양중서의 전후를 막고 간신히 포위망을 돌파하여 서쪽으로 도주했다.

번서는 항충, 이곤을 거느리고 양중서를 추격하다가 그만두고 뇌횡, 시은, 목춘과 함께 북경성으로 돌아가서 명령을 기다리기로 했다.

군사 오용은 대명부의 창고를 털어서 금은보물, 비단 등속을 수레에 싣고, 또 식량을 털어서 북경성 안의 주민에게 분배해 주었다.

음부간부 가씨와 이고를 함거(檻車)에 처박아 가지고, 전군을 2대로 나누어서 양산박으로 돌아갔다. 대종은 먼저 연락을 취하라는 명령을 받고 송강에게 연락했다. 송강은 여러 두령을 소집해서 함께 산 아래로 내려와서 노준의를 영접하고, 그를 산채로 모셔오려다가 뜻밖의 사태가 벌어져서 고생을 시키게 된 것을 깊이 사과하고, 노준의더러 산채 주인이 되어 달라고 했다. 노준의가 그 뜻을 그대로 받아들일 리 없었다.

옆에서 흑선풍 이규가 소리를 질렀다.

"형님이 다른 사람한테 자리를 양보하신다면, 우리는 가만히 있지 않겠소! 형님은 황제가 되시고, 노원외는 재상이 되시고, 우리들은 모두 대관(大官)이 되어서 동경으로 쳐들어 가면 좋지 않겠소!"

송강이 대로하여 이규에게 호통을 쳤다.

"주둥이를 닥치고 있지 못할까!"

군사 오용이 가운데 들어서, 우선 노준의를 손님으로 모셔두었다가 일후에 공로를 따져 자리를 결정하기로 했다.

송강도 그 말에 화를 풀고, 노준의를 연청과 함께 거처하도록 하고, 따로 집을 마련하여 채복·채경 그리고 그들의 가족들을 살리도록 했다. 관승의 가족은 설영이 벌써 산채에 데려다 놓았다.

송강은 성대한 잔치를 베풀고 대소 두목, 부하 병사들의 수고를 위로해 주었다. 충의당에서 술잔이 한창 돌아가고 있을 때, 노준의가 일어서면서,

"음부간부는 잡아왔는데 어떻게 처리했으면 좋겠습니까?"

하고 송강의 의견을 물었다. 송강은 노준의의 의사에 맡길 테니 마음대로 처분하라고 했다. 노준의는 단도를 들고 당(堂) 아래로 내려가더니, 좌우 양편 기둥에 꽁꽁 묶여 있는 음부 가씨와 간부 이고에게 실컷 분풀이를 하는 욕설을 퍼붓고 한칼에 찔러서 두 사람을 동시에 죽여 버렸다.

양중서는 양산박의 군사가 철수한 것을 알자, 다시 이성·문달을 데리고 북경성 안으로 돌아오기는 했으나, 어찌해야 좋을지를 몰랐다. 민간인의 부상자는 부지기수요,

살해당한 자만도 5천여 명, 각군의 사상자 수효를 따지면 3만여 명에 달하는 놀라운 숫자였다.

그는 밀서와 상주문을 작성해서 채태사에게 보고하는 도리밖에 없었다. 채태사는 처음에는 어떻게 어물어물 양산박의 호걸들을 귀순시켜서 양중서의 공로를 세워 주려고 했으나, 사태가 이렇게 되고 보니 도저히 그렇게 간단히 수습될 수 없다는 것을 깨달았다.

채태사는 문무백관을 모아 놓고 선두에 나서서 옥좌 앞에 꿇어 엎드려서 도군황제(道君皇帝)에게 이 비상사태를 실정대로 계주했다. 이때 간의대부 조정(趙鼎)이란 사람이 일어서더니, 양산박의 호걸들에게 은사의 조칙(詔勅)을 내려서 귀순시킨 다음, 양민을 만들어 가지고 변경 땅을 지키도록 하는 게 상책이라고 주장했다.

채태사는 그 말을 듣자 대로하여 호통을 쳤다.

"그대는 간의대부의 몸으로서, 도리어 조정의 기강을 무시하고 도둑놈들의 편이 되자는 건가? 그것은 사죄(死罪)에 해당하리라!"

천자도 격분하여 그 자리에서 조정의 관작을 박탈하고 서민으로 떨어뜨리고 말았다.

천자가 다시 채태사에게 선후책을 묻자, 채태사의 의견은 이러했다.

"산적 따위를 소탕하기 위해서 대군을 동원할 것까지는 없습니다. 소신은 능주(凌州)의 두 명장을 천거하고자 합니다. 한 사람은 단정규(單廷珪), 또 한 사람은 위정국(魏定國)이라 하옵고 현재 능주에서 단련사(團練使)로 있습니다. 성지(聖旨)를 내리시고, 날짜를 작정해 주셔서 양산박의 도당을 소탕시키도록 하시기 바랍니다.”

천자는 크게 기뻐하며 당일로 사신을 파견하라는 칙명을 내렸고, 채태사는 칙명대로 사신을 능주로 파견했다. 그러나 다른 관원들은 모두 그의 처사를 비웃었다.

한편, 양산박에서는 연일 성대한 잔치가 계속되었고 3군 장병들에게 상도 후하게 내렸다. 하루는 송강이 주석에 있을 때, 미리 파견해 두었던 첩자가 달려들며 보고하였다.

“북경의 양중서는 마침내 조정에 상주하여 토벌군을 동원키로 결정했습니다. 간의대부 조정이 특사령을 내리라고 주장하다가 관작을 박탈당했습니다. 채태사는 천자께 계주하여 사신을 능주로 보내, 단정규와 위정국 두 단련사에게 명령해서 주병(州兵)을 동원하여 토벌을 하도록 지시했습니다.”

“그러면 이것을 어떻게 대적하면 되겠소?”

송강이 군사 오용에게 물었다.

“기다리고 있다가, 붙잡아 버리는 것뿐이죠.”

이때, 관승이 일어서서 송강과 오용에게 말했다.

“이 관승은 산에 올라온 뒤에 아무런 힘이 되어 드리지 못했습니다. 단정규, 위정국으로 말하면 포성(蒲城)에서 여러 번 만났던 일이 있습니다. 단정규란 자는 결수침병지법(決水侵兵之法)을 잘 써서 사람들이 성수장군(聖水將軍)이라 일컫고, 위정국이란 자는 화공법(火攻法)을 잘 써서 신화장군(神火將軍)이라고 부릅니다. 이 아우가 부재(不才)하지만, 5천 군병만 빌려 주시면, 두 장수가 행동을 개시하기 전에 먼저 능주 노상에 가서 대기하고 있다가, 그들이 항복하겠다 하면 산으로 데리고 올 것이며, 항복하지 않겠다고 하면 그대로 붙잡아서 형장께 바치겠나이다. 여러 두령들이 애쓰실 것까지도 없는 일입니다. 의향이 어떠하신지요?"

송강은 크게 기뻐하여 당장에 선찬과 학사문 두 장수를 동행시키기로 했다.

관승은 5천 병사를 거느리고 그 이튿날 송강과 여러 두령들의 전송을 받으며 산을 내려갔다. 두령들이 충의당으로 돌아왔을 때 오용이 송강을 보고 말했다.

"관승이 이번에 싸우러 나간 것은 그 본심을 확실히 알 수 없으니, 다시 양장(良將)을 파견하여 뒤에서 감시토록 하시는 게 좋을 것 같습니다."

"내가 보건대 관승은 딴마음이 없을 것 같소. 그런 의심은 필요없소!"

"하지만 그의 마음속이 형님의 생각과는 딴판인지 뉘 알겠소? 임충과 양지에게 군사를 주어서 통솔케 하시고, 손립·황신을 부장으로 5천의 군사를 주어서 산을 내려가도록 하십시오."

이때, 흑선풍 이규가 또 불쑥 나섰다.

"나도 따라가게 해주시오!"

송강이,

"이번에는 자네가 나설 판이 아닐세! 따로 적당한 양장(良將)이 얼마든지 있으니까."

"나는 가만히 있으면 병이 납니다. 가게 해주시오. 가지 못하게 하면 나 혼자라도 가겠소!"

"명령을 듣지 않으면 목을 베어 버릴 테니, 그래도 좋은가?"

이규는 송강이 호통을 치는 바람에, 투덜투덜하면서 충의당 밖으로 나가 버렸다.

임충과 양지가 병사를 거느리고 산을 내려간 그 이튿날, 난데없이 병사 한 사람이 전하는 말이 있었다.

"흑선풍 이규가 어젯밤 이경 때쯤 두 자루의 판부를 가지고 어디로 달아나 버렸습니다!"

송강은 그 말을 듣자 깜짝 놀랐다.

"어제 야단을 쳤더니 어디로 가버린 모양이군!"

오용이 대답했다.

"형님, 그럴 리 없소! 그놈은 상당히 의리를 지킬 줄 아는 놈이니까 어디로 갈 리는 없소. 2,3일 지나면 돌아올 것이오."

송강은 그래도 불안해서 대종을 시켜서 뒤를 쫓게 하고, 또 시천·이운·낙화·왕정륙 네 사람의 부장을 파견하여 사방으로 이규를 찾아보도록 했다.

그날 밤 이규는 판부 두 자루를 휘두르면서 곧장 능주로 향했다.

"온, 세상에! 장수 두 마리쯤을 잡는데 대군을 동원하다니! 나 혼자서 그놈들을 도끼로 찍어죽여서 우리 형님을 놀래 주리라!"

이규는 이렇게 혼자 중얼거리며 반나절쯤 길을 걸었다. 시장기를 참지 못하고 산 아래 있는 한 군데 주점으로 내려와서 술이며 안주며 닥치는대로 집어먹었다.

　주점주인이 술값을 셈하라고 했다. 이규는 오히려 호통을 쳤다.

　"나는 어디를 가나 공짜로 먹고 사는 사람이다. 네 놈은 누구냐?"

　술집주인이 두 눈을 부릅뜨고 호통을 쳤다.

　"나는 양산박의 호걸 한백룡(韓伯龍)이란 사람이다. 이 술집밑천은 모두 송강 형님의 것인데 네 놈이 누구기에 공짜로 먹겠다는 거냐?"

　이규는 마음속으로 코웃음을 쳤다. '우리 양산박에 너 같은 놈은 없다!' 알고 보면 이 한백룡이란 자는 강도질이 본업이었는데, 여러 차례 양산박에 가담하고 싶어서 주귀를 찾아와서 졸라댔지만, 송공명이 종기로 앓고 있는데다 또 싸움이 한창인 판이었으므로 뜻을 이루지 못한 채, 주귀가 우선 술집이나 차려 놓고 때를 기다리라고 한 사람이었다. 이규는 허리춤에서 판부 한 자루를 꺼내서 한백룡에게 내밀면서 말했다.

　"이걸 잡혀 놓고 가겠소!"

　한백룡이 그것이 계책인 줄 모르고 손을 내밀고 받으려고 했을 때, 이규는 그것으로 한백룡을 정통으로 내리찍어서 당장에 죽여 버렸다. 그리고 노자돈을 털고, 그 술집에다 불을 지른 뒤 능주를 향해서 뺑소니치고 말았다.

　또 하루해를 채 다 걸어가지 못했을 때 저편에서 장정 하나가 걸어오면서 이규를 유심히 훑어보았다. 이규는 호통을 쳤다.

　"네 놈은 누구기에 길 가는 사람을 그렇게 유심히 훑어보느냐?"

"이 검둥이 같은 놈아! 네 놈은 누구냐? 어디 사는 놈이냐?"

"놀라지 말아라! 나는 양산박의 흑선풍 이규다!"

"거짓말을 하면 그냥 두지 않을 테다!"

"못 믿으면 이 두 자루의 판부를 봐라."

"양산박의 호걸이라면 혼자서 어디를 간단 말인가?"

"우리 형님과 말다툼을 하고, 능주로 단(單)가란 놈과 위(魏)가란 놈을 죽이러 간다!"

"양산박에서는 벌써 군사를 동원했다는데 그게 누구누구인지 말해 봐라!"

"먼저 군사를 거느리고 떠난 사람은 관승, 그리고 뒤쫓아 싸움을 거들러 간 사람은 임충과 양지."

그제야 그 장정은 자기 자신이 누구인지 솔직히 털어 놓았다. 그는 몰면목(沒面目) 초정(焦挺)이란 사람인데, 근자에 구주(寇州) 고수산(枯樹山)에 포욱(鮑旭)이라는 괴상한 강도 두목이 있다는 것을 알고 거기 가담하려고 가는 길이라고 했다.

이규는 초정과 당장에 의기투합하여, 우선 고수산으로 가서 포욱을 설득시켜 함께 능주로 가서 단·위 두 장수를 죽이고 양산박으로 함께 가기로 작정했다.

두 사람이 이런 궁리를 하고 있을 때 시천이 이규의 뒤를 쫓아서 대들었다.

"형님께서 당신 일 때문에 여간만 걱정하고 계신 게 아니오. 어서 산채로 돌아갑시다. 사방으로 사람을 내보내어 당신을 찾으시는 중이오!"

이규는 초정을 시천에게 인사시키고 소개했다. 시천이

이규더러 산으로 돌아가라고 아무리 권고해도 이규는 막무가내로 말을 듣지 않았다.

"나는 벌써 이 초정과 약속을 했네. 고수산에 가서 포욱을 데리고 함께 돌아가기로."

"그건 안 됩니다. 곧 돌아가시오."

"나와 같이 가기 싫거든, 먼저 돌아가서 송강 형님께 전해 주게. 나는 얼마 안 있으면 곧 돌아갈 것이라구."

시천은 이규를 무서워했기 때문에 혼자서 산채로 돌아왔다. 초정은 이규와 함께 고수산을 찾아서 구주로 떠났다.

관승은 선찬, 학사문과 함께 5천의 병력을 거느리고 능주 근처까지 가서 진을 쳤다. 한편, 능주 태수도 동경으로부터 출전하라는 칙명을 받고, 또 채태수의 공문을 받고 병마단련사 단정규와 위정국을 출전케 했다.

신화장군, 성수장군 두 맹장이 드디어 진두에 나섰다. 관승은 그것을 보자 말 위에서 소리를 질렀다.

"두 장군, 오래간만이오!"

단정규와 위정국이 호탕하게 웃어젖히며 관승에게 손가락질을 하면서 매도했다.

"재간도 없이 까부는 놈아! 배반한 광부(狂夫)놈아! 위로는 조정의 은혜를 배반하고, 아래로는 조상의 명목(名目)을 욕되게 하는 놈아! 염치도 모르고 군사를 몰고 오다니, 그래 무슨 할 말이 있다는 거냐?"

"그건 두 장군의 잘못된 생각이오. 목하 주상께서는 혼매(昏昧)하시어 간신들이 권세를 농(弄)하고, 친척 부스러기가 아니면 기용하지 않고, 원수가 아니면 무슨 짓을

해도 내버려 두고 있소. 우리 형님 송공명은 하늘을 대신
하여 도(道)를 행하시는 분으로, 특히 이 관승을 보내어
두 분 장군을 맞아 가려는 것이니, 꺼리는 점이 없으시면,
곧 함께 가도록 합시다."
　단, 위 두 장수는 대로하여 말을 달려 관승에게 덤벼들
었다. 관승도 그들과 대결했다. 좌우 양편에서 선찬, 학사
문도 내달아서 쌍쌍이 진두에서 싸우기 시작했다.
　한참 싸우다가 두 장수는 말 머리를 돌려서 도주했다.
학사문과 선찬이 즉각에 뒤를 추격했다. 위정국이 왼편으
로 달아나자. 그 뒤를 선찬이 추격하고, 학사문은 단정규
를 추격하였다.
　선찬이 한참 추격해 가는데, 돌연 붉은 깃발을 휘날리
며 붉은 갑옷을 입은 4,5백 명의 보병들이 몰려들어서 일
제히 갈고리와 올가미를 써서 산 채로 낚아채 버렸다.
　한편 학사문도 바른편으로 단정규를 추격하고 있자니
까, 난데없이 검정 깃발을 휘날리며 검정 갑옷을 입은 5
백 명이나 되는 보병들이 달려드는 바람에 정신없이 붙잡
히게 되었다.
　단정규와 위정국은 학사문과 선찬을 능주로 호송해 버
리고 5백 명의 정예부대로 맹렬한 공격을 가했다.
　관승은 대패하여 후퇴했다. 단정규와 위정국에게 쫓기
는 것을, 임충·양지가 양편에서 뛰쳐나와서 능주의 병사
를 무찌르고 그를 구출한 뒤 손립·황신과 함께 우선 진
을 치고 버티고 있었다.
　수화(水火) 두 장군은 선찬과 학사문을 잡아서 의기양
양하게 성 안으로 철수했다. 장태수는 그들을 영접하여 주

연을 성대히 베풀고, 부장 한 사람을 뽑아서 선찬과 학사
문을 동경으로 호송하고 가서 조정에 상신하도록 했다.

그 부장은 학사문과 선찬을 호송하면서 어떤 산중에 다
다랐다. 나무가 빽빽하게 들어찼고, 땅바닥에는 갈대가 온
통 우거진 곳이었다. 돌연 징소리가 울리더니, 강도들이
떼를 지어서 뛰쳐나왔다.

선두에 선 자는 두 자루의 판부를 들었으며 음성이 벽
력같았다. 그 사람이야말로 양산박의 흑선풍 이규였다.

그 뒤를 따라 선 호걸은 바로 초정.

이규와 초정은 부하를 거느리고 부장 일행의 앞길을 가
로 막으며 다짜고짜 함거를 탈취했다. 부장이 당황하여 달
아나려고 했을 때 또 한 사람이 뛰쳐나왔다. 그는 바로 포
욱, 한 칼에 부장의 목을 베어 땅바닥에 동댕이쳤다.

이규가 함거 속을 들여다보니, 바로 선찬과 학사문이
아닌가?

"어찌된 일이오?"

"어찌된 일이오?"

서로 똑같은 말을 물었다. 이규는 포욱과 함께 능주로
쳐들어가려는 판인데, 산 위에서 부하의 보고를 받고 관군
이 쳐들어오는 줄 알고 달려 내려온 판이라고 했다.

포욱은 학사문과 선찬을 산채로 초대하고 술을 차려냈
으며, 자기가 소유하고 있는 2,3백 필의 양마(良馬)까지
힘을 합쳐서, 다섯 호걸이 함께 능주로 쳐들어가기로 결심
하였다.

목숨을 건져서 도주한 병사가 장태수에게 달려가서 자

초지종을 보고하고, 단정규에게도 달려가서 자초지종을 보고했다. 단정규와 위정국이 대로하여 있을 때, 성 밖으로 관승이 군사를 거느리고 쳐들어왔다는 보고가 날아들었다.

단정규는 즉각에 성문을 열고 뛰쳐나가서 말을 몰고 진두에 서서 관승을 매도했다.

"나라를 욕되게 하는 패장아! 왜 죽지 않고 까부느냐!"

두 장수가 싸우기를 50여 합, 관승은 말 머리를 돌려서 달아났고, 단정규는 그것을 맹렬히 추격했다. 10리쯤 추격했을 때, 관승이 머리를 휙 돌리더니 호통을 쳤다.

"항복하려면 지금 해라!"

단정규는 그대로 창을 휘두르며 관승의 등을 찌르려고 했다. 바로 이때, 관승은 전신의 있는 힘을 다해 칼등으로 단정규를 내리쳤다. 단정규는 말에서 굴러떨어졌다.

관승은 얼른 말에서 내려 단정규를 부축해 일으키며 말했다.

"장군! 용서하십시오!"

단정규는 꿇어앉아서 목숨만은 살려 달라고 애원하면서 항복했다. 관승이 말을 이었다.

"나는 송공명 형님 면전에서 장군을 천거했소. 이번에 장군을 모셔다가 우리 편에 가담시키러 온 길이오!"

"미력이나마 다하여 함께 하늘을 대신하여 도(道)를 행해 보겠소!"

두 사람은 말을 나란히 몰았다. 임충이 두 사람을 영접하면서 까닭을 물었다. 관승은 싸움에 관한 이야기는 하지 않고,

"산속을 거닐면서 과거지사와 현재 이야기를 주고받다가 우리 편에 투항하시게 된 것이오." 할 뿐이었다.

임충과 그밖의 여러 사람들이 크게 기뻐했다. 그때 단정규가 진두에 나타나서 큰 소리로 호통을 쳤다. 5백 명의 흑갑군병(黑甲軍兵)이 당장에 몰려들었다.

나머지 인마는 성 안으로 달려가서 시급히 태수에게 이런 소식을 알렸다.

위정국은 그 소식을 듣자 대로하여, 그 이튿날 아침에 군사를 거느리고 성 밖으로 싸우러 나섰다. 단정규가 임충, 관승과 함께 진두에 나타나자 위정국은 단정규를 매도했다.

"배은망덕한 놈아! 돼먹지도 못한 게 까불지 마라!"

관승도 대로하여 말을 달려 싸웠다. 두 장수가 싸우기를 10여 합. 위정국은 돌연 자기 진지를 향해 도주했다. 관승이 추격하려고 했을 때, 단정규가 큰 소리를 지르며 말렸다.

"장군, 쫓아가시면 안 됩니다!"

관승은 시급히 말을 멈추었으나, 그때 능주의 진지에서는 5백 명의 화병이 내달아서 화포를 쏴댔기 때문에 관승의 군사는 뿔뿔이 흩어져서 도주하여 40리나 후퇴한 뒤 다시 진을 쳤다.

위정국은 군사를 수습하여 성으로 철수했는데, 웬일인지 성 안에서는 화광이 충천하고 연기가 꾸역꾸역 치밀어 오르고 있었다. 흑선풍 이규가 초정·포욱과 함께 고수산의 병사를 거느리고 능주로 쳐들어가서, 북문을 격파하고 성 안으로 침범한 뒤 불을 질러서 창고의 전량(錢糧)을 약탈했기 때문이었다.

위정국은 그것을 알자, 즉각에 군사를 다시 후퇴시키려고 했으나 이때에는 관승이 쳐들어왔다. 도주하는 도리밖에 없어 능주를 버리고 중릉현(中陵縣)까지 달아나서 다시 진을 쳤다.

관승은 군사를 거느리고 사방에서 현성(縣城)을 포위했다. 그리고 여러 장수에게 명령하여 총공격을 개시했다. 위정국은 성문을 굳게 잠그고 나오지 않았다. 단정규는 관승·임충 등 여러 장수들에게 조급히 굴지 말고 지구전을 하는 한편, 자기가 현성으로 들어가서 싸우지 않고 설복시키는 방법을 취하겠다고 했다.

관승은 그 말을 듣고 크게 기뻐했으며, 단정규는 즉각에 단기(單騎)로 현성으로 향했다. 병사의 연락을 받고 위정국은 단정규와 면회를 하러 나왔다. 단정규는 침착하게 이야기를 했다.

"지금 조정은 혼매하고 천자는 눈이 가려졌으며, 간신배들이 권세를 농(弄)하는 판이니, 우리는 송공명을 따라서 양산박으로 갔다가 간신배들이 물러난 다음에 흑백을 가리도록 하는 게 좋을까 하오!"

위정국은 잠시 아무 말 하지 않고 생각에 잠기더니 입을 열었다.

"나를 항복시키려면 관승더러 친히 와서 영접하라고 하시오. 그렇지 않으면 죽는 한이 있어도 항복하지 않겠소!"

단정규는 곧 말 머리를 돌려 관승에게로 와서 솔직히 보고했다. 관승이 선뜻 나섰다.

"대장부가 하는 일을 어찌 의심하리요!"

그가 단기(單騎)로 달려가려고 했을 때, 임충이 말했다.

"형님, 사람의 마음속은 알 수 없는 것이오. 심사숙고하신 다음에 행동하시기를 바라오!"

그러나 관승은,

"호걸의 하는 일에 어찌 거짓이 있겠소!"

하면서 그대로 현성의 아문을 향해 말을 몰았다. 위정국은 관승을 영접하고 깨끗이 항복할 의사를 표명했다. 이리하여 잠시 주연을 베푼 다음, 당일로 5백의 화병(火兵)을 거느리고 대채로 가서 임충, 양지, 그리고 그밖의 여러 두령들과 대면하고 인사를 했다.

송강은 그 소식을 알고 대종을 보내어 영접케 했는데, 대종은 이규를 만나서 이런 말을 했다.

"그대가 산에서 슬쩍 없어졌기 때문에 여러 사람들이 얼마나 찾았는지 아시오? 그러나 시천, 낙화, 이운, 왕정륙 네 사람은 벌써 산채로 돌아왔소. 우리가 먼저 돌아가서 형님을 안심시켜 드려야겠소."

대종이 먼저 산채로 돌아갔다. 관승의 군사가 금사탄 근처까지 다다랐을 때, 수군의 두령들이 배를 몰고 나와서 그들을 영접하여 차례차례로 건네 주었다.

이때, 장정 한 사람이 숨이 차서 헐레벌떡 달려왔다. 그것은 바로 단경주였다. 임충이 묻는다.

"양림, 석용과 함께 북쪽 변경으로 말을 사러 가셨던 분이 별안간 왜 이다지도 당황하게 돌아오시는 거요?"

단경주가 자세한 사연을 이야기했기 때문에 또다시 중대사태가 벌어지게 되는데, 단경주는 지금 무슨 사연을 말하려는 것인가?

68　통쾌한 위령제(慰靈祭)

宋孔明夜打曾頭市
盧俊義活捉史文恭

　단경주가 달려들며 임충에게 하는 말이, 양림·석용과 함께 북쪽 변경지대로 말을 사러 갔다가 준마(駿馬) 2백여 필을 사가지고 청주 땅에까지 되돌아오기는 했으나, 일군의 강도들에게 습격을 받아서 그 말을 모조리 빼앗겼다는 것이었다.

　강도의 두목인 험도신(險道神) 욱보사(郁保四)란 자는 말을 빼앗아 가지고 증두시(曾頭市)로 가버렸으며, 석용과 양림은 행방불명이 되었다는 것이었다.

　관승은 그 말을 듣자, 즉각에 일행을 거느리고 충의당으로 송강을 찾아가 단정규·위정국을 여러 두령들에게 소개했고, 이규도 산을 내려가서 한백룡을 죽이고, 초정·포욱을 만나서 능주를 쳐부순 자초지종을 송강에게 자세히 보고했다.

　송강은 새로 네 호걸을 또 얻게 된 것을 심히 기뻐했지만, 단경주가 말을 빼앗겼다는 말을 듣고는, 조천왕의 원수도 못 갚고 있던 판이라 격분하여 마지않았다.

　"괘씸한 놈들, 놈들을 소탕해 버리지 않는다면 세상의 웃음거리가 되고 말 것이다!"

　오용이 시천을 시켜서 정세를 탐지하러 내보냈다. 시천

이 떠나간 지 2,3일 만에 양림과 석용이 돌연 산채로 도주해 왔다. 그들이 전하는 말에 의하면, 증두시에서는 사문공이 양산박을 소탕해 버리고 말겠다고 호언장담하고 있다는 것이었다.

며칠 만에 시천이 돌아와서 보고하는 말에 의하면, 증두시에는 다섯 군데의 진이 있는데 정면에는 2천여 명의 병력을 배치하여 마을 어귀를 지키게 하고, 본진에는 무예 교사 사문공이 지키고 있으며, 북진(北陣)에는 증도와 소정, 남진(南陣)에는 둘째 아들 증밀, 서진(西陣)에는 셋째 아들 증색, 동진(東陣)에는 넷째 아들 증괴, 중진(中陣)에는 다섯째 아들 증승이 각각 지키고 있고, 청주에 있는 욱보사는 빼앗은 말을 모두 법화사로 끌고 가서 키우고 있다는 것이었다.

군사 오용은 그 말을 듣자, 이편에서도 5진(五陣)을 결성해서 적군과 대비하기로 결정했는데, 이때 노준의가 나서면서, 이번에는 자기도 싸움에 참가하여 목숨을 구출해 준 은혜를 갚아 보겠다고 했다.

송강은 그를 선봉으로 내세워서 공로를 세우게 하여 산채의 제1인자 자리를 양보해 주고 싶은 생각이었으나, 군사 오용은 그것을 절대로 반대했다. 만약 노준의가 사문공을 잡아서 조개의 원수를 갚게 된다면 그의 유언대로 노준의를 산채의 주인으로 삼아야 할 것이므로, 그것이 싫은 까닭이었다.

오용은 마침내 자기 고집대로, 노준의에게는 연청을 딸려서 보병 2백 명을 주어 평천소로(平川小路)에서 대기하고 있도록 하고, 다음과 같이 5진을 분담시켰다.

남진—진명, 화영, 마린, 등비. 군사 3천 명을 동원하여 공격할 것.

동진—노지심, 무송, 공명, 공량. 보병 3천을 거느리고 공격할 것.

북진—양지, 사진, 양춘, 진달. 보병 3천을 거느리고 공격할 것.

서진—주동, 뇌횡, 추연, 추윤. 보병 3천을 거느리고 공격할 것.

중앙 본진—송공명, 오용, 공손승, 여방, 곽성, 해진, 해보, 대종, 시천. 군사 5천을 거느리고 공격할 것.

후군—이규, 번서, 황충, 이곤. 기병 5천을 거느리고 공격할 것.

송강이 5대의 군마를 거느리고 진격을 개시했을 때, 한편 증두시에서는 증장관(曾長官)이 사문공과 소정을 불러서 군사상의 대책을 상의한 결과, 백성들을 총동원해서 마을 어귀에 수십 군데 함정을 파놓고 그 위에다 살짝 흙을 덮어 두고 주위에 복병을 숨겨 놓고 적병이 쳐들어오기를 기다리기로 했다. 또 증두시 북쪽에도 수십 군데나 함정을 파놓았다.

증도는 마침내 자기 진지의 수비를 사문공에게 맡겨 놓고 친히 말을 달려 진두에 나서서 도전했다.

중군(中軍)에 있던 송강은 증도가 도전해 왔다는 보고를 받자 여방과 곽성을 거느리고 전군(前軍)으로 나와서는, 문기(門旗) 아래에 있는 증도의 모습을 발견하자 원한이 복받쳐 올라서 채찍으로 가리키면서 호통을 쳤다.

"누구든지 저놈을 붙잡아서 옛날의 원수를 갚도록 하라!"

여방이 방천화극(方天畵戟)을 휘두르며 말을 달려 나와 곧장 중도에게 덤벼들었다.

두 장수가 대결하기 30여 합.

문기 옆에서 보고 있던 곽성이 참다 못해 역시 방천화극을 휘두르며 달려나갔다. 여방에게 패전할 기색이 농후했기 때문이었다.

여방은 증도를 감당해낼 만한 실력이 모자랐다. 간신히 30여 합을 지탱했지만, 점점 화극을 쓰는 솜씨가 어지러워졌다. 3기(騎)가 진두에서 한데 엉클어져 싸웠다.

곽성과 여방의 방천화극에는 똑같이 그 끝에 금전표미(金錢豹尾)라는 가느다란 줄이 매달려 있었다. 여방과 곽성은 증도를 잡으려고 동시에 화극을 번쩍 쳐들었다. 증도가 그것을 깨닫고 창을 높이 쳐들어서 막아내려고 했을 때, 두 자루의 방천화극에 매달려 있는 금전표미가 창 끝에 한데 엉클어져서 세 사람이 저마다 아무리 잡아당겨도 풀어지지 않았다.

화영이 진중에서 그 광경을 바라다보다, 두 사람의 신변이 위태로움을 느끼고 즉각에 말을 달려 나와 화살을 활에 꽂은 뒤 증도를 겨누고 쏘았다.

바로 그 순간에, 증도는 칼을 뽑아냈지만 두 자루의 방천화극은 그대로 끝이 엉클어진 채 풀지 못하고 있었다.

증도는 창을 뽑아 다짜고짜 여방의 목덜미를 겨누고 내리찌르려고 했다. 이 아슬아슬한 찰나에, 화영의 화살은 그보다 먼저 증도의 왼편 팔에 보기 좋게 꽂혔다. 증도는 땅바닥으로 처박혔다. 여방과 곽성의 방천화극이 일제히 덤벼들어서 증도는 마침내 목숨을 잃고 말았다.

수십 기(騎)의 기병들이 사문공에게 달려가서 이런 사실을 보고하고 본진으로도 연락을 취했다. 증장관(曾長官)은 그 소식을 듣자 방성통곡했다.

옆에 서 있던 증승이 두 주먹을 불끈 쥐었다. 그는 두 자루의 비도(飛刀)를 쓰면 감히 접근하는 사람이 없을 만큼 재간이 놀라운 장사였다. 두 눈을 부릅뜨고 이를 부드득 갈았다.

"내 말을 당장 끌어내라! 형님의 원수를 갚아야겠다!"

증장관은 만류할 수가 없었다. 증승은 갑옷을 입고 칼을 들고 말을 달려 곧장 전진(前陣)으로 내달았다.

사문공이 그를 막으면서 권고했다.

"송강의 군중에는 지장, 용장, 맹장이 수두룩합니다. 우선 5진(五陣)을 견고히 지키면서 능주(凌州)로 사람을 보내어 조정에 상신하여, 관군을 파견하도록 해서 양면으로 적군을 토벌함이 상책인가 합니다. 이렇게 한편으로는 양산박을 공격하고 또 한편으로는 증두시를 견고히 지키면, 적군도 언제까지나 여기 머무를 수 없어서 산으로 철수하고 말 것입니다. 그때에는 이 사문공도 부재(不才)의 몸일망정 형제분과 함께 적군을 추격하여 반드시 큰 공을 세우도록 힘쓰겠습니다."

이때, 북채(北寨)에 가 있던 부교사 소정이 돌아왔다. 그 역시 견수(堅守)하자는 데 동의했다.

"양산박의 오용이란 자는 궤계다모(詭計多謀)한 놈이어서 깔볼 수 없습니다. 우선 단단히 지키고 있다가 구원병이 도착하거든 다시 상의하기로 하십시다."

증승이 소리를 버럭 질렀다.

"형님이 죽었는데도 그 원수를 갚지 않고 언제까지나 우물쭈물하고 있겠소! 우리가 이대로 있기만 한다면 적군의 세력은 점점 더 커져서 나중에는 손도 댈 수 없게 될 것이오!"

사문공도 소정도 그의 고집을 꺾을 수 없었다. 증승은 말을 타고 수십 기(騎)의 기병을 거느리고 적군에게 도전하려고 진지에서 뛰쳐나갔다.

송강은 증승이 쳐들어온다는 보고를 받자, 즉각 전군에게 응전하라는 명령을 내렸다. 진명이 낭아곤을 휘두르면서 진두로 내달아 증승에게 덤벼들려고 했을 때, 흑선풍 이규가 판부를 움켜잡고 다짜고짜 진두로 내달아서 싸움터로 달음질쳐 버렸다.

이규는 언제든지 싸움을 할 때에는 웃통을 벗어제치고 내달았다. 그럴 때마다 항충과 이곤의 만패(蠻牌—楯)의 보호를 받아서 무사히 견디곤 했다. 그런데 이번에는 단지 혼자서 달려나갔기 때문에, 증승이 쏘는 화살에 넓적다리를 맞고 땅바닥에 나자빠졌다. 증승의 뒤에 있던 기병들이 우르르 몰려들었다. 송강의 진지로부터 진명과 화영이 말을 달려 나와서 위태로운 이규를 구출했고, 뒤따라서 마린·등비·여방·곽성이 달려들어 이규를 진지로 끌어 갔다.

증승은 송강의 군사의 수효가 많은 것을 알자, 그 이상 싸울 것을 단념하고 자기 진지로 철수했다.

　그 이튿날, 사문공과 소정은 싸우지 말자고 강력히 주장했지만, 증승은 형의 원수를 갚아야겠다고 고집을 부리며 말을 듣지 않았다. 사문공은 마음이 내키지 않았지만 어쩔 수 없어서 갑옷을 입고 말을 탔다. 그 말이야말로 예전에 단경주에게서 빼앗은 용구(龍駒) 조야옥사자(照夜玉獅子)라는 말이었다.

　사문공이 말을 달려서 쳐들어오자, 송강의 진지에서는 진명이 말을 달려나가 이와 대적했다. 20여 합을 싸운 끝에 진명은 사문공을 감당해내지 못하고 자기 진지를 향해 달아나기 시작했다.

　사문공은 이를 추격하여 신창(神鎗)을 휘둘러 진명의 넓적다리를 뒤로 찔러서 말 위에서 나동그라져 떨어지게 했다.

　여방·곽성·마린·등비 네 장수가 재빨리 달려나가서 진명을 구출하기는 했으나 수많은 병사를 잃었고, 10리나 후퇴해 가지고 송강이 진명을 수레에 태워서 산채로 보내어 치료하도록 했다.

　밤이 되었다. 하늘이 맑게 개고 달이 밝으며 바람은 조용했다. 사문공이 진중에서 증승에게 말했다.

　"적군은 오늘 두 장수가 부상을 입었으니 겁을 집어먹었을 것입니다. 이 틈을 타서 습격하면 좋을 것입니다."

　증승은 즉각에 북진의 소정, 남진의 증밀, 서진의 증색을 불러서 공격할 작전을 세우고, 밤이 이경 때쯤 되어서 비밀리에 진군을 감행, 말방울 소리도 내지 않고 살며시 송강의 진지로 진격해 들어갔다.

　그런데 사방에는 사람의 그림자라고는 하나도 없고 텅

비어 있었다. 아차! 계교에 빠졌구나! 하는 생각으로 곧 도주하려고 했을 때, 왼편에서 해진이 뛰쳐나오고 오른편에서 해보가 뛰쳐나오고, 뒤로부터는 화영이 함께 덤벼들었다.

증색은 어둠 속에서 해진의 쇠갈퀴에 찔려서 말 위에서 떨어져 나동그라졌다. 불길이 치밀고 뒤에 있는 진지에서 고함소리 요란하더니 동서 양편에서 군사들이 몰려들었다. 밤새도록 혼전을 계속하다가 사문공은 간신히 길을 뚫고 목숨을 건져 도주했다.

증장관은 증색이 또 전사한 것을 알자 슬퍼서 어쩔 줄 모르며, 그 이튿날 사문공을 시켜서 투항서를 작성케 했다. 사문공도 전전긍긍하는 판이었기 때문에, 곧 투항서를 작성한 뒤 사람을 시켜 송강의 본진으로 보냈다. 그 투항서의 내용은 이러했다.

증두시주(曾頭市主) 증롱(曾弄)은 송공명 통군두령(統軍頭領) 휘하에 돈수재배(頓首再拜)합니다. 전자에는 아들녀석이 무리하게 어줍잖은 용기를 믿고 마필(馬匹)을 창탈(搶奪)하여 호위(虎威)를 모범(冒犯)했습니다. 전일에 조천왕께서 하산하셨을 적에 마땅히 귀순함이 이치에 합당할 줄 알았사오나, 철부지 부졸들이 화살을 쏘았으니, 죄루(罪累)가 심중하와 입이 백인들 무삼 말씀을 여쭈리까. 그러나 까닭을 캐자면 결코 본의는 아니었습니다. 이제 철부지 부졸〔頑犬〕들은 이미 죽어 버렸사오니 사자를 파견하여 화해를 청하고자 합니다. 이제 싸움을 그만두시고 병사를 쉬게 해주시면 강탈했던 마필은 모조리 돌려보내 드리겠습니다. 또 금백을 보내어 삼군(三軍)을 위로하고 양상(兩傷)을 면케 해보고자 삼가 이 글월을 올리오니, 조찰(照察)하심을 복걸(伏乞)합니다.

　이 투항서에 대하여, 송강에게서 돌아온 답장은 냉정한 것이었다. 즉, 화해를 구할 생각이 있으면, 우선 두 번이나 빼앗아간 마필을 돌려보내고, 또 탈마흉도(奪馬凶徒) 욱보사 때문에 희생된 군사를 위하여 위로의 금백을 지불하라는 것이었다.

　증장관과 사문공은 송강의 답장을 받아 보고 벌벌 떨었다. 그 이튿날 증장관은 다시 사람을 보내어 화해를 승낙한다면 피차간에 인질을 교환하자고 했다.

　송강은 그것을 받아들이려고 하지 않았지만, 오용이 시천·이규·번서·황충·이곤 등 다섯 사람을 인질로 보내기로 하고 그들이 떠나갈 때 오용이 뭣인지 시천에게 귓속말을 해서 보냈다. 한편, 관승·서녕·단정규·위정국 네 호걸이 도착해서 여러 두령들과 인사를 교환하고 중군(中軍)에 머물러 있게 되었다.

　증장관은 인질로 간 다섯 명을 법화사 진중에 머무르게 하고, 5백 명의 병사를 시켜서 경비케 하는 한편, 화해를 구하기 위해서 증승과 욱보사를 송강의 본진으로 보냈다. 두 사람은 중군으로 송강을 찾아가서 인사를 드리고, 두 번에 걸쳐서 강탈했던 마필과 함께 수레 한 채에 금백을 가득 실어다가 본진으로 운반해 갔다.

　송강이 그것을 보고 입을 열었다.

"이것은 모두 두 번째에 빼앗아 간 말들뿐이오. 먼젓번에 단경주가 끌고 온 그 천리마, 용구 조야옥사자는 어째서 끌고 오지 않았소?"

증승이 대답한다.

"그것은 무예교사 사문공이 타시기 때문에 끌고 오지 못했습니다."

"빨리 편지를 써서, 그 말을 내 곁으로 돌려보내도록 하시오."

증승은 즉각에 편지를 서서, 말을 데리고 오라고 종자를 본진으로 보냈다. 사문공이 그 편지를 보더니, 벌컥 화를 냈다.

"다른 말이라면 모르거니와, 이 말만은 줄 수 없다!"

종자가 몇 번이나 왕래하면서 그 말을 내놓으라고 했지만, 사문공은 끝까지 버티고 말을 듣지 않았다. 마지막으로 하는 말이,

"그렇게까지 이 말이 소용된다면, 송강더러 즉각에 병사를 철수시키라고 해라! 그렇게 한다면 당장에 돌려보낼 용의가 있다!"

고 했다.

송강이 되돌아온 종자의 말을 듣고 이 문제에 관해서 오용과 상의하고 있을 때, 돌연 청주와 능주 양로(兩路)에서 군사가 쳐들어온다는 급보가 날아들었다.

송강은 놈들이 알게 되면 태도가 돌변하리라 생각하고, 비밀리에 명령을 내려서 관승·단정규·위정국을 파견하여 청주의 군사를 막게 하고, 화영·마린·등비를 능주로 파견하여 막아내도록 했다. 동시에 오용은 욱보사를 매수

하는 데 성공했다.

즉, 송강의 진지에서 살짝 도주해 온 것처럼 사문공에게 돌아가서 이렇게 말하는 것이었다. 송강은 말을 빼앗고 싶은 생각뿐이지 화해할 생각은 손톱만큼도 없다는 것, 말만 돌려보내면 태도가 돌변할 것이 확실하다는 것, 이번에 청주와 능주에서 구원병이 왔다는 소식을 듣고, 송강이 당황하기 이를 데 없으니 이런 기회에 계책을 써보자고. 욱보사는 이번 일에 성공만 하면 송강의 산채에서 두령의 한 사람이 될 수 있다는 오용과의 약속을 믿고, 즉각에 사문공의 진지로 달려가서 송강이 명령한 대로 능청스럽게 보고를 했다.

사문공은 증장관이 인질로 가 있는 증승을 생각하는 간곡한 의사도 물리치고, 마침내 북진의 소정, 동진의 증괴, 남진의 증밀에게 총공격령을 내렸다.

욱보사는 법화사의 본진으로 몰래 들어가서 이규 일행 다섯 사람을 만나보고 시천에게 비밀리에 이런 사정을 내통했다.

한편에서는, 송강이 불안한 생각이 들어서 오용에게 물어 봤다.

"이번 계책은 어찌될 것 같소?"

"욱보사가 빨리 돌아오지 않는 것을 보면, 이번 계책이 잘 들어맞은 것 같습니다. 놈들이 오늘 밤에 쳐들어온다면 우리는 뒤로 물러서서 진지 양편에 숨어 있고, 노지심과 무송을 시켜서 보병을 거느리고 적의 동진으로 쳐들어가게 하고, 주동 · 뇌횡을 시켜서 역시 보병을 거느리고 적의 서진으로 쳐들어가게 하고, 양지와 사진을 시켜서 기병을 거느리고 적의 북진으로 쳐들어가게 하면 걱정 없습니다. 이것은 마치 약삭빠른 사냥개가 짐승들이 제 집을 비워 두는 것을 노려서 그 집 속에 살짝 숨어 있다가 짐승들이 돌아오기를 기다려서 낚아채는 번견복와지계(番犬伏窩之計)라는 것이며, 백발백중입니다."

한편, 사문공은 그날 밤에 소정·증밀·증괴를 거느리고 총동원의 태세로 출진했다. 으스름한 달밤으로 반짝이는 별도 없었다.

사문공과 소정이 선두에 서고 증밀·증괴가 후군이 되어서, 말방울 소리도 내지 않고 송강의 진지로 도습(盜襲)해 들어갔다.

그런데 진문(陣門)이 열린 채 진중에는 한 사람도 없고 죽은 듯 조용하기만 했다. 계책에 속은 줄 알고 돌아서서 본진으로 도주하려고 했을 때, 돌연 증두시 쪽에서 징소리, 북소리가 요란스럽게 울리며 포성이 천지를 진동했다.

그것은 시천이 미리 법화사 종루(鐘樓)에 올라가서 종을 울리고, 그 종소리를 신호로 동서 양문으로부터 일제히 화포가 터졌고, 고함소리를 지르며 무수한 병사들이 쳐들어왔기 때문이었다. 한편, 법화사에서도 이규와 번서, 항충, 이곤이 일제히 행동을 개시하고 공격을 가했다.

사문공은 질겁을 해서 자기 진지로 도주하려고 했지만 길을 분간할 수가 없었다. 증장관은 자기의 진지가 엉망진창이 돼 버렸고, 또 양산박의 대군이 양로로 쳐들어왔다는 보고를 받자 진중에서 제 손으로 목을 매어 자살하고 말았다.

증밀은 서진으로 달려 들어가다가 주동의 박도에 찔려

서 죽었고, 증괴는 동진으로 달려가는 도중에 난군(亂軍) 중에서 말에 밟혀 죽었으며, 소정은 필사적으로 북문 밖으로 빠져 나갔지만 거기에는 무수한 함정이 있을 뿐더러 뒤에서는 노지심과 무송이 추격해 오고, 앞으로는 양지와 사진에게 가로막혀서 빗발치듯 하는 화살 속에 목숨을 잃고 말았다.

뒤쫓아 밀려든 그의 부하 병사들은 모조리 함정 속으로 굴러 떨어져서 시체가 산처럼 쌓여, 사망자의 수효조차 알 길이 없었다.

한편, 사문공은 천리 준마의 힘으로 서문 밖으로 뚫고 나가서 도주하기는 했지만, 시커먼 안개가 온통 하늘을 뒤덮어서 도무지 방향을 분간키 어려운데, 20리쯤 나갔을 때 깊은 숲 저편으로부터 징소리가 요란스럽게 울리더니 4,5백 명의 병사가 뛰쳐나왔다. 선두에 선 장사가 몽둥이를 휘두르며 말의 다리를 후려갈기려고 덤벼들었다. 천리 용구(千里龍駒)는 과연 놀라운 말이었다. 단숨에 그 장사의 머리 위를 훌쩍 뛰어 넘어서 달아났다.

이렇게 사문공이 필사적으로 도주하고 있노라니, 이번에는 음운흑무(陰雲黑霧)가 천리를 휘몰아치고 광풍이 소용돌이치더니 허공에 무엇인지 나타나며 앞길을 가로막았다. 사문공은 신병(神兵)인 줄 알고 겁을 집어먹고 말 머리를 돌려 봤지만, 동서 남북 어떤 쪽으로 가도 조개의 망령이 끈덕지게 쫓아다녔다.

사문공은 할 수 없이 가던 길을 되돌아 섰다. 이번에는 연청과 맞닥뜨렸고, 노준의도 나타났다.

"이 강도놈아! 어디로 달아나느냐!"

노준의는 이렇게 호통을 치면서, 박도로 사문공의 넓적 다리를 후려갈겨서 말 위에서 나동그라져 떨어지게 한 다음, 동아줄로 꽁꽁 묶어서 증두시로 끌고 갔다. 연청은 그 천리용구를 끌고 곧장 본진으로 달려갔다.

송강은 노준의가 공로를 세우게 된 것을 크게 기뻐했고, 즉시 증승의 목을 베어서 죽여 버리고 금은재보, 미맥양식 (米麥糧食)을 걷어 모아 가지고 수레에 싣고 양산박으로 돌아와서 여러 두령들에게 분배했다.

또 관승은 군사를 거느리고 청주의 적군을 격퇴시켰으며, 화영도 능주의 적군을 무찔러 버리고 함께 돌아왔다.

대소 두령 한 사람도 결원이 없었고, 명마 조야옥사자도 입수하게 되었다. 송강은 즉각 함거에 사문공을 처박아 가지고 양산박으로 돌아와서, 전원이 충의당에 모여 조개의 위령제를 지냈다. 성수서생(聖手書生) 소양(蘇讓)에게 명령하여 제문을 만들게 하고, 대소 두령들에게 모조리 상복을 입히고, 사문공의 배를 갈라서 제물로 바치고 통쾌하게 위령제를 지냈다.

송강은 위령제를 마치고 나자, 여러 두령들과 양산박의 주인을 새로 선정할 것을 상의했다. 그러자 오용이 입을 열었다.

"형님을 주인으로 모시고, 그 다음 자리에 노원외를 모시고, 여러 형제들의 자리는 예전대로 두면 아무 문제도 없을 것입니다."

"조천왕께서는 사문공을 잡은 사람이면 누구든 간에 양산박의 주인으로 모시라는 유언을 남기고 가셨으니, 고인의 뜻대로 사문공을 잡아서 원수를 갚게 한 노원외를 양산박의 주인으로 모심이 당연한 이치라 생각하오."

그러나 노준의 자신이 극력 반대했고, 또 오용은 여러 두령들에게 눈짓을 해서 어디까지나 반대하라는 뜻을 암시했다.

흑선풍 이규는 큰 소리를 질렀다.

"나는 강주에서 신명(身命)을 내던지고 형님을 따라왔소! 모든 사람이 형님에게만 자리를 양보할 뿐이오. 나는 하늘도 무섭지 않소! 그렇게 자꾸만 자리를 남에게 물려주겠다고 하신다면, 나는 모두 뒤집어엎어 버릴 테니 뿔뿔이 흩어져 버리고 맙시다!"

다음으로 무송, 유당, 노지심도 모두 송강의 제의에 극력 반대하여, 만일에 주인의 자리를 남에게 양보한다면, 양산박을 해산해 버리자고 강력히 주장했다.

송강도 여러 사람의 의사를 무시하고 강제로 일을 처리할 수는 없었다.

어쩔 수 없이 다음과 같은 의견을 또 말했다.

"모두들, 조용하시오! 여러분의 의견이 정 그렇다면 나에게 또 한 가지 생각이 있소. 모든 일을 하늘의 뜻에 맡기기로 합시다. 그 결과가 어떻게 되는지 그것을 보아서 작정하기로 합시다. 꼭 두 가지 길이 있소!"

"무슨 두 가지 길인지 어서 말씀하십시오!"

오용이 재촉했다. 송강의 두 가지 길이란 과연 무엇일까?

69 창기(娼妓)는 못 믿을 것

東 平 府 誤 陷 九 紋 龍
宋 孔 明 義 釋 雙 鎗 將

송강이 제시하는 방법을 들어 보면, 현재 산채에는 전량(錢糧)이 결핍한데, 양산박의 동쪽에는 전량을 풍부하게 지니고 있는 고을이 있다는 것이었다.

그 한 군데는 동평부(東平府)요, 또 한 군데는 동창부(東昌府)인데, 전량을 꾸어 달라고 가면 거절당할 것이 뻔한 노릇이니, 자기와 노준의가 제비를 뽑아서 어느 마을이든 제비에 나오는 대로 작정하고, 그 마을의 성을 먼저 격파한 사람이 양산박의 주인이 되기로 하자는 것이었다.

즉각 배선을 시켜서 두 개의 제비를 만들어 가지고, 향불을 피워 놓고 하늘에 기도를 올리고 나서 송강과 노준의가 똑같이 뽑았다. 송강에게는 동평부가 나왔고, 노준의에게는 동창부가 나왔다. 즉일로 주연을 베풀고, 한편 명령을 내려서 군사의 배치를 끝냈다.

송강 휘하에는 임충·화영·유당·사진·서녕·연순·여방·곽성·한도·팽기·공명·공량·해진·해보·왕왜호·일장청·장청·손이랑·손신·고대수·석용·욱보사·왕정륙·단경주, 이상 대소 두령 25명에 보기(步騎) 병력 1만. 따로 수군의 두령 원소이·원소오·원소칠은 배를 지휘하며 원호할 것.

노준의의 휘하에는, 오용·공손승·관승·호연작·주동·뇌횡·색초·양지·단정규·위정국·선찬·학사문·연청·양림·구붕·능진·마린·등비·시은·번서·항충·이곤·시천·백승 이상 대소 두령 25명. 역시 보기(步騎) 병력 1만 명과 따로 수군의 두령 이준·동위·동맹이 배를 지휘하며 원호할 것.

3월 1일을 행동개시의 날짜로 작정했다. 송강은 군사를 거느리고 동평부로 진출하여 성에서 40리 정도 떨어진 안산진(安山鎭)에 군사를 주둔시켰다.

동평부의 태수는 정만리(程萬理)라 했고, 병마도감 동평(童平)이란 자가 있었는데, 이자는 쌍창을 잘 쓰는 명수로서 쌍창장(雙鎗將)이라는 별명으로 불리고 만부부당(萬夫不當)의 용맹을 지닌 장수였다.

송강은 우선 예의를 지킨다는 의미에서 욱보사와 왕정륙 두 사람을 시켜서 전서(戰書—도전장)을 보내고 그 결과 여하에 따라서 즉각에 공격을 개시하기로 했다.

동평부 정태수(程太守)는 송강이 안산진에 진을 치고 있다는 급보를 접하고 병마도감 동평과 대책을 협의하고 있는 판에, 마침 문지기가 송강의 전서(戰書)를 가진 부하가 나타났다는 연락을 했다.

동평은 그 말을 듣자 당장에 송강의 두 부하를 끌어다가 목을 베라고 호통을 쳤다. 정태수가 말렸다.

"자고 이래로 나라와 나라가 싸운다 해도 사신의 목을 베는 법은 없소. 그것은 예의에 어긋나는 일이니, 두 놈에게 매를 20대씩만 때려서 돌려보내 놓고 저편의 태도를 살피기로 합시다."

동평은 분노를 참지 못하여 욱보사와 왕정륙을 한 동아줄에 같이 묶어 놓고 살이 터지고 피가 나도록 매를 때려서 성 밖으로 추방했다. 두 사람은 본진으로 돌아오자 눈물을 흘리며 결과를 보고했다.

송강은 두 부하가 매를 맞았다는 사실을 알자, 분노를 참지 못하고 몸을 떨면서 즉각에 주군(州郡)을 격파할 생각으로, 욱보사와 왕정륙을 산채로 돌려보내서 몸을 쉬도록 지시했다.

이때, 구문룡 사진이 나서서 자기의 의견을 말했다.

"소제(小弟)는 옛적에 동평부에 있을 적에 어떤 청루에서 이서란(李瑞蘭)이라는 창기 하나를 사귄 일이 있습니다. 지금부터 제가 얼마간 금은(金銀)을 가지고 동평부로 살짝 들어가서 그 창기의 집에 머무르고 있을 터이니, 형님은 날짜를 작정해 가지고 공격을 개시해 주십시오. 동평이 싸움에 응했다면 고루(鼓樓)에 올라가서 불을 질러서 신호를 할 것이니 내외호응(內外呼應)하여 거사하도록 하십시다."

송강은 좋은 의견이라고 찬성했다. 사진은 즉각 성 안으로 잠입하여 창기 이서란의 집으로 달려갔다. 이서란은 보기 드문 미인이었다. 사진을 이층으로 데리고 올라가서 자리에 앉히고 별안간 나타난 연유를 물었다.

"오래간만에 오셨네요. 풍문에 듣자니 당신은 양산박에 가서 두령이 되셨다고 조정에서 체포령이 내렸으며, 우리 마을에서는 송강이 전량을 약탈하러 온다고 야단법석인데 어찌된 일이신지요?"

사진은 옛날 생각만 하고, 또 자기 마음같이만 생각하고 당장에 금은을 이서란에게 내주며, 몸을 좀 숨겨 주면 성사한 뒤에는 온 집안 식구를 산채로 데리고 가서 호강을 시켜 주겠다고 솔직하게 이야기했다.

창기 이서란은 적당히 대답하고 금은을 받아 넣은 다음 우선 사진에게 술대접을 해놓고, 아래층으로 내려와서 포주영감 내외와 상의했다.

포주영감은 송강을 무서워하여 비밀을 지켜 주자고 했지만 그의 마누라는 펄펄 뛰면서 반대했다.

"이런 바보 같은 늙은이! 당신이 뭘 안다구 그러시오? 자고로 벌이 품속으로 쏘고 들면 옷을 벗어 버리고 쫓아 내라고 했소. 고해 바친 사람은 설사 죄가 있다 해도 용서를 받게 마련이니, 당장에 동평부에 알려서 그놈을 잡아가게 해야지 그렇지 않으면 나중에 반드시 시끄러운 일이 생길 것이오!"

포주영감이 우겼다.

"그 사람은 적지 않은 금은을 우리 집에 주었다는데 좀 편의를 봐준들 어떻겠소."

"이런 못된 늙은이! 방귀 작작 뀌시오! 이 청루란 곳은 수천만 명의 사람을 뜯어먹고 사는 곳이오. 그 따위 자식 하나쯤이 어쨌다는 거요! 당신이 가지 않겠다면 내가 친히 아문에 가서 당신마저 내통하고 있다고 고해 바치겠소!"

한편, 사진은 이층으로 다시 올라오는 이서란의 안색이 이상한 것을 보고 물었다.

"집 안에 무슨 일이 생겼나? 어째서 안색이 그렇게 나쁘지?"

"금방 층대를 올라오다가 발을 헛디뎌서 쓰러질 뻔했어요. 그래서 아주 당황했던 까닭이겠죠!"

사진은 그 말을 곧이듣고 조금도 의심치 않았다.

차 한 잔을 마실락말락할 시간이 경과되었을 때, 층층대에서 요란스런 발소리가 들리며 창 밖에서도 떠드는 소리가 들리더니, 수십 명의 공인들이 이층으로 뛰어 올라와 사진을 옴짝달싹도 못하게 꽁꽁 묶어 가지고 그대로 동평부 청상(廳上)으로 끌고 갔다.

정태수가 사진을 보고 격분하여 꾸짖는다.

"이놈! 대담무쌍하게도 혼자 몸으로 세작(細作—첩자)이 되어서 잠입하다니! 이서란의 부친이 자수하지 않았다면 우리 일부(一府)의 선량한 백성들을 모조리 괴롭힐 뻔했다. 자아, 솔직히 자백해라! 송강이 네 놈을 보내 뭣을 어떻게 하겠다는 거냐?"

사진은 통 말을 하지 않았다.

동평이 말했다.

"이런 흉측한 도둑놈이 매를 맞지 않고 불 리가 있겠습니까!"

정태수가 호통을 했다.

"이놈을 호되게 매질해라!"

양편에서 옥졸들과 간수들이 달려들어 우선 넓적다리에 냉수를 끼얹고, 양편 다리에 백 대씩 매를 때렸다. 사진은 매를 맞으면서도 통 말을 하지 않았다.

동평이 또 말했다.

"우선 큰칼을 씌우고 고랑쇠를 채워서 사형수의 감방에

가둬 두었다가, 송강을 붙잡거든 함께 서울로 압송하도록
하십시다."

　송강은 사진이 떠나간 자세한 편지를 써서 오용에게 알
렸다.
　오용은 송공명의 편지를 받아 보고, 사진이 창기 이서
란의 집으로 갔다는 사실을 알게 되자 대경실색하여 즉각
노준의에게도 연락을 취해 놓고 송강에게 달려왔다.
　"누가 사진을 보냈습니까?"
　"당사자가 가겠다고 자원해서 간 것이오. 그 이서란이란
여자와는 옛적부터 잘 아는 사이며 깊은 관계가 있으니
걱정없다면서 떠나갔소."
　"그것은 좀 경솔한 짓이었습니다. 내가 있었다면 결코
떠나 보내지 않았을 것입니다. 창기란 것은 본래가 믿을
수 없는 존재입니다. 옛손님을 쫓고 새손님을 맞아들이며
온갖 사람을 속여먹는 것이 창기의 직업이니 진실이 있을
리 없고, 다소의 애정이니 은혜니 하는 감정이 있었다손
치더라도 결국은 포주할멈의 손아귀에서 헤어나지 못하는
겁니다. 사진도 이번에는 톡톡히 혼이 날 것 같습니다."
　송강은 오용과 거기에 대한 대책을 상의했다. 오용은
즉각 고대수를 불러들었다.
　"좀 수고해 주어야겠소. 할멈같이 변장을 하고 성 안으
로 잠입해서 거지 행세를 해주시오. 무슨 소식이든 탐지하
는 대로 곧 알려 주시오. 만약에 사진이 아직도 영창에 갇
혀 있거든 옥졸을 만나보고 이렇게 말해 주시오. 옛날에
신세를 진 일이 있는 분이어서 차입을 해드리고 싶다고.

그렇게 해가지고 영창 속으로 뚫고 들어가서 비밀리에 사진에게 연락을 취해 주시오. 우리들은 그믐날 어둑어둑할 무렵에 반드시 성을 공격할 것이라구. 그리고 변소를 찾아가는 체하고 몸을 뛰쳐나오도록 하시오. 그믐날 밤이 되거든 성 안에서 불을 질러 신호를 보내 주시오. 그렇게 되면 우리 편에서는 병사를 보내어 일을 순조롭게 해치우겠소. 형님은 먼저 문상현(汶上縣)을 공격해 주십시오. 백성들은 반드시 동평부로 도주할 것이니, 이때 고대수가 백성들 틈에 끼여서 함께 성 안으로 들어가면 아무도 알지 못할 것이오."

오용은 이렇게 지시를 해놓고 동창부로 돌아갔다. 송강이 해진·해보에게 명령하여 문상현을 공격하니, 과연 백성들은 모조리 동평부로 도주했다.

고대수는 머리를 풀어 흩뜨리고 남루한 차림으로 여러 사람들 틈에 섞여서 성 안으로 들어가 거지 행세를 하며 거리를 돌아다녔다. 주아문 앞에 가서 알아봤더니, 사진이 영창에 갇혀 있는 것이 확실했다.

이튿날 밥통을 손에 들고 사옥사(司獄司) 앞을 오락가락하고 있자니까, 늙은 공인 한 사람이 안에서 나왔다. 고대수는 절을 하고 눈물을 비오듯 줄줄 흘렸다. 그 늙은 공인이 물었다.

"거지 할멈은 왜 울고 있는가?"

"영창에 갇혀 있는 사대랑(史大郎)은 저의 옛적 주인입니다. 이별한 지 벌써 10년이나 됩지요. 강호를 떠돌며 장사를 하고 있다고만 했는데, 어째서 영창에 갇혀 있는지 까닭을 알 수 없습니다. 아무도 차입해 줄 만한 사람이 없는 것을 알고 이 늙은것이 비럭질을 해서 얻은 밥을 가지고 왔으니 좀 먹여 주도록 해주십시오. 늙은 것을 불쌍히 여기시어 안에 들어가서 좀 만나보게 해주시면, 칠층보탑(七層寶塔)을 쌓아 올리시는 것보다 훨씬 적덕(積德)이 되실 겁니다.”

“그놈은 양산박의 강도로 죽을 죄를 진 놈인데, 누가 감히 안에 들여놓을 수 있단 말인가!”

“저지른 죄야 그 사람이 몸소 맡을 일이지만, 늙은것을 불쌍히 여기시어 들어가서 밥이나 한 번 먹여 보게 해주시면 주인에 대한 구정(舊情)이나 갚아 보겠습니다!”

늙은 공인은 그것이 남자라면 시끄럽겠지만 늙은 여자가 무슨 대단한 일이 있으랴 하는 생각으로 고대수를 데리고 영창 안으로 들어갔다. 사진은 목에 큰칼을 쓰고 허리에까지 고랑쇠를 차고 있다가 고대수를 보자 깜짝 놀랐다.

고대수가 눈물을 줄줄 흘리며 사진에게 밥을 먹여 주고 있을 때, 다른 절급 한 사람이 나타나더니 호통을 쳤다.

“이놈은 죽을 죄를 지은 놈인데, 누가 밥을 차입해 주게 했단 말이냐? 빨리 나가지 않으면 몽둥이찜질을 하겠다!”

고대수는 사람의 눈이 무서워서 자세한 이야기는 하지 못하고, 단지 몇 마디만 귓속말로 해주었다.

“이달 그믐날 밤 성을 공격할 것이니, 당신도 영창 속에서 어떻게든 버티어 주시오.”

고대수는 영창문 밖으로 쫓겨났고, 사진은 이달 그믐날 밤이라는 것만을 기억할 수 있었다.

그 해 음력 3월은 큰 달이었다. 30일이 그믐날인데, 사진은 29일이 되자 영창 속에서 젊은 절급에게 물어 봤다.

젊은 절급은 날짜를 잘못 알고 있었다.

"오늘은 그믐날이오. 밤에는 고혼지(孤魂紙)라도 사다가 태워야겠군!"

하고 대답했다. 사진은 그 말을 듣자, 어서 밤이 저물기만을 고대하고 있었다. 또 다른 젊은 절급 하나가 술이 거나하게 취해 가지고 사진을 변소로 데리고 갔다. 사진은 젊은 절급을 속여서,

"저 뒤에 누가 있군요!"

하고, 절급이 뒤를 돌아다보는 틈을 타서 큰칼을 비틀어 벗어 버리고 그걸로 그 절급을 때려서 쓰러뜨렸다. 다시 벽돌장으로 고랑쇠를 끊어 버리고 성난 독수리같이 눈을 번쩍거리며 정심(亭心—간수들의 집합처)으로 달려 들어 갔다. 공인들은 모두 술이 취했기 때문에 사진에게 맞아서 죽은 자도 있고, 또 겁이 나서 도주해 버리기도 했다.

사진은 영창문을 활짝 열어서 밖으로부터 구원해 줄 사람이 들어오기 편하게 해놓고, 영창 안의 죄수들을 모조리 풀어 놓았다. 5,60명이나 되는 죄수들이 일시에 고함을 지르며 밖으로 뺑소니를 쳤다.

이것을 알게 된 태수 정만리는 대경실색하여 즉각에 병마도감을 불러서 대책을 강구했다. 동평이 말했다.

"성 안에는 반드시 세작이 잠입해 있을 것입니다. 먼저 사람을 많이 풀어서 그 도둑놈을 포위해 버려야 합니다. 나는 이 틈을 타서 군사를 거느리고 성 밖으로 나가서 송강을 붙잡겠습니다. 상공께서는 성지를 고수하면서 수십 명의 공인을 파견하시어 영창문을 포위하고 그놈이 도망

치지 못하게 하십시오!"

동평은 군사를 거느리고 말을 달려나갔다. 정태수는 절급, 우후, 압번(押番—호송공인) 등을 총동원시켜 각각 창봉을 들고 영창 앞에 가서 고함을 지르게 했다. 사진은 영창 안에서 경솔하게 밖으로 나올 수 없었고, 밖에서 사람들이 안으로 들어갈 생각도 못하였다. 고대수도 어찌할 바를 몰랐다.

병마도감 동평은 군사를 거느리고 사경 때쯤 되어서 말을 달려 송강의 진지로 쳐들어갔다. 복로수군(伏路水軍)이 송강에게 알리자, 송강은 고대수가 성 안에 들어가 실패한 줄 알고 즉각에 적을 맞아 싸우라는 명령을 내렸다.

양군이 각각 진을 치자, 동평이 먼저 말을 달려 진두로 내달았다. 동평은 기민한 두뇌의 소유자로서 삼교구류(三敎九流)에 통하지 않은 게 없으며 품죽조현(品竹調絃) 등 온갖 풍류를 못하는 게 없는 인물이어서, 산동 하북 일대에서는 풍류쌍창장(風流雙鎗將)이라 일컫는 영웅이었다.

송강은 진두에서 동평의 인품을 한 번 바라보며 마음에 들어서 몹시 기뻐했다. 한도에게 명령하여 나가 싸우라고 했다. 한도는 손에 철삭(鐵槊)을 들고 곧장 동평에게 덤벼들었으나 동평의 신출귀몰한 철창(鐵鎗)을 당해낼 도리가 없었다. 송강은 다시 서녕에게 명령하여 구겸창(鉤鎌鎗)으로 동평과 대적하게 했다.

동평과 서녕이 대결하기를 50여 합, 좀처럼 승부가 나지 않았다. 송강은 서녕을 아끼는 마음에서 서녕을 진지로 불러들였다. 동평이 추격해 왔다. 사방에서 송강의 군사들이 동평을 포위했지만 그는 놀라운 쌍창의 재간으로 대낮이 되어 올 무렵까지 용감히 싸우다가 자기 진지로 뺑소니쳐 버렸다. 송강은 그를 추격하지 않았다. 동평은 싸움에 승산이 없다고 단념하고 그날 밤 군사를 거느리고 성 안으로 철수했다.

고대수는 성 안에서 불을 지르지도 못했고 사진도 영창 밖으로 뛰쳐나지 못한 채였다. 양군은 대치상태에 놓여 있었다.

정태수에게는 딸이 하나 있었는데, 용모가 꽤 아름다웠다. 동평은 아내가 없어서 누차 사람을 시켜 통혼해 봤으나 정만리는 승낙하지 않았다. 그 때문에 평소에도 그들 사이에는 트릿한 감정이 개재되어 있었다. 그날 밤, 동평은 군사를 거느리고 성 안으로 돌아오자, 이번이 기회라 생각하고 사람을 또 보내 혼사에 관한 일을 승낙해 달라고 했다. 정태수는 성이 위태로운 이때에 그런 문제를 논의할 때가 아니니 성을 무사히 지키게 된 다음에 다시 이야기하자고 일축해 버렸다. 동평은 내심 섭섭함을 금치 못했고, 이야기를 뒤로 미루는 것은 끝내 거절하려는 배짱이 아닌가 하는 생각을 품고 있었다.

송강은 밤을 새워 가며 맹공을 가했다. 태수는 응전하라는 명령을 내렸다. 동평은 대로하여 전군을 거느리고 말을 달려 성 밖으로 나왔다.

"혼자몸으로 어찌 나의 수하의 웅병(雄兵) 10만을 당해 내겠다는 거냐? 그대가 일찌감치 항복한다면, 목숨만이라도 살려 줄 것이다!"

동평이 대로하여 대꾸했다.

"문면소리(文面小吏)! 죽어야 마땅할 광도(狂徒)놈아!

어찌 감히 함부로 주둥이를 놀리느냐?"

쌍창을 손에 든 동평이 갑자기 무섭게 곧장 송강에게로 덤벼들었다. 왼쪽에서 임충, 오른편에서 화영이 달려와 동평과 대결했지만 싸운 지 얼마 안 되어서 두 장수는 뺑소니를 쳤다. 송강의 군사는 싸움에 패한 체하고 뿔뿔이 흩어져 도주했다.

동평은 공로를 세우고 싶은 생각에 전후를 헤아리지 않고 송강의 군사를 수춘현(壽春縣) 현성(縣城)에서 10리밖에 떨어지지 않은 어떤 마을까지 추격해 갔다.

양편으로는 초가집이 즐비하게 늘어섰고 그 한복판으로 역로(驛路)가 통해 있었다. 동평은 계책에 빠진 줄도 모르고 말을 몰아 추격을 계속했다.

송강은 동평이 만만치 않은 장수임을 알기 때문에, 그 전날 밤 미리 왕왜호·일장청·장청·손이랑을 시켜서 백여 명의 병사를 거느리고 초가집 양편에 매복케 하고, 말 다리를 낚아채는 올가미를 길에 깔아 놓고 그 위를 흙으로 덮어 두었다. 동평이 이곳으로 달려들기만 하면 징소리를 신호로 일제히 올가미를 잡아당겨서 동평을 산 채로 잡자는 계획이었다.

동평이 그곳까지 추격해 왔을 때 돌연 공명·공량이 배후에서,

"우리 주인님이 위태롭게 됐다!"
하고 소리를 지르며 초가집 앞으로 달려갔다. 동평이 그들을 추격하여 초가집 앞에 당도했을 때, 별안간 징소리가 요란하게 울리더니 양편집 대문이 일제히 열리며 올가미를 낚아채 버렸다. 말이 뒷걸음질을 쳐서 물러서려고 했으

나 뒤에서도 일제히 올가미를 잡아당기는 바람에 말은 거의 얽혀 들어서 넘어졌고, 동평도 말에서 떨어지고 말았다.

왼편에서 왕왜호·일장청, 오른편에서 장청·손이랑이 뛰쳐나와 동평을 붙잡아 가지고 갑옷이며 투구며, 두 자루의 창이며 말까지 모조리 빼앗아 버렸다.

두 여자 두령은 동평의 팔을 뒤로 돌려 동아줄로 꽁꽁 묶어 버리고 각각 강도(鋼刀)를 휘두르면서 동평을 끌고 송강에게로 갔다. 송강은 초가집 앞길로 나와서 버드나무 밑에 말을 멈추고 있었는데, 두 여자 두령이 동평을 결박해서 끌고 오는 것을 보자,

"동장군을 모셔 오라고 했지, 누가 결박해 오라고 했느냐?"

하고 꾸지람했다. 송강은 급히 말에서 내려 친히 동평의 동아줄을 풀어 주고, 자기의 갑옷과 옷을 벗어서 동평에게 입히고 정중하게 절을 했다. 동평도 황송하여 답례를 했다. 송강이 말했다.

"장군께서 이 미천한 사람을 버리시지 않는다면, 우리 산채의 주인이 되어 주십시오."

"소장은 이미 붙잡힌 몸, 죽어야 마땅한 몸이어늘 만약에 용서해 주시고 몸 둘 곳을 마련해 주신다면 만행인가 합니다. 산채의 주인이 되라시니 놀라운 말씀이십니다!"

"우리 산채에는 양식이 결핍하기 때문에 동평부에 와서 양식을 꾸어 달라는 것뿐, 별다른 의도는 없습니다."

동평이 말했다.

"정만리란 놈은 본래 동관(童貫) 문하에서 문관선생(門

舘先生—가정교사)을 하던 자입니다. 그런 자가 좋은 자리를 차지하게 되었으니 어찌 백성에게 해를 끼치지 않겠습니까? 만약에 형장께서 이 동평을 돌아가게 해주신다면 성문을 열도록 속여서 성 안으로 쳐들어가 전량(錢糧)을 모조리 빼앗아서 은혜에 보답해 볼까 합니다.”

송강은 크게 기뻐하여 즉각에 좌우 측근자에게 명령하여 갑옷·투구·창·말을 동평에게 돌려주고, 자기 진지로 되돌아가게 했다. 이리하여 동평이 앞장을 서고, 송강의 군사는 그 뒤를 따랐다. 깃발을 말아서 감추고, 일행이 살며시 동평성 밑에 당도했다.

동평의 군마(軍馬)는 선두에 서서 호통을 쳤다.

“성 위에 있는 자들아! 빨리 성문을 열어라!”

성문을 지키고 있던 병사들은 횃불로 비춰 봤다.

그리고 동평임을 알자, 즉각에 성문을 활짝 열고 구름다리를 내려놓아 주었다.

동평은 말을 달려 제일 먼저 성 안으로 달려 들어가 우선 구름다리의 쇠사슬을 모조리 끊어 버렸다. 송강의 군사들은 맹렬한 기세로 성 안으로 쳐들어가 일제히 동평부의 아문으로 쇄도하여, 시급히 명령을 내려 백성을 살해하거나 민가에 불을 지르지 못하도록 했다.

동평은 공장 사아(私衙)로 달려가서 정태수의 일가족속을 몰살하고 태수의 딸을 수중에 넣었다.

송강은 우선 영창문을 열게 하여 사진을 구출하고, 부고(府庫)를 개방하여 금은재백을 모조리 꺼내고 창고를 열어서 식량을 수레에 싣고, 사람을 파견하여 양산박 금사탄으로 운반하여 원씨 삼형제를 시켜서 산 위로 끌어 올리도록 했다.

사진은 친히 부하를 거느리고 서쪽 청루에 있는 이서란의 집으로 달려가 포주 마누라를 위시하여 그들 일가족속을 모조리 죽여 버렸다.

송강은 정태수의 가재(家財)를 백성들에게 분배해 주고, 거리거리에 고시(告示)를 붙여서 백성을 괴롭히던 주관들을 모조리 죽여 버렸으니 양민은 각자 안거낙업하라고 지시했다. 모든 일을 끝내자 다시 군사를 수습해서 철수했다. 여러 두령들이 다시 안산진(安山鎭)까지 왔을 때 백승(白勝)이 달려들며 동창부의 전황을 보고했다. 송강은 그 말을 듣자 눈살을 찌푸리고 격분한 눈초리로 호통을 쳤다.

"여러 아우님들! 산채로 돌아가서는 안 되겠소! 나를 따라 오시오!"

송강은 또다시 군사를 거느리고 어느 고장으로 가려는 것일까?

70 돌팔매질의 명장

沒 羽 箭 飛 石 打 英 雄
宋 公 明 棄 糧 擒 壯 士

　백승의 보고에 의하면, 노준의는 동창부를 공격하여 두
번이나 실패했다는 것이었다. 그가 또 계속해서 말을 이었
다.
　"성 안에는 맹장이 한 사람 있는데, 장청(張淸)이라고
합니다. 창덕부(彰德府) 호기군(虎騎軍) 출신으로, 돌팔
매질로 사람을 때리기를 잘 합니다. 그것이 백발백중이어
서 사람들은 그를 몰우전(沒羽箭)이라고 부릅니다. 그의
수하에 부장(副將)이 두 사람 있는데, 한 사람은 화항호
(花項虎) 공왕(龔旺)이라 하며, 말 위에서 비차(飛叉)를
잘 쓰는 명수입니다. 또 한 사람은 중전호(中箭虎) 정득손
(丁得孫)이라 하는데, 얼굴에서 목덜미까지 얼룩얼룩 얽
은 위인이 말 위에서 비차를 잘 쓰는 명수입니다. 노원외
는 군사를 거느리고 대진한 채 10여 일이나 싸움을 걸지
않았는데, 며칠 전에 장청이 성 밖으로 진격해 나와서 학
사문이 말을 달려 대적했습니다만 5,6합도 싸우지 못하고
장청은 뺑소니를 쳤습니다. 학사문이 추격해 가다가 돌팔
매질에 이마를 얻어맞고 말에서 떨어졌습니다. 마침, 연청
이 쏜 화살이 장청의 말을 맞혔기 때문에 학사문을 구출
하기는 했지만, 결국 싸움에는 패하고 말았습니다. 그 이

틀날 번서가 항충·이곤을 거느리고 둔(楯)을 휘두르며 싸우러 나갔지만, 뜻밖에도 옆구리에서 정득손이란 자의 비차(飛叉)가 날아들어 항충이 거기 맞았기 때문에 싸움은 또 패하고 말았습니다. 두 사람은 지금 배 위에서 쉬고 있습니다. 그래서 군사(軍師)께서 특히 저를 보내시어 형님께 구원병을 빨리 보내도록 여쭈라는 것입니다."

송강은 한탄하여 마지않았다. 오학구·공손승에게 협력케 해서 노준의의 공로를 세워 주려고 애쓴 계획이 뜻대로 되지 않으니 안타깝기 짝이 없었다.

즉각에 명령을 내려서 여러 장수들을 거느리고 그 즉시 동창부 변경지대까지 돌진했다. 영접하는 노준의의 상세한 보고를 받고 우선 그곳에 진을 쳤다.

대책을 강구하고 있을 때, 몰우전 장청이 도전해 왔다는 보고가 날아들었다. 대소 두령들은 일제히 송강을 따라 문기(門旗) 아래 늘어섰다. 송강이 말을 타고 적진을 바라보고 있자니까, 세 번 울리는 전고(戰鼓) 소리를 따라서 몰우전 장청이 말을 달려나와 전투에 임했다.

장청의 늠름하고 용감한 모습에 송강은 감탄하여 마지않았다. 또 왼편에서는 화항호 공왕, 오른편에는 중전호 정득손이 말을 달려 장청과 나란히 진두에 나섰고, 송강편에서는 금창수 서녕이 구겸창을 휘두르며 분연히 진두로 나섰다. 송강은 남몰래 기뻐했다. 서녕은 말을 달려 장청에게 덤벼들었다.

두 장수가 싸우기를 5합쯤 했을 때, 장청은 별안간 꽁무니를 뺐다. 서녕은 그를 추격했다. 장청은 왼편 손으로 장창을 고쳐 잡는 체하더니 오른편 손으로 비단주머니 속에서 날쌔게 돌멩이를 집어내 팔매질을 쳤다. 돌멩이는 묘하게도 서녕의 양미간을 후려갈겼다. 서녕은 말 위에서 거꾸로 처박혀 나뒹굴고 말았다. 공왕과 장득손이 서녕을 잡으려고 달려들었다. 여방과 곽성이 말을 달려나가 간신히 서녕을 구출해 가지고 진지로 돌아왔다.

송강과 여러 두령들은 대경실색.

다음에는 연순이 내달았다. 그러나 그 역시 장청의 돌팔매질에 호심경(護心鏡)을 얻어맞고 안장으로 몸을 가리고 간신히 진지로 돌아왔다.

그 다음으로 내달은 사람은 백승장 한도였다. 두 장수가 대결하기 10여 합. 장청은 또 뺑소니를 쳤다. 한도는 돌팔매질을 겁내어 추격하지 않았다. 장청은 돌아서더니 한도가 추격해 오지 않자 감추고 있던 돌멩이를 한도 콧날에 화살처럼 날렸다. 한도는 코피를 쏟으며 간신히 진지로 되돌아왔다.

팽기가 그 광경을 보고 있다가 대로하여, 송강의 명령도 기다리지 않고 삼첨양인도(三尖兩刃刀)를 휘두르며 말을 달려 곧장 장청에게 덤벼들었다. 서로 대결하고 싸우기도 전에 장청은 감추고 있던 돌멩이로 팽기의 한편 볼을 후려갈겼다. 팽기는 삼첨양인도를 동댕이쳐 버리고 말을 달려 진지로 도망쳐 왔다.

송강은 여러 장수들이 모두 쩔쩔매는 꼴을 보자, 우선 군사를 뒤로 물리려고 했다. 이때 노준의의 뒤에서 한 사람이 불쑥 나서며 큰소리로 외쳤다.

"오늘 이렇게 풀이 죽으면 내일 어찌 싸울 수 있겠습니까? 돌멩이가 어디 나를 때릴 수 있나 한번 나가 보겠습니다!"

송강이 바라다보니 그는 바로 선찬이었다. 말을 급히 몰고 칼을 휘두르면서 장청에게 덤벼들었다.

장청이 소리를 질렀다.

"한 놈이 오면 한 놈이 달아나고, 두 놈이 오면 두 놈이 달아나는 것뿐이다. 네 놈은 나의 돌팔매질 솜씨를 알기나 하느냐?"

"다른 사람은 때릴 수 있을지 모르지만, 감히 나를 건드릴 수 있겠느냐?"

선찬의 말이 떨어지기가 무섭게 장청은 손을 번쩍 쳐들었다. 어느 틈엔지 돌멩이 하나가 선찬의 입가로 날아들었다. 선찬은 말에서 거꾸로 처박혀 떨어져 버렸다. 공왕과 정득손이 붙잡으려고 덤벼들었지만 송강의 군사가 워낙 수효가 많아 뜻을 이루지 못했다. 여러 장수들이 겨우 선찬을 구출해서 진지로 데리고 갔다.

송강은 그 광경을 보자 노기충천하여 칼을 뽑아서 포(袍)를 찢으면서 맹세했다.

"저놈을 잡지 못하면, 나는 맹세코 군사를 뒤로 물리지 않으리라!"

호연작이 그 광경을 보고 있다가,

"형님은 우리들이 모두 쓸모 없다는 말씀입니까?"

하면서 척설오추 준마를 급히 몰아 진두로 나서더니 장청을 통매(痛罵)했다.

"어린 녀석이 잔재간을 부리고 까불지 말라! 대장 호연작을 모르느냐?"

"욕국패장(辱國敗將)아! 내 손아귀에 한 번 걸려 봐라!"

말이 떨어지기가 무섭게 역시 돌팔매가 날아들었다. 호연작은 채찍으로 그것을 막아내려 했으나 그럴 틈이 없이 팔뚝을 돌멩이에 얻어맞고 진지로 도망쳐 왔다.

기병(騎兵) 두령들이 모조리 부상을 입게 되니, 이번에는 보병(步兵) 소속인 유당이 박도를 휘두르며 장청에게 덤벼들었다. 장청이 싸우지도 않고 뺑소니를 치자, 유당은 박도로 장청의 말을 내리쳤다. 그러나 말이 뒷발질을 하는 바람에 유당이 눈을 찔려서 쩔쩔매는 판에 장청이 또 돌팔매질을 했다. 땅바닥에 쓰러져서 어쩔 줄 모르고 있을 때 적진으로부터 병사들이 달려들어 꽁꽁 묶어 가지고 끌고 가버렸다.

송강이 호통을 쳤다.

"누구든지 나가서 유당을 구출해라!"

양지가 칼을 휘두르며 말을 달려서 장청에게 덤벼들었다. 장청은 창을 손에 잡고 싸우는 체하다가, 양지가 덤벼드는 것을 알고 몸을 살짝 옆으로 뽑아서 피하고, 그 틈을 타서 돌멩이를 손에 움켜쥐고,

"자, 받아라!"

하고 소리를 지르며 힘껏 던졌다. 돌멩이가 양지의 배를 스치고 지나쳐 갔다. 장청은 연거푸 또 한 개로 양지의 투구를 후려갈겼다. 양지는 겁을 집어먹고 안장에 찰싹 달라붙어서 간신히 진지로 돌아왔다.

송강이 곰곰 생각하다가 입을 열었다.

"만약에 이번에도 풀이 죽는다면 양산박으로 돌아갈 면목이 없다! 누가 나를 위해서 분풀이를 해줄 만한 사람은

없느냐?"

주동(朱소)이 그 말을 듣더니 뇌횡(雷橫)을 보고 눈짓을 했다.

"한 사람으로는 안 되겠으니, 우리 둘이 나가서 협공을 합시다!"

주동은 왼편에서, 뇌횡은 오른편에서 들어갔다.

장청이 웃으면서 소리쳤다.

"혼자선 안 되니까 두 놈이 덤비는구나! 열 놈이 한꺼번에 덤벼도 마찬가지일 게다!"

그는 조금도 두려워하는 기색이 없이, 말 위에서 남몰래 두 개의 돌멩이를 손에 움켜쥐었다. 주동이 먼저 덤벼들었지만, 장청은 그와 대적하는 체하고 먼저 뇌횡에게 돌팔매질을 했다. 이마를 얻어맞고 쓰러진 뇌횡을 구출하려고 달려들었을 때, 또 하나의 돌멩이가 주동의 목덜미를 후려갈겼다.

관승이 진지에서 그 광경을 보고 있다가, 있는 힘을 다해서 청룡도를 휘두르며 적토마를 달려 간신히 주동과 뇌횡을 구출해 가지고 진지로 돌아오려 할 때, 장청이 또 돌팔매질을 했다.

관승은 청룡도로 그것을 막아냈다. 돌멩이가 칼날에 부딪쳐 불똥이 튀었다. 관승도 싸우고 싶은 용기를 상실하고 말 머리를 돌려서 되돌아왔다.

쌍창장 동평이 그것을 보고 있다가 내심 혼자서 생각하기를,

'나는 송강에게 투항한 지 얼마 안 되는 몸이니 이번 기회에 무술의 솜씨를 뵈놓지 않으면 산채에 올라가서도 뚜

렷한 존재가 되지 못할 것이다.'

손에 두 자루의 창을 잡고 말을 몰아 달려나갔다. 장청이 대로하여 매도한다.

"네 놈은 나와 이웃 주부(州府)요, 순치(脣齒)와 같이 밀접한 관계가 있는 사이이니 의당 힘을 합쳐 도둑을 쳐부숴야 하겠거늘, 무슨 까닭으로 조정을 배반하느냐? 그러고도 스스로 부끄러운 줄 모르느냐?"

동평은 대로하여 곧장 장청에게 덤벼들었다. 서로 싸우기 6,7합, 장청은 말 머리를 돌려서 도주했다. 동평이 호통을 쳤다.

"다른 사람은 네 놈의 돌에 맞았지만, 나야 건드리겠느냐?"

장청은 창을 멈추고 비단주머니 속에서 돌멩이를 한 개 꺼내더니 훌쩍 팔매질을 했다. 유성처럼, 번갯불처럼 나는 돌멩이는 귀신을 울릴 지경이었다. 그러나 동평은 약삭빠르게 살짝 피해 버렸다. 장청은 둘째 돌멩이를 날렸다. 동평은 그것도 피해 버렸다. 두 개의 돌멩이가 맞지 않는 것을 보자 장청은 당황했다.

두 필의 말은 나란히 달음질치고 있었다. 장청이 진문(陣門) 가까이 도주했을 때, 동평은 그의 등줄기를 겨누고 창으로 찌르려고 했다. 그러나 장청이 살짝 옆으로 몸을 피해 버려 동평은 허공을 찌르고 말았다. 동평의 말이 장청의 말과 나란히 대드는 순간 장청은 창을 집어던지고 두 손으로 동평의 몸뚱이와 창을 함께 움켜잡고 앞으로 잡아당겼지만 뜻대로 되지 않고, 두 장수는 서로 붙잡고 엉클어졌다.

송강의 진지에서 그 광경을 보고 있던 색초가 대부(大斧)를 휘두르며 구출하려고 달려나갔다. 저편 진지에서는 공왕, 정득손이 말을 달려나와 색초를 가로막고 싸웠다. 장청과 동평은 붙잡고 엉클어진 채 서로 놓지 않았다. 색초·공왕·정득손의 3기도 한데 엉클어져서 떨어지지 않았다.

이번에는 임충·화영·여방·곽성 네 장수가 일제히 뛰쳐나와서 두 자루의 창과 두 자루의 극(戟)을 휘두르며 동평과 색초를 구출하려고 했다.

장청은 형세가 불리하다고 판단하자 동평을 밀쳐 버리고 자기 진지를 향해 말을 달렸다. 동평은 그 뒤를 맹렬히 추격하느라 돌팔매질이란 것을 잊어버리고 있었다. 장청은 동평이 쫓아오는 것을 보자 남몰래 돌멩이를 손에 움켜쥐고 동평의 말이 가까이 대들자,

"받아라!"

하고 호통을 치면서 팔매질을 했다. 동평이 살짝 몸을 피했을 때 돌멩이가 귓전을 스치고 지나갔다. 동평은 즉각 자기 진지로 되돌아왔다.

색초도 공왕·정득손을 내버려 두고 역시 적진으로 돌진해 들어갔다. 장청은 창을 거두고 몸에서 돌멩이를 꺼내 색초를 겨누고 내던졌다. 색초는 급히 몸을 피하려고 했으나, 그럴 겨를이 없이 얼굴을 돌멩이로 얻어맞고 피를 흘리면서 대부를 질질 끌고 자기 진지로 돌아오는 도리밖에 없었다.

임충과 화영은 공왕을 가로막고, 여방·곽성은 정득손을 견제하고 있었다. 공왕이 당황하여 비창(飛鎗)을 날렸

으나 그것은 임충에게도 화영에게도 맞지 못했다. 무기를 상실한 공왕은 마침내 임충·화영에게 산 채로 잡혀서 송강의 진지로 끌려갔다.

한편, 정득손은 비차(飛叉)를 휘두르며 필사적으로 여방·곽성과 싸우고 있었는데, 뜻밖에도 진문(陣門) 한옆에서 그 광경을 바라보고 있던 연청이, 순식간에 15명이나 되는 장수들이 돌팔매질에 꼼짝도 못하는 데 격분하여 곤봉을 동댕이치고 몸에 지니고 있던 활에 화살을 꽂아 가지고 있는 힘을 다해 쏴버렸다. 그 화살은 정득손이 타고 있는 말의 말굽에 꽂혀서 말이 벌컥 나자빠지고 말았다. 여방과 곽성이 재빨리 달려들어서 정득손을 붙잡아 가지고 진지로 끌고 갔다.

장청은 정득손을 구출해 보려고 했으나 워낙 송강 편의 군사들이 많아 뜻을 이루지 못하고, 유당 하나만을 잡아 가지고 우선 자기 진지로 후퇴했다. 태수는 성벽 위에서 싸움을 관망하고 있다가 유당이 잡혀 오는 것을 보자, 곧 주의 아문으로 돌아가서 큰칼을 씌워서 감옥에 처박아 버리고 다시 대책을 상의하기로 했다.

송강은 군사를 거두어 돌아오자, 우선 공왕과 정득손을 양산박으로 압송하고 나서 노준의와 오용에게 입을 열었다.

"내 듣건대, 오대(五代) 때에 대양왕(大梁王) 언장(彦章)은 하루 사이에 연거푸 당(唐)나라 장수 36명을 때려 눕혔단 말을 들었소. 오늘날 장청은 순식간에 우리 장수 15명을 꼼짝 못하게 했으니 정말 그만 못지않은 장수요.

맹장이 아닐 수 없소."

여러 사람들이 말이 없었다. 송강이 말을 이었다.

"내가 보건대, 이 사람은 공왕과 정득손을 날개처럼 의지하고 있는데, 이제는 그 날개 같은 수족이 없어진 셈이니, 무슨 좋은 계책을 써서 그를 잡을 수 없겠소!"

오용이 대답했다.

"형장은 안심하십시오. 소생은 그 장수가 출몰하는 것을 보고 이미 생각한 바가 있습니다. 우선 부상을 입은 두령들을 산채로 돌려보내 놓고, 노지심·무송·손립·황신·이립을 시켜서 수군을 거느리고 수레와 배로 수륙 양로(兩路)로 출동해서 장청을 유인해내도록 해두시면 대사를 성취할 수 있으리라 믿습니다."

오용은 그렇게 할 수 있도록 즉각에 인원배치를 끝냈다.

한편, 장청은 태수와 성 안에서 이런 협의를 했다.

"두 번 싸움에 다 이기기는 했으나 적군의 세력은 완전히 제거된 것이 아닙니다. 사람을 내보내서 허실을 탐지한 다음에 대책을 세우는 게 좋을까 합니다."

이때 마침 탐사인(探事人)이 와서 보고했다.

"진지 뒤 서북쪽으로 어디서 나타났는지 백여 량(輛)의 수레가 양미(糧米)를 싣고 들어오며, 강에서도 양초선(糧草船)이 대소 5백여 척이나 나타났고, 수륙 양로로 침범해 들어오고 있습니다. 연도(沿道)에서는 몇 명의 두령들이 그것을 감관(監管)하고 있습니다."

태수가 말했다.

"놈들의 계책이 아닐까? 한 번 더 사람을 보내어 허실을 확인함이 좋을 것이오."

이튿날의 보고도 역시 마찬가지였다. 장청은 마침내 태수에게 구원병을 부탁해 놓고 우선 병사 1천 명을 거느리고 장창을 휘두르며 성 밖으로 달려나갔다.

그날 밤에는 달빛이 희미하고 별빛만이 하늘에 가득 차 있었다. 10리 길도 채 못 나가서 장청이 앞을 바라보니, 노지심이 선장(禪杖)을 어깨에 둘러메고 검정빛 승복자락을 걷어 올리고 앞장을 서서 수많은 수레를 인솔하며 달려들었다.

장청의 날쌘 돌팔매질은 마침내 노지심의 머리통을 후려갈겼다. 노지심은 피를 흘리며 벌떡 나자빠졌다. 장청의 군사는 고함을 지르며 일제히 덤벼들었다. 무송이 두 자루의 계도를 휘둘러서 간신히 노지심을 구출해 가지고 양거(糧車)를 동댕이친 채 도주했다.

장청이 양거를 탈취해 놓고 보니 과연 쌀이 실려 있었다. 기뻐서 어쩔 줄 모르며 노지심을 쫓아가지 않고 양거를 성 안으로 압송해 갔다. 태수도 기뻐하며 받아들였다.

장청은 이번에는 강 위에 떠 있는 뱃속의 쌀마저 빼앗을 생각으로 말을 달려 남문으로 돌아 들어갔다. 강에 떠 있는 양선을 살펴보니 부지기수였다. 장청은 즉각에 성문을 열게 하고 고함을 지르며 강변으로 쇄도했다. 그런데 난데없이 음운(陰雲)이 사방을 뒤엎고 흑무(黑霧)가 하늘을 가려 버렸다. 병사들은 서로 쳐다봐도 누군지 분간할 수 없었다. 이것은 공손승이 도법(道法)을 썼기 때문이었다. 장청은 눈앞이 캄캄하고 마음이 당황하여 도로 물러나려고 했지만 길도 분간할 수 없었다. 이때, 사방에서 고함소리가 요란하게 일어나더니, 어디선가 무수한 군병들이 쳐들어왔다.

　임충은 철기군병(鐵騎軍兵)을 거느리고 장청을 말과 함께 강물 속으로 처박아 버렸다. 강에는 이준·장횡·원씨 삼형제와 동씨 형제, 도합 8명의 수군(水軍) 두령들이 나란히 늘어서 있었다.

　장청은 옴짝달싹도 못하게 됐다. 원씨 삼형제가 달려들어서 장청을 동아줄로 꽁꽁 묶어서 진지로 끌고 갔다, 수군의 두령들은 이 사실을 송강에게 보고했고, 오용은 대소 두령들을 시켜서 밤을 새워 가며 성을 공격했다.

　태수 혼자서는 도저히 막아낼 도리가 없었다.

　성 밖 사방에서 포성이 들려오고, 마침내 성문이 열리고 말았다. 태수는 대경실색하며 도주할 길조차 없게 됐다.

　송강의 군사는 성 안으로 쇄도하여, 우선 유당을 구출했고, 계속해서 창고를 개방하고 전량(錢糧)을 탈취해서 그 일부는 양산박으로 보내고, 일부는 백성들에게 분배해 주었다. 그러나 태수는 평소에 청렴한 인물이었기 때문에 목숨만은 용서해 주었다.

　송강 이하 여러 두령들은 주아문에 집합했다. 수군의 두령들도 장청을 끌고 그 자리에 나타났다.

　여러 두령들이 그에게 혼이 났기 때문에 모두 이를 갈며 그를 죽여 버리려고 했지만, 송강은 그가 끌려 오는 것을 보자 친히 층층대 아래로 내려와서 그를 영접했다.

　"잘못하여 호위(虎威)를 범하게 됐으나 과히 언짢게 생각지 마시오!"

이렇게 사과하면서 청상에 자리잡혀 앉혔다.

송강의 말이 채 끝나기도 전에 층층대 아래에서 수건으로 머리를 동인 노지심이 격분을 참지 못하여 선장을 움켜잡고 뛰쳐나오더니 장청을 후려갈기려고 했다.

송강은 노지심을 가로막고,

"안 되오! 함부로 손을 대서는 안 되오!"
하면서 연방 소리를 질렀다.

장청은 송강의 아량과 의기를 자기 눈으로 친히 보자, 탄복하여 마지않으며 머리를 숙이고 꿇어앉아서 절하며 송강에게 항복했다.

송강은 술을 가져다가 땅바닥에 뿌리고, 화살을 꺾어서 맹세했다.

"여러 아우님들이 아디지도 복수할 생각만 한다면 황천이 우리를 보우하시지 않을 것이며, 도검(刀劍) 밑에서 죽는 도리밖에 없을 것이오!"

그 말을 듣자, 여러 사람들은 감히 무슨 말을 더 하지 못했다.

역시 그들은 피차간에 천강성(天罡星)인지라 서로 만나게 될 운명이었고, 또 서로 의기투합한 까닭이었다.

송강은 맹세를 다하고 나더니,

"여러 아우님들! 그다지 엄숙한 얼굴을 할 것까지는 없지 않소!"
했다.

이 한마디에 여러 사람들은 껄껄대고 웃으며 기뻐서 어쩔 줄 몰랐다. 그리고 즉각에 군사를 수습해서 산채로 돌아가기로 했다.

바로 이때, 장청이 송강에게 천거하는 사람이 하나 있었다. 그는 동창부에 사는 수의(獸醫) 황보단(黃甫端)이라는 사람이었다. 장청의 말을 들어 보면 이러했다.

"이 사람은 말의 상(相)을 잘 보며, 가축의 한서병증(寒暑病症)을 잘 알아내고, 약을 쓰고 침을 놓으면 낫지 않는 게 없습니다. 정말 전국시대(戰國時代)에 말의 상을 잘 보던, 명인 백락(伯樂)과 같은 놀라운 재간을 지닌 사람입니다. 본래, 유주(幽州) 태생으로 눈이 파랗고 수염이 빨개서 그 모습이 이방인〔番人〕 같기 때문에 사람들은 그를 자염백(紫髥伯)이라 일컫습니다. 양산박에서도 쓸모가 많을 사람이니 그를 처자와 더불어 산채로 데려가시면 어떻겠습니까?"

송강은 기뻐서 어쩔 줄 몰랐다.

"만약에 황보단이 와서 함께 지내 주기만 한다면야, 얼마나 다행한 일이겠소!"

장청은 송강이 얼마나 인재를 아끼고 사랑한다는 것을 알게 되자, 즉각에 달려가서 수의 황보단을 불러다 송강과 여러 두령들에게 인사를 시켰다.

송강은 황보단의 비범한 풍채와 파란 눈, 맑은 눈동자, 그리고 배 아래까지 내려오는 긴 수염을 보고 감탄하여 마지않았다.

황보단은 송강이 의기가 넘치는 인물임을 친히 대해 보자, 내심 심히 기뻐하고 대의를 위하여 그를 따르겠다고 했다.

송강도 크게 기뻐하며 그를 위로해 주고 즉시 여러 두령에게 명령을 내려 거장(車仗), 양식, 금은을 수습해 가지고 일제히 출발했다.

두 부(府)의 전량(錢糧)을 산채로 운반해 가기로 하고 전후제군(前後諸軍)은 순서를 따라 길을 떠났다.

도중에서는 별다른 사고가 없이 양산박 충의당으로 돌아오게 되었다.

송강은 공왕과 정득손을 풀어 주고 정중하게 좋은 말로 위로해 주었다. 두 사람은 고두(叩頭)하며 항복할 것을 맹세했다.

이리하여 황보단도 산채의 일원이 되어서 수의의 일을 전문으로 보게 되었고, 동평과 장청도 산채의 두령이 되었다.

송강은 크게 기뻐하며 곧 축하의 주연을 베풀도록 분부했고, 여러 두령들은 충의당에 각각 자리를 찾아서 앉았다. 송강이 여러 두령들을 자세히 살펴보니 꼭 1백8명이 됐다. 송강이 입을 열었다.

"우리 여러 형제들이 산채에 올라온 이후, 어디를 가나 한 번도 큰 과오가 없었다는 것은 모두가 하느님의 호우(護祐)의 힘이었소. 결코 인력으로 이루어질 수는 없는 노릇이오. 내가 이렇게 주인의 자리에 앉아 있게 된 것도 모두가 여러 아우님들이 영용(英勇)한 덕분이오. 나는 한 가지 말씀드리고 싶은 일이 있어서 여러 아우님들을 한자리에 모이게 한 것이오."

필경 송공명은 여러 호걸들에게 무엇을 말하려는 것일까.

71 하늘에서 떨어진 불덩이

忠 義 堂 石 碣 受 天 文
梁 山 泊 英 雄 排 座 次

송공명은 내심 기쁨을 금치 못하면서 여러 사람들에게 이렇게 말했다.

"송강은 강주를 떠들썩하게 하고 산채로 올라온 후, 여러 아우 영웅들이 부조(扶助)해 준 덕분에 수령이 되었고, 1백8명의 두령이 모여서 함께 지내게 되었으니 기쁘기 이를 데 없는 일이오. 조개 형님이 세상을 떠나신 뒤부터 병마를 거느리고 산 아래로 내려가도 무사할 수 있었다는 것은 하느님이 호우해 주신 것이고, 인력으로는 안 될 일이었소. 붙잡혔던 사람, 감옥에 갇혔던 사람, 혹은 부상을 입은 사람들도 모두 돌아와서 무사하며, 이제 1백8명이 여기 함께 모이게 된 것은 확실히 고금에 보기 드문 일이오! 여태까지 병인(兵刃)이 가는 곳마다 생령(生靈)을 살해해 왔는데 그것에 대한 사죄의 제사도 올리지 못하고 있었소. 나는 나천대초(羅天大醮) 별에 대제(大祭)를 베풀어서 천지신명께서 보우해 주신 은혜에 보답해 볼 생각이오. 첫째로는 여러 사람이 심신이 안락하도록 보우해 주십사고 빌고, 둘째로는 조정에서 빨리 은광(恩光)이 내려서 역천대죄(逆天大罪)가 사면되어 여러 사람이 힘을 다하여 죽는 날까지 진충보국(盡忠報國)할 수 있게 해주십사고 빌고, 셋째로는 조천왕이 한시 바삐 하늘나라에 다시 태어나서 오래오래 서로 만날 수 있게 해주십사고 비는 동시에, 횡망(橫亡)한 사람, 불에 타죽고 물에 빠져 죽은 사람, 죄없이 억울하게 죽은 사람의 영혼을 건져 주고 싶소. 나는 이런 일을 하고 싶은데 여러 아우님들의 의사는 어떠시오?"

여러 두령들이 이구동성으로 말했다.

"이건 참 선과호사(善果好事)입니다. 형님의 주견(主見)이 근사합니다.

오용이 말을 이었다.

"우선 공손승 일청에게 부탁해서 초사(醮事—제사)를 진행케 합시다. 그리고 산 아래로부터 득도 고사(得道高士)를 초청하여 초기(醮器—제기)를 가지고 산채로 오도록 하고, 또 따로 사람을 보내 향촉(香燭)·지마(紙馬)·화과(花果)·제의(祭儀)·소찬(素饌), 정식(淨食)과 필요한 물건을 골고루 사들이도록 하십시다."

이렇게 결정되자, 4월 15일부터 7주야 동안 불공을 드리기로 하고, 산채에서는 전재(錢財)를 널리 풀어서 만반의 준비를 서둘렀다. 그날이 다가오자, 충의당 앞에는 장번(長旛)을 늘어뜨리고 네 군데 당상에는 3층의 고대(高臺)를 쌓아 올렸다. 당내에는 칠보삼청성상(七寶三淸聖像)을 포설(鋪設)하고, 그 양편으로는 이십팔수(二十八宿) 십이궁신(十二宮辰)과 제사를 지낼 성관(星官) 진재(眞宰—조물주)를 모조리 모셔 놓고, 당외에는 제단을 두루 살피는 최(崔)·등(鄧)·두(竇) 네 신장(神將)을 늘어 놓았다. 초청해 온 도사가 공손승까지 합해서 모두 49명이었다. 그날은 맑게 갠 날씨에 월백풍청(月白風淸).

송강, 노준의를 위시하여 오용 이하 여러 두령들이 차례차례로 향을 피웠다. 공손승은 도사의 제일인자로서 제사를 주관하고 모든 문서와 부명(符命)을 관리하면서 48명의 도사들과 함께 매일 세 번씩 제사를 올렸다.

제7일 만산(滿散)날이 되자, 송강은 하늘로부터 보응을 받고자, 특히 공손승을 시켜서 청사(請詞)를 만들게 해서 상제께 주문케 하고 날마다 세 번씩 그것을 되풀이하게 했다.

다시 제7일, 삼경 때쯤 되어서 공손승은 허황단(虛皇壇) 제1층에 앉고, 도사들은 제2층에, 송강 이하 여러 두령들은 제3층에, 소두목(小頭目)과 장교(將校)들은 단 아래에 앉아서 꼭 보응이 내리도록 하늘에 간구했다.

그날 밤 삼경 때, 별안간 하늘에서 비단을 째는 것 같은 소리가 들려왔다. 바로 서북쪽 건방(乾方) 천문(天門)이 열리며 일어나는 소리였다. 여러 사람들이 바라보니 똑바로 서 있는 금반(金盤)은 양쪽 끝은 뾰족하고 중간은 넓적하였다. 이것이 바로 천문개(天門開)니 천안개(天眼開)니 하는 것이었다.

그 속에서 뻗쳐 나오는 호광(毫光)이 사람의 눈을 쏠 것 같고, 하채(霞彩)가 감돌며 맨 가운데서 한 개의 불덩어리가 굴러 나왔는데, 그 형상이 광주리〔栲栳─유기〕 같고 곧장 허황단으로 굴러 내려왔다. 그 불덩어리는 허황단 언저리를 한 바퀴 빙글빙글 돌더니 정남 방향 땅 속으로 파묻혀 버리고 말았다.

  이때 벌써 천안(天眼)은 도로 닫혀져 있었다. 도사들은 단 아래로 내려왔고, 송강은 곧 부하들을 시켜서 땅을 파고 불덩어리를 찾아내게 했다. 땅을 석 자쯤 파들어 갔더니 한 개의 돌비가 나왔다. 돌비 양쪽에는 천서(天書)의 글자가 적혀 있었다.

  송강은 지전을 태워서 제사를 끝내고, 새벽녘에 도사들에게 식사대접을 하고 각각 금백을 나누어 주었다. 돌비를 가져다가 자세히 살펴보니, 그 위에 적힌 것은 용장봉전(龍章鳳篆)의 고대문자〔蝌蚪文書〕로서 아무도 알아볼 사람이 없었다. 그런데 도사 가운데서 하현통(何玄通)이란 사람이 송강에게 이런 말을 했다.

  "저의 조상께서 책 한 권을 남겨 두신 게 있는데, 그것이 바로 천서(天書)의 글자를 풀어 놓은 것입니다. 돌비석 위에 씌어 있는 글자는 모두 고대의 글자지만 저는 이 책을 가지고 알아낼 수 있습니다. 번역해 보면 확실한 것을 알 수 있을 것입니다."

  송강은 크게 기뻐하며 당장에 돌비석을 내주며 하도사(何道士)에게 보였다.

  한참 만에 하도사가 입을 열었다.

  "이 돌비석에는 여러분의 성명이 새겨져 있고, 또 한편에는 체천행도(替天行道), 충의쌍전(忠義雙全)이 새겨져 있으며, 윗줄에는 남북이두(南北二斗)의 별이름, 그 아래로는 여러분의 호가 적혀 있습니다. 괜찮으시다면 처음부터 일일이 읽어 드리겠습니다."

  송강은 기뻐했다.

  "다행히 고사(高士)님이 가르쳐 주시게 됐으니 이만저

만한 연분이 아닙니다. 좀더 자세히 가르쳐 주셨으면 정말 대덕(大德)으로 생각하겠습니다. 아마 하느님이 꾸지람을 하시는 말씀 같은데, 그것도 숨김없이 일언일구도 빼놓지 말고 가르쳐 주십시오."

송강은 성수서생 소양을 불러서 황지(黃紙)에다 받아 쓰라고 했다. 하도사가 또 말을 이었다.

"거죽에는 천서 36행이 적혀 있는데, 이것은 모두 천강성(天罡星)의 이름입니다. 안쪽에는 천서 72행이 적혀 있는데, 이것은 모두 지살성(地煞星)의 이름입니다. 그리고 그 밑으로는 여러분의 성명이 적혀 있습니다."

한참 동안 돌비를 들여다보고 있던 하도사는 소양에게 처음부터 끝까지 적어 두라고 하면서 읽어 내려갔다.

돌비 거죽에 적혀 있는 양산박의 천강성 36명은,

송강·노준의·오용·공손승·관승·임충·진명·호연작·화영·시진·이응·주동·노지심·무송·동평·장청·양지·서녕·색초·대종·유당·이규·사진·목홍·뇌횡·이준·원소이·장횡·원소오·장순·원소칠·양웅·석수·해진·해보·연청.

돌비 안쪽에 적혀 있는 지살성 72명은,

주무·황신·손립·선찬·학사문·한도·팽기·단정규·위정국·소양·배선·구붕·등비·연순·양림·능진·장경·여방·곽성·안도전·황보단·왕영·호삼랑·포욱·번서·공명·공량·항충·이곤·김대견·마린·동위·동맹·맹강·후건·진달·양춘·정천수·도종왕·송청·낙화·공왕·정득손·목춘·조정·송만·두천·설영·시은·이춘·주통·탕륭·두흥·추연·추윤·주귀·주부·

채복·채경·이립·이운·초정·석용·손신·고대수·장청·손이랑·왕정륙·욱보사·백승·시천·단경주.

하도사가 천서를 다 읽고 나자, 여러 사람들은 이상한 생각이 들었다. 송강이 두령들을 보고 입을 열었다.

"하치않은 소리(小吏)의 몸인 내가 알고 보니 하늘 위의 성괴(星魁)였고, 여러 아우님들 또한 모두 만나야만 될 사람들이었소. 상천(上天)이 현응(顯應)했으니 마땅히 만날 사람들이 모인 것이오. 이제 인원수도 꽉 찼으니 차서(次序)를 분정(分定)하여 여러 두령들은 각각 그 자리를 지키고 서로 다툼이 없이 천언(天言)에 거역함이 없기만 바라오!"

여러 사람들이 이구동성으로 말하였다.

"천지의 뜻에 의해 이수(理數—운명)가 결정된 것이니 누가 감히 거역하겠습니까?"

송강은 황금 50냥을 하도사에게 사례했고, 다른 도사들도 각각 경자(經資)를 받은 뒤 제기를 수습해 가지고 산 아래로 흩어져 내려갔다.

도사들이 모두 돌아간 다음, 송강은 군사 오학구와 주무, 그 밖의 몇 사람과 상의하여 당상에 충의당이라는 석자를 크게 써서 패액(牌額)을 만들어 세우고, 단금정에도 커다란 편액(扁額)을 갈아 걸고, 그 옆으로는 세 개의 관문을 세우기로 했다.

충의당 뒤에는 안대(雁臺)를 한 군데 건축하고, 산꼭대기 정면에 대청을 한 군데 마련하고, 동쪽·서쪽으로 각각 일방(一房)을 세웠으며, 정면 대청에는 조천왕의 영위(靈

位)를 모시기로 했다.

동쪽 건물에는 송강·오용·여방·곽성, 서쪽 건물에는 노준의·공손승·공명·공량, 둘째 언덕 왼편 일대의 건축물에는 주무·황신·손립·소양·배선, 오른편 일대의 건축물에는 대종·연청·장청·안도전·황보단이 각각 들어가게 됐다.

충의당 왼편으로는 전량(錢糧)과 창고를 관리하는 시진·이응·장경·능진, 오른편으로는 화영·번서·항충·이곤이 들어가기로 했다.

산 앞, 남쪽 제1관문은 해진·해보가 지키기로 하고, 제2관문은 노지심·무송, 제3관문은 주동·뇌횡, 동쪽 관문은 사진·유당, 서쪽 관문은 양웅·석수, 북쪽 관문은 목홍·이규가 각각 지키게 됐다.

이 여섯 군데 관문 이외에 또 여덟 군데에다가 산채를 마련했다. 한채(旱寨—寨陵)가 네 군데, 수채(水寨)가 두 군데였다. 남쪽 한채에는 진명·색초·구붕·등비, 동쪽 한채에는 관승·서녕·선찬·학사문, 서쪽 한채에는 임충·동평·단정규·위정국, 북쪽 한채에는 호연작·양지·한도·팽기, 동남쪽 수채에는 이준·원소이, 서남쪽 수채에는 장횡·장순, 동북쪽 수채에는 원소오·동위, 서북쪽 수채에는 원소칠·동맹을 배치하고, 그밖의 사람들에게도 각각 임무가 배정되었다.

정기(旌旗)도 여러 가지를 새로 만들었다. 산꼭대기에는 체천행도(替天行道)라는 넉 자를 쓴 행황기(杏黃旗)를 세우기로 하고, 충의당 앞에 하나에는 산동호보의(山東呼保義), 또 하나에는 하북옥기린(河北玉麒麟)이라고 수놓은 붉은 깃발을 세웠다.

그밖에도 비룡비호기(飛龍飛虎旗)·비웅비표기(飛熊飛豹旗)·청룡백호기(靑龍白虎旗)·주작현무기(朱雀玄武旗)·황월백모(黃鉞白旄)·청번조개(靑旛皂蓋)·비영흑독(緋纓黑纛)·사두오방기(四斗五方旗)·삼재구요기(三才九曜旗)·이십팔수 육십사괘기(二十八宿六十四卦旗)·주천구궁팔괘기(週天九宮八卦旗)·일백이십사면진천기(一百二十四面鎭天旗) 따위를 마련했는데, 이것들은 모두 후건이 만들었다.

김대견은 병부(兵符)와 인신(印信)을 만들었고, 모든 준비가 끝나자 길일양시(吉日良時)를 택하여 소와 말을 잡아서 천지신명께 제헌(祭獻)했다. 충의당과 단금정에는 패액을 걸고 체천행도의 행황기를 세웠다.

그날, 송강은 성대한 연회를 베풀고 친히 병부와 인신을 받들어 호령을 내렸다.

"여러 대소형제들은 각각 맡은 임무를 충실히 준수하고 과오를 범하여 의기를 손상시킴이 없어야 하오. 만약에 고의로 잘못을 저지르고 준수하지 않는 사람이 있다면 반드시 군법에 의하여 다스릴 것이며, 결코 경서(輕恕)함이 없을 것이오."

그리고 다음과 같이 각자의 소관 임무를 결정했다.
양산박 총병도두령(總兵都頭領) 2명—송강·노준의.
기밀을 장관(掌管)하는 군사(軍師) 2명—오용·공손승.
군사와 함께 군무(軍務)에 참찬(參贊)하는 두령 1명—주무.

전량(錢糧)을 장관하는 두령 2명—시진·이응.

마군오호장(馬軍五虎將) 5명—관승·임충·진명·호연작·동평.

마군대표기겸선봉사(馬軍大驃騎兼先鋒使) 8명—화영·서녕·양지·색초·장청·주동·사진·목홍.

마군소표장겸 원탐출초두령(馬軍小彪將兼遠探出哨頭領) 16명—황신·손립·선찬·학사문·한도·팽기·단정규·위정국·구붕·등비·연순·마린·진달·양춘·양림·주통.

보군두령(步軍頭領) 10명—노지심·무송·유당·뇌횡·이규·연청·양웅·석수·해진·해보.

보군장교(步軍將校) 17명—번서·포욱·항충·이곤·설영·시은·목춘·이충·정천수·송만·두천·추연·추운·공왕·정득손·초정·석용.

사채수군두령(四寨水軍頭領) 8명—이준·장횡·장순·원소이·원소오·원소칠·동위·동맹.

사점(四店)에서 소식을 탐지하고 내빈을 영접하는 두령 8명—동산주옥(東山酒屋)에 손신·고대수, 서산주옥(西山酒屋)에 장청·손이랑, 남산주옥(南山酒屋)에 주귀·두흥, 북산주옥(北山酒屋)에 이립·왕정륙.

정보를 탐지하는 총두령(總頭領) 1명—대종.

중군에 기밀을 전달하는 보군두령(步軍頭領) 4명—낙화·시천·단경주·백승.

중군을 수호하는 마군효장(馬軍驍將) 2명—여방·곽성.

중군을 수호하는 보군효장(步軍驍將) 2명—공명·공량.

처형을 전관(專管)하는 참수인 2명—채복·채경.

3군 내부에서 탐사(探事)를 전장(專掌)하는 마군두령(馬軍頭領) 2명—왕영·호삼랑.

모든 물건의 감조(監造)를 장관(掌管)하는 두령 16명 가운데서 장병의 이동, 파견에 관한 문서를 작성하는 사람 1명—소양

상벌을 관리하는 군정사(軍政司) 1명—배선.

전량(錢糧)의 출납책임자 1명—장경.

대소전선(大小戰船)을 감조(監造)하는 사람 1명—맹강.

병부(兵符), 인신(印信)을 전문으로 만드는 사람 1명—김대견.

일체 정기포오(旌旗袍襖)를 전문으로 만드는 사람 1명—후건.

일체 마필을 전문으로 치료하는 수의(獸醫) 1명—황보단.

전문으로 내외과의 모든 병을 치료하는 의사 1명—안도전.

일체 군기(軍器)의 제조를 감독하는 사람 1명—탕륭.

일체 대소호포(大小號炮)를 전문으로 만드는 사람 1명—능진.

건물의 수리, 건축을 전담하는 사람 1명—이운.

우마돈양(牛馬豚羊)의 도살을 전담하는 사람 1명—조정.

연석(筵席)의 배설(排設)을 전담하는 사람 1명—송청.

주류(酒類)의 제조 공급을 감독하는 사람 1명—주부.

양산박의 일체 성벽 건축을 감독하는 사람 1명—도종왕.

수자기(帥字旗)를 전문으로 받들어 모시는 사람 1명—
욱보사.

선화(宣和) 2년 4월 22일,

양산박 대취회(大聚會)에서 인원을 분배하여 고시(告示)함.

그날, 양산박에서는 송공명이 명령을 내리고 여러 두령들의 임무가 배정되자, 여러 사람들이 다 같이 병부와 인신을 받았다. 연회가 끝나자 여러 두령들은 술이 취해서 각각 맡은 산채로 돌아갔고, 그 중에서 아직도 직무가 배정되지 않은 사람들만 안대(雁臺) 전후에 남아서 명령을 기다리기로 했다.

송강은 다시 길일양시를 택하여 향불을 피우고 북을 울리며 모든 두령들을 충의당에 집합시켜 놓고 이렇게 말했다.

"이제는 옛날과는 달라졌으니, 내가 한마디 해야겠소. 우리들은 이미 천성지요(天星地曜)가 서로 만나게 된 것이니, 반드시 하늘에 맹세하며 각자가 딴마음을 먹지 말고 생사를 서로 의탁하고 환난을 서로 부조하며 함께 이 송강을 도와서 상천(上天)의 뜻에 보답해야겠소!"

여러 사람들이 다 같이 기뻐하며 일제히,

"옳소!"

하고 소리를 질렀다. 각각 향불을 붙여 꽂아 놓고 당상에 꿇어앉아, 송강이 대표가 되어서 하늘을 맹세했다.

"우리들은 예전에는 뿔뿔이 흩어져 있었으나 이제 천지일월(天地日月)의 은택(恩澤)을 입어 일당에 모이게 되었습니다. 성신(星辰)을 형제로 삼고 천지를 부모로 삼아서 1백8명이 모이게 되었으니, 사람이 본래 같은 얼굴이 없다 하지만 모두 깨끗한 인물들이요, 1백8명이 사람은 다르다 하나 마음은 단지 하나요, 그 마음 또한 교결(皎潔)하기 이를데없습니다. 이제부터 각자가 마음에 불인(不仁)을 품거나 대의(大義)를 그르치는 일이 있다 하오면, 천지는 주벌(誅罰)을 내리시고 신명은 살육을 가하시어 만세(萬世)를 두고 인신(人身)이 될 수 없게 하시고 영원히 지옥에 빠지게 하소서. 이에 대한 보응이 분명하도록 신천(神天)은 공찰(共察)하소서!"

송강이 맹세를 다하고 나자, 여러 두령들도 이구동성으로 맹세했다.

"원컨대 생생상회(生生相會), 세세상봉(世世相逢)하여 영원히 서로 가로막힘이 없고 오늘 같은 날이 있게만 해주소서!"

그날은 입에 피를 발라 맹세하고, 술을 마시고 대취하여 헤어졌다.

본래, 양산박의 호걸들은 틈만 있으면 산 아래로 내려가곤 했다. 혹은 부하를 거느리고 혹은 두령 몇 사람끼리 마음내키는 대로 산 아래로 내려가서, 장돌뱅이 따위의 수레나 말을 만나게 되면 그대로 지나쳐 보냈지만, 어디로 부임해 가는 벼슬아치들의 짐짝 속에 금은이라도 들어 있는 것을 발견하면, 용서없이 모조리 때려눕히고 약탈한 물건은 산채로 운반해다가 여러 사람이 함께 쓰고, 대수롭지 않은 물건 따위는 당장에 서로 분배하곤 했다.

백 리, 혹은 2,3백 리 길이나 되는 먼 곳에서라도 전량

(錢糧)을 쌓아 놓고 백성을 괴롭히는 부자가 있다고 하면, 당장에 부하를 데리고 몰려가서 서슴지 않고 약탈해다가 산으로 운반해 버려도 말썽을 부리거나 방해하는 사람이 없었다.

선량한 백성을 괴롭혀서 갑작스레 부자가 되어 전량을 쌓아 둔 놈이 있다고 하면, 불원천리하고 당장에 부하를 보내서 깡그리 빼앗아 산채로 운반해 올리게 했다. 이런 일이 천번도 더 된다고 할 수 있지만, 그렇다고 해서 그들에게서 항거하려 드는 자도 없었고 원망하거나 간섭하는 사람도 없었다.

송강은 하늘에 맹세를 하고 난 다음, 한동안 산 아래로 내려가지 않고 있었다. 그러는 동안에 뜨거운 날씨도 지나갔고 산들바람이 불기 시작해서 중양절(重陽節—9월 9일) 이 가까워 왔다.

송강은 송청에게 분부하여 성대한 주연을 마련하고, 여러 두령들을 산채로 불러 올려 상국회(賞菊會)의 잔치를 베풀기로 했다.

그날이 되자, 술과 고기가 산더미처럼 나오게 됐다. 우선 보기수(步騎水) 3군의 소두목(小頭目) 이하 여러 부하에게 나누어 주고 각각 세 반(班)으로 갈라서 술을 마시게 해주었다.

충의당은 온통 국화로 뒤덮였으며, 여러 호걸들이 각자의 자리에 차례대로 앉아서 서로 술잔을 권했다.

충의당 양편에서는 징소리, 북소리가 요란스럽게 울렸다. 흥겨운 담소 속에서 술잔이 오고갔다.

여러 두령들은 흉금을 풀어헤치고 통음했다. 마린은 피

리를 불고, 낙화는 노래를 부르고, 연청은 쟁(箏)을 뜯었다.

어느덧 날이 저물어 오고 주흥이 도도하게 됐을 때, 송강도 지필을 가져오라 하여 만강홍(滿江紅)이라는 노래한 편을 친히 지어서 낙화를 시켜 부르게 했다.

낙화가 노래를 다 부르고 거의 끝구절까지 갔을 때, 그곡조의 가사 가운데는 천자가 빨리 조서를 내려서 대사(大赦)가 있기를 바란다는 의미의 글귀가 있었다.

낙화가 그 구절을 노래로 불렀을 때, 별안간 무송이 벌컥 소리를 질렀다.

"오늘도 대사, 내일도 대사령을 기다릴 뿐이니 정말 시시한 일이다!"

흑선풍 이규가 괴상한 눈을 부릅뜨고 큰 소리로 맞장구를 쳤다.

"대사, 대사하는데, 무슨 빌어먹을 대사가 내린단 말이오?"

하면서 술상을 발길로 차서 엉망진창으로 엎어 버렸다.

송강이 큰 소리로 꾸짖었다.

"이 검둥이 녀석아! 이 무슨 무례한 짓이냐! 이놈을 끌어내다가 당장에 목을 베라!"

여러 두령들이 꿇어앉아서 애원했다.

"놈은 술이 취한 탓이니, 용서해 주십시오!"

송강이 그제야 언성을 낮추었다.

"여러분, 다들 일어나시오. 이놈을 우선 영창에 처박아두기로 하겠소."

여러 두령들은 그제야 마음을 놓았다.

몇 명의 처형 책임을 맡은 젊은 두목들이 나와서 이규더러 가자고 했다. 그러나 그들은 이규가 어떻게 할까 봐 겁을 먹고 있었다. 이규가 그들을 노려보고,

"너희들은 내가 지랄발광이라도 할까 봐 겁을 내는 모양인데, 나는 우리 형님이 나를 죽이려 한대도 원망은 하지 않는다. 나는 우리 형님 이외에는 하느님이라도 무서워하지 않는다!"

소리를 지르면서 젊은 두목들에게 끌려서 영창으로 가서 그 안에서 잠이 들어 버렸다.

송강은 이규의 말을 듣고 나자 어느 틈엔지 주흥이 깨어져 우울한 얼굴을 하고 있었다. 오용이 옆에서 위로하였다.

"모처럼 연회를 베풀어서 여러 사람들이 즐겁게 술을 마시고 있는 자리니 과히 언짢게 생각지 마십시오. 그놈이 워낙 괄괄한 놈이라 술이 취해서 주책없는 소리를 한 것이니 걱정하실 건 없습니다. 자아, 기분좋게 여러 사람들과 술이나 드십시다!"

송강이 말을 이었다.

"나는 강주에서 술이 취하여 반역적인 시를 썼다가 저놈의 힘으로 살아났는데, 오늘 또 우연히도 만강홍(滿江紅)의 노래 구절 때문에 저놈을 죽여 버릴 뻔했으니, 여러분들이 충고해 주어서 무사하기는 했지만, 어쩐지 마음이 편치 않소."

그리고 무송에게 이렇게 말하였다.

"그대는 그만한 도리는 판단할 만한 사람이니, 내가 대

사를 기다리며 옳지 못한 것을 고치고 올바른 길로 돌아가서 국가의 양신(良臣)이 되겠다는데, 어째서 그걸 여러 사람 앞에서 시시한 일이라고 말하는 거요?"

노지심이 대신 입을 열었다.

"지금의 조정 벼슬아치들은 엉큼스러운 놈들이 많아서 천자의 눈을 속이고 있습니다. 마치 나의 이 검정빛 승복과 같이 한 번 물이 들면 아무리 빨아도 하얗게 되지는 않습니다. 초안(招安—대사)이란 쓸데없는 일입니다. 차라리 내일부터 뿔뿔이 흩어져서 모두 저 가고 싶은 곳으로 가는 게 나을 겁니다."

송강이 또 말을 이었다.

"여러분, 내 말을 좀 들으시오. 지금의 천자께서는 지성지명(至聖至明)하신 분인데 간신배들에게 둘러싸여서 한때 눈이 어두워지신 것뿐이오. 멀지 않아 구름이 걷히고 천일(天日)이 나타나서, 우리들이 하늘을 대신하여 도를 행하는 것이고 선량한 백성을 해롭게 하는 자가 아니라는 것이 인정되어 대사(大赦)의 은전이 베풀어지면, 우리들이 한마음 한뜻으로 나라에 보답할 수 있을 것이며 청사(靑史)에 이름을 빛낼 수 있을 것이니 이 얼마나 통쾌한 일이겠소. 내가 바라는 것은 이것뿐이고, 다른 뜻은 손톱만큼도 없소!"

여러 두령들이 간곡히 사과했으나, 그날의 연회는 끝내 어색한 좌석이 되어서 각각 헤어져 버렸다.

이튿날 아침에, 여러 두령들이 이규한테 갔더니 그는 아직도 잠이 들어 있었다. 두령들이 그를 불러일으킨 뒤 일렀다.

"자네는 어제 굉장히 취해서 형님에게 섭섭한 말을 함부로 했으니, 우리들과 함께 사과를 하러 가세!"

여러 두령들은 이규를 끌고 당상으로 가서 송강 앞에 사과하도록 했다.

송강이 꾸짖었다.

"나는 여러 사람을 거느리고 있는데, 모두 자네같이 함부로 무례한 소리를 한다면 어떻게 법도(法度)를 지켜 나갈 수 있겠나? 여러 아우님들의 체면도 생각하고 이번만은 용서해 줄 터이니, 일후에는 그런 버릇을 삼가기 바라네."

이규는 황송하여 어쩔 줄 모르며 물러나왔고, 다른 두령들도 각각 제자리로 돌아왔다.

그후로는 평온무사한 나날이 계속되었다. 한 해도 저물어서 섣달 그믐께가 되었다. 어느 날 산 밑에 있던 부하 하나가 나타나서 알리는 말이, 7,8리 떨어진 지점에서 내주(萊州)로부터 동경(東京)으로 등롱(燈籠)을 바치러 가는 놈들을 잡아서 관문 밖까지 데리고 왔으니 처분을 기다린다는 것이었다.

송강은, 결박하지 말고 정중하게 안내해 오라고 했다. 얼마 안 되어서 두 명의 공인과 8,9명의 등롱장(燈籠匠)들이 다섯 채의 수레를 끌고 나타났다. 그 대표자격쯤 되는 자의 말을 들어 보면, 해마다 해오는 관습에 따라서 옥붕영롱구화등(玉棚玲瓏九華燈)을 바치러 동경에 간다는 것이었다.

송강은 구화등(九華燈)만을 두고 가라 하고 다른 등롱은 모두 돌려주고, 백은(白銀) 20냥까지 사례로 주어서 내려보냈다.

송강은 그 등롱을 조천왕의 제당(祭堂)에 바치도록 하고 이튿날 여러 두령들에게 이런 말을 했다.

"나는 산동 태생으로 여태까지 한 번도 서울구경을 못했는데, 이번 원소절(原宵節—정월 15일)에는 천자께서 굉장한 등불놀이를 하신다니 아우님 몇 분과 함께 등롱구경이나 한 번 갔다 올까 하오."

오용이 말리었다.

"그건 안 됩니다. 동경에는 포도공인들이 우글우글하니 위험합니다."

"낮에는 여인숙에 숨어 있고, 밤이 되면 성 안으로 들어가 등롱구경을 할 터이니 아무 걱정도 없소."

여러 두령들이 간곡히 만류했지만, 송강은 기어이 가겠다고 고집을 부렸다. 필경, 송강은 어떻게 해서 동경으로 등롱 구경을 갈 것인가?

72 버릇을 못 고치고

柴 進 簪 花 入 禁 院
李 逵 元 夜 鬧 東 京

송강은 충의당에서 등롱불 구경을 갈 사람을 작정했다.

송강과 시진, 사진과 목홍, 노지심과 무송, 주동과 유당, 이렇게 짝을 지어서 네 패만이 가기로 했다.

이규가 또 심술을 부리고 기어이 따라가야만 되겠다고 나섰다. 송강은 타이르다 못해서 자기의 종자(從者) 행세를 하고 따라오도록 하고, 연청 한 사람을 더 가게 해서 이규를 따라다니도록 했다.

여기서 문제되는 것은, 송강이 얼굴에 온통 시퍼렇게 뜸질을 한 자국을 지닌 몸으로 어떻게 서울엘 갈 수 있느냐 하는 점인데, 그것은 신의(神醫) 안도전이 독약을 써서 흉터를 지우고 시뻘건 상처자국처럼 만들어 가지고 양금미옥(良金美玉) 가루를 매일 발라서 저절로 흔적이 없어지게 했기 때문에 아무 걱정도 없었다. 이야말로 '미옥멸반(美玉滅班)'이랄 수 있는 일이었다.

우선 사진과 목홍을 길손의 몸차림으로 먼저 떠나 보내고, 노지심과 무송은 행각승의 몸차림으로, 그리고 주동과 유당은 장돌뱅이로 변장하고 길을 떠나게 됐다.

송강과 시진은 간량관(間凉官—간직관인)으로 변장을 하고, 대종을 종자로 변장해서 따르게 했고, 이규와 연청도 심부름꾼 차림으로 뒤따르게 했다.

정월 열하룻날. 송강 일행은 동경에 도착하여 만수문(萬壽門) 밖 어느 여인숙에서 묵게 되었다. 송강은 정월 14일 밤이 되면 혼잡한 사람들의 틈에 끼여서 성 안으로 들어갈 작정을 하고, 우선 시진과 연청을 성 안으로 보내 정세를 탐지시키기로 했다.

시진과 연청은 다시 점잖고 깨끗한 몸차림으로 변장을 하고 어가(御街—궁궐 앞 큰거리)로 들어간 다음 어떤 주루(酒樓)로 올라가 아래를 내려다보고 있었다. 수많은 반직(斑直—궁중경호원)들이 금원(禁院) 문으로 빈번하게 출입하고 있는데, 모두 두건을 쓰고 푸른 잎사귀에 금빛 꽃이 달린 동곳(상투에 꽂는 것)을 꽂고 있었다.

시진은 연청의 귓전에다 대고 무엇인지 속삭였다. 연청은 아래층으로 내려와서 여인숙 문을 나서다가, 공교롭게 반직관(斑直官) 한 사람과 맞닥뜨리게 되었다.

엉뚱한 소리를 하면서 덤벼들었다.

"처음 뵙습니다만, 우리 주인님께서 어렸을 적 친구가 되시는 사이라고 모시고 오라고 하십니다."

이 관찰(觀察)은 성이 왕(王)이었는데 어리둥절해서 영문도 모르고 연청을 따라 주루로 왔다. 연청은 왕관찰을 방안에 자리잡아 앉혀 놓고 대뜸 술상을 벌였다. 아무래도 이상해서 왕관찰은 시진의 얼굴을 유심히 쳐다보며 물었다.

"실례지만, 소생은 선생을 뵌 일이 없습니다. 뉘 댁이신지 말씀해 주십시오."

"우리들은 어렸을 적 친구였는데, 그런 말씀 마시고 잘 생각해 보시오."

연청은 술잔을 들어 왕관찰에게 정중하게 권했다.

술이 거나하게 취하자 왕관찰이 하는 말을 들어보니, 천자가 원소절을 축하하기 위해서 궁중의 측근자 내외 24반 5천 7백 8명에게 각각 의복 한 벌과 푸른 잎사귀에 금빛 꽃이 달린 동곳 한 벌씩을 하사했는데, 그 동곳에는 여민동락(與民同樂)이라는 넉 자가 새겨져 있어서 매일 궁중에 출입할 때에는 이것을 검사받고 드나든다는 것이었다.

시진은 일어서서 왕관찰에게 술잔을 권하면서 말했다.

"내 술잔을 한 잔 받으시오. 그러고 나서 나의 성명을 말씀드리리다."

왕관찰은 술잔을 받아서 단숨에 죽 마셨는데, 그 순간 늘침을 흘리며 벌떡 나자빠져서 두 다리로 허공을 휘저으며 버둥질치더니 늘어지고 말았다.

시진은 경각을 지체치 않고 왕관찰의 두건이며 동곳이며 의복이며 신발까지 벗겨서 완전히 딴사람으로 변장을 하고 연청에게 말했다.

"심부름꾼이 와서 묻거든, 왕관찰은 술이 취해서 쓰러졌고, 우리 주인님은 아직 돌아오시지 않았다고만 해두게."

"염려 마십쇼. 그럴 듯하게 어물어물해 두죠."

눈치 빠른 연청의 시원스런 대답이었다.

시진은 주루를 나서자 다짜고짜 동화문(東華門)으로 달려가 궁궐 금문(禁門) 안으로 불쑥 들어섰다. 옷차림이 근사했기 때문에 아무도 가로막는 사람이 없었다.

예사전(睿思殿) 앞에 다다랐다. 천자가 서재로 쓰는 곳이었다. 미닫이가 반쯤 열려 있었다. 시진이 살짝 그 안으로 들어서서 휘둘러보니, 정면 어좌 양옆으로 있는 책상에는 붓〔象管〕, 종이〔花箋〕, 먹〔龍墨〕, 벼루〔端硯〕 등 문방사보가 놓여 있고, 정면 병풍에는 산하사직혼일도(山河社稷混一圖―산천의 지도)가 그려져 있는데, 그 뒤쪽에는 천자의 친필로 사대반도(四大叛徒)의 성명이 적혀 있었다.

산동(山東) 송강(宋江).

회서(淮西) 왕경(王慶).

하북(河北) 전호(田虎).

강남(江南) 방랍(方臘).

'우리들이 늘 나라를 어지럽게 해서 걱정이 되시어 이렇게 적어 두신 것이로구나!'

시진은 이런 생각을 하자, 몸에 품고 있던 칼을 꺼내어 '산동 송강'이라는 넉 자를 도려내 가지고 급히 밖으로 나와 버렸다. 바로 뒤에 인기척이 있는 듯하여 재빨리 금원 밖으로 나와서 주루로 뺑소니를 쳤다. 왕관찰은 아직도 술이 깨지 않은 채 나자빠져 있었다. 처음과 같이 두건이며 의복을 모조리 벗어서 방 한구석에 얌전하게 놓고 의복을 갈아입은 다음, 연청과 심부름꾼을 불러서 술값을 셈해 주고 거스름돈은 심부름꾼 녀석에게 주고 이층을 내려오면서 이렇게 말했다.

"나는 왕관찰과 형제지간일세. 아까 형님이 술이 너무 취해서 내가 대신 궁중에 들어가서 점호에 참석하고 왔네. 나는 성 밖에 사는 몸이어서 성문을 닫는 시간에 늦지 않도록 빨리 가봐야겠네. 형님의 호의(號衣—제복)는 여기다 두고 가니 잘 부탁하네."

시진과 연청은 주루에서 나오자 곧장 만수문 밖으로 나왔다.

저녁때가 다 되어서 왕관찰은 눈을 떴다. 두건도, 의복도, 동곳도 고스란히 옆에 놓여 있기는 한데 도무지 어떻게 된 영문인지 알 수 없었다. 술이 덜 깬 채 흐리멍텅한 머리로 집으로 돌아왔다.

그 이튿날 남들이 전하는 말이, 예사전에서 '산동 송강'이란 넉 자를 도려낸 자가 있어서 오늘은 각 성문을 엄중히 경계한다는 것이었다. 왕관찰은 그제야 어젯밤 일이 대강 짐작은 갔지만, 그렇다고 그런 사실을 입밖에 낼 수도 없는 형편이었다.

시진은 여인숙으로 돌아오자 여태까지의 경과를 송강에게 자세히 보고했다. 송강은 반도(叛徒) 축에 끼여 있는 '산동 송강'이라는 넉 자를 보자 탄식하여 마지않았다.

정월 14일 밤이 되었다.

둥근 달이 동녘에 떠오르고 하늘에는 구름 한 점 없었다. 송강과 시진은 간량관(間涼官)의 몸차림으로 이규 하나만을 남겨 두고, 하인배로 변장한 대종과 연청을 데리고 거리거리를 구경하면서 마행가(馬行街)까지 왔다. 가가호호 모조리 시렁을 만들고 등롱을 달아 밤이 낮같이 밝았다.

네 사람은 다시 어가(御街—금문 근처 큰 도로)로 들어섰다. 연월패(煙月牌)를 내건 집 한 채가 유난히 눈에 띄었다. 그 패에는,

　　가무신선녀(歌舞神仙女)

　　풍류화월괴(風流花月魁)

라고 다섯 자씩 두 줄이 적혀 있었다. 송강은 그것을 보자 한 군데 다방으로 들어가서 차를 마시면서 심부름꾼에게 물어 봤다.

　"저 건너편 기생〔角妓〕은 이름이 뭐라는 여잔가?"

　"동경에서 제일 가는 명기, 상감께 수청하고 있는 이사사(李師師)라는 여자입니다."

　"상감마마께 총애를 받고 있다는 바로 그 기생이로군!"

　"조용조용히 말씀하십쇼. 누가 들을지도 모르니."

　송강은 연청을 불러서 귓속말을 했다.

　"이사사란 여자를 만나보고 비밀리에 거사를 하고 싶은데, 그럴 듯하게 말을 좀 붙여 주게. 우리들은 여기서 차를 마시며 기다리고 있겠네."

　송강은 시진, 대종과 함께 그대로 다방에서 차를 마시고 있었다.

　행동이 날쌘 연청은 당장에 이사사의 집으로 달려가서 이가라는 어멈을 잡았다. 다짜고짜 사배의 절을 정중하게 했다. 어멈은 깜짝 놀랐다.

　"당신은 누구시기에!"

　"어머니, 잊어버리셨나요? 장을(張乙)의 아들 장간(張間)입니다. 어렸을 적부터 남의 고장으로 떠돌다가 요즘 돌아왔습니다."

　본래가 장(張)가니, 이(李)가니, 왕(王)가니 하는 성은 세상에 하도 흔해빠진 성이어서 아무렇게나 꾸며대도 말이 되었다. 어멈도 어리둥절해서 무엇인가를 생각하는 듯

했다. 거기다 또 등잔불 밑인지라 얼굴도 똑똑히 보이지 않았다. 한참 만에 문득 생각이 났다는 듯 어멈은 큰 소리로 떠들었다.

"너, 태평교(太平橋) 옆에 살던 소장간(小張間) 아니냐? 어디 가 있었기에 그렇게 한 번도 오지 않았니?"

"오랫동안 집에 붙어 있지 않았기 때문에 문안도 못 드렸습니다. 산동 손님 한 분을 모시고 왔는데 이분은 이루 말할 수 없을 만큼 굉장한 부자이십니다. 하북에서는 제일 재산이 많은 분인데 이번에 원소절 등불놀이 구경도 하고, 친척도 찾아보고, 또 장삿속 일도 있고 해서 이곳에 오셨는데, 이 집 누이를 데리고 술이라도 한잔 해봤으면 평생 원이 없겠다고 하십니다. 돈은 천 냥이고 2천 냥이고 흐뭇하게 내놓으시겠다고 하십니다."

기생방 어멈이란 돈이라면 눈이 뒤집히는 것들이었다. 당장에 이사사를 불러다가 연청과 대면시켰다. 연청은 넙죽 머리를 숙여서 공손하게 절을 했다. 절세의 미모를 지닌 기생이었다. 어멈의 이야기를 듣고 이사사도 연청의 말을 거절할 리 없었다. 어멈이 곧 산동에서 왔다는 손님을 모시고 오라는 것이었다.

연청은 곧장 다방으로 돌아가서 여태까지의 경과를 귓속말로 송강에게 보고했다. 대종은 돈을 꺼내어 찻값을 셈해 주고, 세 사람은 연청을 따라서 이사사의 집으로 갔다.

널찍한 대청으로 안내를 받아 자리잡고 앉았다. 명기 이사사가 얌전하게 걸어 나와서 인사를 드렸다.

"아까부터 장간 오라버니께 말씀은 많이 듣자 왔습니다만, 이렇게 누추한 곳에 모시게 되어서 정말 반갑습니다."

"우물 안 개구리 같은 시골뜨기가 당신 같은 아름다운 여인을 만나게 됐으니 평생의 행복인가 하오!"

송강은 천연스럽게 대답했다.

어멈이 차를 가지고 나와서 송강, 시진, 대종, 연청에게 한 잔씩 권했다. 그윽한 향기가 풍겨 나는 맛있는 차였다. 차를 다 마시고 한담이나 시작하려고 했을 때, 어멈이 별안간 당황한 얼굴로 뛰어나왔다.

"상감께서 뒷문으로 혼자 행차하셨습니다."

이사사가 얼른 입을 열었다.

"대단히 죄송합니다. 내일은 상감께서 상청궁(上淸宮)에 행차하시게 되었으니 그 틈에 다시 오셔서 천천히 놀다 가시도록 해주십시오."

송강은 쾌히 승낙하고 점잖게 세 사람을 거느리고 그 자리를 물러났다. 소어가를 지나서 천한교(天漢橋)로 등롱구경을 나섰다. 번루(樊樓)라는 유명한 술집 앞까지 왔을 때, 이층에서는 피리소리, 북소리 요란스럽고 유흥객들이 개미떼처럼 몰려다니며 놀고 있었다. 송강, 시진 일행도 번루로 올라가서 방을 잡고 술을 마시고 있었다.

술을 대여섯 잔 마셨을 때 난데없이 옆방에서 요란스런 노랫소리가 들려왔다. 송강이 귀를 기울이다가 당황하여 뛰어나가 보니, 사진과 목홍이 술이 취해서 세상에 대한 불평불만을 함부로 지껄이고 있었다. 송강은 호되게 꾸지람을 했다.

"이 사람들, 사람을 너무 놀라게 하지 말게. 빨리 술값을 셈하고 나가게. 내가 들었으니 망정이지 만약에 공인들의 귀에 들어갔다면 큰일날 뻔했네!"

사진과 목홍은 한 마디도 없이 묵묵히 술값을 셈하고 성 밖으로 나갔다.

송강, 시진 일행 네 사람은 거나할 정도로 알맞게 마시고 아래층으로 내려와서 술값을 셈해 주고, 곧장 만수문 밖으로 나와서 여인숙으로 돌아왔다.

이규는 송강이 돌아오는 것을 보자, 자기만 따돌리고 구경을 시켜 주지 않는다고 투덜투덜 심술을 부렸다. 송강은 어쩔 수 없이 정월 보름날 하룻밤만 구경을 나가도록 해줄 테니 구경이 끝나는 대로 밤을 새워서라도 산채로 먼저 돌아가라고 했다.

그 이튿날은 바로 원소절—정월 보름날이었다. 밤이 되자 송강은 시진과 함께 전과 같이 간량관의 차림으로 대종, 이규, 연청을 데리고 일행이 만수문 안으로 들어섰다. 그날 밤만은 밤새도록 성문을 닫지 않기로 돼 있었지만, 각 성문에는 파수병들이 무장을 더 한층 든든히 하고 삼엄하게 경계하고 있었으며, 고태위도 친히 기병 5천을 거느리고 성벽을 순찰하고 있었다.

송강 일행 다섯 사람이 사람들 틈에 끼여 밀려서 성 안으로 들어서자, 송강은 우선 연청을 불러 가지고 여차여차하라고 귓속말을 했다. 그리고 어제와 같이 그 다방에서 기다리고 있겠다고 했다.

연청은 곧장 명기 이사사의 집으로 또 달려갔다. 이가 어멈과 이사사가 반가이 나와서 맞았다. 연청이 능청스럽게 입을 열었다.

"어제 오셨던 우리 손님께서 어머니께 감사의 말씀을 여쭤달라 하시고, 산동은 두메산골이라 선사할 만한 물건이 없다 하시며 황금 1백 냥을 보내셨으니 받아 주십시오.”

돈에 눈이 뒤집힌 어멈은 숯덩이만큼이나 커다란 금덩어리 두 개를 보자 당장 마음이 동해서,

“오늘은 원소절 명절이어서 우리 모녀가 한상 차려 놓고 집안끼리 술이나 몇 잔 마셔 볼까 하던 차이니, 어제 그 손님도 참석하시도록 모시고 오게!”

연청은 즉시 다방으로 돌아와서 송강에게 이런 뜻을 전달하고 일행이 이사사의 집으로 달려갔다. 송강은 대종과 이규를 문 앞에서 기다리고 있도록 지시해 놓고 세 사람이 넓은 대청으로 들어갔다.

이가 어멈은 송강이 보낸 선물에 대하여 정중하게 사례를 했고, 이사사는 세 사람을 방안으로 모셔 앉히고 술이며 안주며 굉장히 호사스런 상을 차려냈다.

이사사는 술잔을 들고 자리에 앉아 상냥한 말투로 사례했다.

“전생의 인연이 있어서 오늘 밤 이렇게 손님들을 모시게 된 것 같습니다. 변변치 못한 주석이지만 거리끼지 마시고 노시기 바랍니다.”

이사사는 술을 한 잔씩 죽 권하고 나서 다시 어멈에게 분부하여 조그마한 금잔〔金盃〕에다 술을 따라서 차례차례 권해 드리라고 했다. 이사사가 하는 이야기는 모두가 시시한 시정잡화뿐이었다.

시진이 그 말대꾸를 혼자 맡아서 해주고 연청은 그 옆에 서서 맞장구를 치면서 주석의 흥을 돋우었다.

술이 몇 잔씩 돌아갔을 때, 송강은 수다스러워지면서 소매자락을 걷어올리고 손짓을 해가며 양산박에서 하던

티를 내려고 했다. 시진이 능청스럽게 그것을 말렸다.

"조카님은 술이 취하면 언제나 이래서 탈이란 말야! 언짢게 생각지 마시오."

이때 하녀가 들어와서 아뢰었다.

"밖에 계신 붉은 수염에 무서운 얼굴을 하신 분이 악을 쓰시고 야단을 하세요!"

송강은 두 사람을 불러들이라고 했다. 대종이 이규를 데리고 방안으로 들어왔다.

이규는 송강과 시진이 이사사와 마주앉아 술을 마시고 있는 것을 보자, 울화가 치밀어서 견딜 수 없었다. 눈을 부릅뜨고 세 사람을 노려봤다. 이사사가 까르르 웃으며,

"이 사람은 누군가요? 지옥에서 판관과 마주 서 있는 소괴(小魁)—옥졸) 같군요!"

했다. 여러 사람은 와! 하고 웃음을 터뜨렸다. 이규는 이사사의 말이 무슨 뜻인지 알아듣지 못했다. 송강이 얼른 말했다.

"우리 집 하인배의 아들 소리(小李)란 녀석이오. 이 녀석은 힘이 어찌나 센지 2,3백 근의 짐도 거뜬히 짊어지고, 4,50명을 혼자서 때려눕힐 수도 있소."

이사사는 커다란 은잔을 가져다가 두 사람에게 석 잔씩 권했다. 대종도 석 잔을 마셨다. 연청은 이규가 주책없는 소리를 하면 난처할 것 같아서, 이규와 대종을 처음과 같이 문앞에 나가서 기다리고 있게 했다.

송강은 큰 잔을 가져오라 하여 연거푸 몇 잔을 들이킨 뒤 주흥이 도도해지자 종이와 붓을 가져오게 하여 시[樂府] 한 수를 지어서 이사사에게 보였다. 자기의 괴로운 심

정을 호소해 볼 생각으로 그렇게 했지만 기생 이사사가 그 시구의 뜻을 알 리 없었다.

바로 이때, 어멈이 달려 들어오더니 황당한 음성으로 말했다.

"상감께서 지도(地道—굴이나 지하도)로 이곳에 행차하십니다."

이사사도 당황해서 어쩔 줄 모르며,

"배웅도 못해 드리게 되어서 죄송합니다."

하면서 뒷문으로 상감을 모시러 달려갔다. 하녀들도 허둥지둥 술잔과 그릇을 치우고 술상을 들고 나가며 여기저기를 청소하느라고 정신이 없었다. 송강 일행은 밖으로 나가지 않고 어둠 속에 몸을 숨기고 동정을 살피고 있었다.

천자는 머리에는 비단 당건(唐巾)을 쓰고 비룡(飛龍) 저고리를 입고 있었다.

이사사가 천자 앞에서 큰 절을 하며 아양을 떨었다.

"상감마마께서는 몹시 피곤하신 듯하옵니다."

"나는 오늘 상청궁에 나갔다가 이제 돌아오는 길이다. 태자는 선덕루(宣德樓)에서 만백성에게 술을 하사하고, 아우는 천보랑(千步廊)으로 물품을 마련하여 보냈으며, 고태위는 이리 오기로 약속이 되어 있는데, 아무리 기다려도 나타나지 않기에 혼자서 건너온 길이다. 이리 가까이 와서 이야기라도 해라!"

송강이 어둠 속에서 속삭였다.

"이런 기회를 놓쳐 버리면 두 번 다시 얻기 어려운데, 우리 세 사람이 이 자리에서 은사의 조칙을 내리십사 하고 여쭙는 게 어떻겠나?"

시진이 반대했다.

"그건 안 됩니다. 설사 그런 일을 용납해 주신다 해도 간신배들이 나중에 반드시 뒤집어엎어 버릴 것입니다."

이렇게 세 사람이 어둠 속에 숨어서 망설이고 있을 때, 한편 이규는 송강이 시진과 함께 아름다운 기생과 술을 마시고 있으면서도, 자기와 대종은 문만 지키고 있게 하는 것에 약이 올라서 견딜 수가 없었다.

바로 이때, 공교롭게도 양태위(楊太尉)가 휘장을 걷어 치고 발을 걷어치며 문을 열고 뚜벅뚜벅 걸어 들어오더니 이규를 보자 호통을 쳤다.

"네 놈은 뭣하는 놈이냐? 여기가 어딘 줄 알고 와 있느냐!"

이규는 그러지 않아도 울화가 치밀어서 견딜 수 없는 판이었다. 그 말에는 대답도 하지 않고, 대뜸 의자를 움켜잡아서 양태위를 정통으로 후려갈겼다.

양태위는 대경실색하여 손도 대지 못하고 두서너 번 얻어맞자 그대로 꺽 소리도 못하고 땅바닥에 나뒹굴고 말았다. 대종이 재빨리 말리러 나가기는 했지만 때는 이미 늦었다.

이규는 벽에 걸려 있는 족자를 북 찢어서 촛불에 붙여 가지고 여기저기 닥치는대로 불을 지르고 상이며 의자며 마구 두들겨 부숴 버렸다.

송강, 시진, 연청이 이상한 소리를 듣고 밖으로 뛰어나와 보니, 흑선풍 이규가 평소의 그 못된 버릇을 참지 못하고 웃통을 벗어제친 채 미친 사람처럼 날뛰고 있지 않은가!

네 사람은 있는 힘을 다해서 이규를 문밖으로 끌어냈다.

그러나 이규는 문밖으로 나서자 장작개비를 하나 빼앗아 가지고 소어가를 향하여 미친 사람처럼 줄달음쳐 버렸다.

송강은 이규가 평소의 본성이 발동한 것을 보자, 어쩔 수 없이 시진·대종과 함께 먼저 성 밖으로 뺑소니쳤다. 성문이 닫히면 꼼짝도 못하게 될 것을 생각한 까닭이었고, 연청을 남겨 둔 것은 이규를 보살펴 줘야만 할 것 같았기 때문이었다.

이사사의 집에 불이 붙자, 대경실색한 천자는 어느 틈엔지 자취를 감춰 버렸고, 이웃 사람들은 불을 끄는 한편 양태위를 간신히 구출했다.

성 안에서는 일대 소동이 일어났다. 고태위는 북문을 순찰하고 있었는데, 이 소식을 듣자 즉각에 병사를 거느리고 이규와 연청을 추격했다.

이규와 연청은 힘을 합해서 싸우고 있다가 목홍과 사진을 만나게 됐다.

네 사람은 각각 창과 봉을 결사적으로 휘두르며 곧장 성벽 가까이 쳐들어갔다.

성문을 지키고 있던 병사는 급히 문을 잠그려고 했지만 밖으로부터 노지심이 철선장을 휘두르고 무송이 두 자루의 계도를 휘두르며, 주동과 유당이 박도로 마구 찌르면서 재빨리 성문 안으로 무찌르고 들어가서 네 사람을 구출했다.

이렇게 해서 간신히 성 안에서 빠져 나오자, 바로 고태위의 군사가 성 밖으로 추격해 왔다. 여덟 사람의 두령들은 송강, 시진, 대종이 보이지 않아 여간 당황하지 않았다.

그러나 군사 오용이 이런 사태를 미리 짐작하고 동경을 한바탕 뒤집어엎을 계책을 가지고 날짜를 작정해 놓고, 다섯 명의 호장(虎將)에게 무장을 든든히 한 기병 1천 명을 주어서 바로 그날 밤 동경성 밖에서 대기하고 있도록 했다. 마침 송강, 시진, 대종을 만나 끌고 온 빈 말에다 태웠다.

노지심과 그밖의 뒤떨어졌던 두령들도 함께 달려와서 말을 타고 떠나려는 판인데 이규만이 보이지 않았다. 그리고 고태위의 군사는 맹렬히 추격해 오고 있었다.

송강 수하의 오호장(五虎將)인 관승, 임충, 진명, 호연작, 동평은 성벽 근처로 말을 몰고 가서 있는 목청을 다해서 호통을 쳤다.

"양산박의 호걸들이 전원 총동원되어서 나타났다! 깨끗이 성을 내준다면 네 놈의 목숨만은 살려 주마!"

고태위는 그 소리를 듣자 성 밖으로 싸우러 나오기는커녕, 당황하여 구름다리를 급히 내려놓고 병사를 철수시켜 가지고 수비만을 견고히 했다.

송강은 이규와 가장 친한 연청을 남겨 두어서 이규를 기다리게 하고, 자기는 병사와 두령들을 거느리고 시급히 산채로 돌아가기로 했다.

연청이 어떤 집 처마 밑에서 바라보자니, 이규가 두 자루의 판부를 휘두르면서 여인숙 문밖으로 뛰쳐나오더니 호통을 치며 동경성을 향하여 쳐들어가려는 판이었다.

필경, 흑선풍 이규는 어떻게 성으로 쳐들어갈 것인가

73 죽은 딸 살아난 딸

黑 旋 風 喬 捉 鬼
梁 山 泊 雙 獻 頭

　연청은 이규의 뒤를 바짝 쫓아갔다. 이규는 두 자루의 판부를 휘두르며 성문으로 달려가서 닥치는대로 때려부수려는 판이었다. 연청은 이규의 허리를 부둥켜 안아서 땅바닥에다 동댕이쳐 버렸다. 다시 일으켜 가지고 뒷길로 뺑소니를 쳤다. 이규도 하는 수 없이 연청을 따라왔다.

　연청은 본래가 씨름에 있어서 천하 제일 가는 솜씨를 지니고 있어서 평소에 이규가 두려워하는 바였고, 연청 앞에서는 꼼짝 못하는 줄 알기 때문에 송강도 연청을 남겨 두고 먼저 달아난 것이었다.

　연청과 이규는 큰길을 피하여 뒷길만 찾아서 진류현(陳留縣)으로 도주했다. 이규는 옷을 고쳐 입고 판부도 품속에 감추고 불그스레한 머리를 두 갈래로 갈라서 상투를 틀었다.

　날이 밝자 동경성 안에서는 일대 소동이 일어났다.

　고태위는 병사를 거느리고 성 밖까지 추격했으나 여의치 않아서 되돌아왔고, 이사사는 아무 일도 모른다는 듯 시치미를 뚝 떼고 있었으며, 양태위 역시 집 안에 처박혀서 쉬고 있었다.

　이규와 연청이 사류촌(四柳村)이란 고장에 당도했을 때

날이 저물었다. 어느 집 문전에서 하룻밤을 쉬어서 가자고 주인을 불렀다. 적태공(狄太公)이라는 그 집 주인영감이 나와서 상투를 틀어올린 이규의 모습을 보더니 도사(道士)라고 생각했음인지, 그의 딱한 사정을 호소했다.

"우리 부부에게는 친딸이 하나 있어서 스무 살이 됐는데 약 반년 전부터 귀신에게 홀려서 방속에 처박힌 채 통 밖에 나와서 음식을 먹는 법도 없고, 집안식구가 얼씬만 하면 기왓장과 돌멩이를 던지고 지랄발광을 하고 있습니다. 도사를 여러 차례나 모셔다가 귀신을 쫓아 보려고 했지만 도무지 귀신을 잡을 수가 없습니다."

이규가 능청스럽게 서슴지 않고 말했다.

"나는 계주(薊州)의 도사 나진인(羅眞人)의 제자요. 구름 속에 올라갈 수도 있고 안개를 타고 다닐 수도 있는 몸이니 귀신 하나쯤이야 문제없소. 영감이 인색하게 굴지만 않는다면 오늘 밤에 당장 그 귀신을 잡아 드리리다. 우선 신장(神將)께 제사를 올려야겠으니 돼지 한 마리와 양 한 마리를 잡으시오."

적태공은 귀신을 잡아 준다는 말에 신바람이 나서 밤중까지 걸려서 돼지와 양을 통째로 삶아 가지고 사랑방에 내놓았다. 이규는 큰 사발 열 개와 따끈한 술 열 병을 가져오라고 하더니 죽 따라 놓았다. 초 두 자루에 불을 밝히고 향불까지 피웠다. 의자 하나를 가져오라 해서 거기 떡 버티고 앉더니 아무 소리도 없이 옆구리에서 판부를 꺼내 돼지와 양을 큼직하게 썰어 가지고 뜯어먹기 시작했다. 그리고 연청까지 불러서 같이 먹자고 했지만 연청은 쓰디쓰게 웃을 뿐 손도 대지 않았다.

이규는 실컷 배불리 먹고 술도 너더댓 잔 마셨다. 적태공은 그 광경을 보자 어안이 벙벙할 뿐이었다. 이규가 하인배들을 불러 가지고 분부했다.

"자네들도 이 나머지 고기를 실컷 먹어 두게!"

그럭저럭 고기가 다 없어졌을 때, 이규가 또 분부했다.

"뜨거운 물을 한 통만 떠오게. 손과 발을 씻어야겠으니."

손발을 씻고 나서는 다시 적태공에게 차를 가져오라 해서 마시고, 연청에게 물어 봤다.

"밥은 먹었나?"

"먹었어!"

연청이 대답했더니, 이규는 천연덕스럽게 적태공에게 말했다.

"술도 취했고, 고기도 배불리 먹었으니, 우리들은 그만 잠이나 자겠소. 내일 아침이면 또 길을 떠날 몸이니까."

"이게 어떻게 된 일입니까? 귀신은 언제 잡아 주시렵니까?"

"정말 귀신을 잡고 싶은 생각이라면 누구를 시켜서 영감 따님이 있다는 방으로 나를 데려다 주시오!"

"그런데 지금 막 그 귀신이 방속에 나타나서, 기왓장이며 돌멩이며 마구 집어 던지기 때문에 아무도 얼씬을 못하고 있습니다."

이규는 두 자루의 판부를 손에 들더니, 횃불로 멀리서 밝히게 하고 뚜벅뚜벅 그 딸이 있다는 방으로 걸어갔다.

방안에는 희미하나마 등잔불빛이 밝혀져 있었다. 이규가 눈을 똑바로 뜨고 몰래 들여다보니, 방안에서는 어떤 젊은 녀석 하나가 적태공의 딸을 부둥켜 안고 뭣인지 속삭이고 있었다. 이규는 방문을 발길로 걷어차면서 판부로 내리찍었다. 젊은 녀석은 도망치려고 했으나 마침내 이규의 판부에 찍혀서 나자빠지고 말았다. 딸년은 당황하여 침상 밑으로 숨어 버렸다. 이규는 우선 판부로 젊은 녀석의 모가지를 잘라 가지고 침상 위에 놓았다. 이규가 호통을 쳤다.

"이년아, 어서 이리 나오너라. 나오지 않는다면 침상까지 깡그리 찍어 버리겠다."

"나갈 테니 목숨만은 살려 주십시오!"

딸년은 머리를 침상 밖으로 내밀었다. 이규는 머리채를 움켜잡고 젊은 녀석의 시체 앞으로 질질 끌고 가서 소리를 질렀다.

"내가 죽인 이놈은 뭣하는 놈이냐?"

"저의 간부(奸夫)인 왕소이(王小二)입니다."

"기왓장과 밥은 어디서 났느냐?"

"제가 금은과 비녀를 뽑아 주어서, 이 사내가 밤중에 담을 넘어 날라들였습니다."

"그렇게 지저분한 계집이라면 살려 뒀댔자 아무 소용도 없겠구나!"

이규는 딸년의 머리마저 잘라 가지고 젊은 녀석의 머리와 한데 묶어서 사랑방으로 가지고 나와서 내동댕이쳤다.

여러 사람들이 깜짝 놀라 몰려들어 보니 바로 적태공의 딸이었다. 적태공은 딸의 처참한 죽음을 슬퍼했지만, 귀신이라는 것이 딸의 간부인 동쪽 마을에 살고 있는 왕소이란 놈이 꾸며낸 간통이었음이 밝혀지자 어쩔 도리가 없었다.

이규는 날이 밝도록 실컷 자고 나서 벌떡 뛰어 일어나더니 적태공에게 말했다.

"어젯밤에는 귀신을 잡아 주었는데, 어째서 사례를 하지 않느냐?"

적태공은 어쩔 수 없이 술과 안주를 잘 차려서, 이규를 대접했다.

이규와 연청은 사류촌을 떠나서 형문진(荊門鎭)이란 곳에 당도하여 또 어느 집 문전에서 하룻밤 자고 가자고 소리를 질렀다. 그 집 하인이 나와서 이렇게 말했다.

"우리 집 주인님은 지금 근심걱정이 있으셔서 재워 드릴 수 없으니 딴 곳으로 가보시오!"

"하룻밤 자고 가자는데 뭣이 대단한 일이라구? 근심걱정이 있다면 내가 처치해 주마!"

이규는 무작정 안으로 들어섰다.

안에서는 주인 부처가 흐느껴 울고 있었다. 이규의 얼굴이 하도 험상궂게 생기어 하인은 거절하지 못하고 두 사람을 문간방에 쉬도록 해주었다.

이규는 주인 부부의 울음소리 때문에 도무지 잠을 편히 잘 수가 없었다. 새벽녘에 벌떡 일어나서 사랑방으로 달려나갔다.

"이 집에서는 누가 이렇게 밤새도록 울어서 잠을 못 자게 하는 거요?"

주인영감은 그 말을 듣자 어쩔 수 없이 뛰어나와서 이런 말을 했다.

"우리 집에는 열여덟 살 먹은 딸이 하나 있었는데 강도에게 납치당해 갔습니다. 그래서 근심걱정으로 지내는 중입니다. 그 강도는 양산박의 두령 송강이라고 했습니다. 1백8명의 두목을 거느리고 기세가 대단하답니다."

"언제, 몇 놈이나 거느리고 왔소?"

"바로 이틀 전에 젊은 놈 둘이 말을 타고 왔었습니다."

이규는 당장에 연청을 불렀다.

"이리 와서 이 늙은이의 말을 좀 들어 보시오. 우리 형님도 언행이 일치하지 않은 나쁜 사람이었군!"

"조급히 굴지 말게. 그럴 까닭이 있겠나!"

"동경 있을 적에도 이사사란 기생집에 가서 틀어박혔었으니, 여기 와서도 그런 짓을 했을지 누가 아나!"

이규는 영감에게 털어놓고 말했다.

"밥이 있으면 좀 요기하게 해주시오. 사실인즉 나는 양산박의 이규, 이 사람은 연청이니 송강이 영감의 따님을 납치해 갔다면 내가 지금부터 도로 뺏어다 드리리다!"

이규와 연청은 양산박으로 돌아와서 곧장 충의당으로 달려갔다. 이규는 다짜고짜로 두 눈을 부릅뜨고 판부를 꺼내서 행황기를 찍어 버리고 체천행도(替天行道) 넉 자를 쓴 기폭마저 갈갈이 찢어 버렸다. 송강이 호통을 쳤다.

"이 검둥이 녀석아! 이게 또 무슨 못된 버르장머리냐!"

이규는 판부를 잔뜩 움켜쥐고 당상으로 뛰어 올라가 송강에게 덤벼들려고 했다. 마침 옆에 있던 관승·임충·진명·호연작·동평 등 오호장이 깜짝 놀라서 가로막고 판부를 빼앗은 뒤 당하로 끌어내렸다. 송강이 대로하여 또 호통을 쳤다.

"이놈! 또 지랄발광을 하는구나! 내가 뭣을 잘못했는지 말을 해봐라!"

이규는 약이 올라서 씨근벌떡거리면서 입도 제대로 열지 못했다. 연청이 앞으로 나서면서 여태까지의 자초지종 경위를 자세히 보고했다.

송강은 그제야 까닭을 알고 이규에게 말했다.

"그런 터무니도 없는 일을 내가 알 까닭이 없지 않은가! 그러면 그렇다고 처음부터 왜 이야기를 못 하느냔 말이다!"

이규는 역시 그대로 수그러지지 않았다.

"우리들은 형님이 천하에 없는 호걸인 줄만 알고 있었더니 정말 짐승 같은 사람이었구려! 못된 짓만 하구 돌아다녔으니…."

송강의 언성이 더 한층 높아졌다.

"내 말을 잘 들어 보란 말이다. 나는 병사를 2,3천 명이나 거느리고 돌아온 몸이다. 여러 사람의 눈을 속이고 이기(二騎)만이 살짝 돌아올 수는 없잖느냐? 만약에 여자를 빼앗아 가지고 왔다손 치더라도 산채에 있을 것이니 내 방을 뒤져 보면 알 게 아니겠느냐?"

이규는 그래도 막무가내, 송강이 여자를 어디다 숨겨 놓고 능청을 떤다고 펄펄 뛰었다.

송강은 하는 수 없이 다음과 같은 결정을 내렸다.

"그 계집아이의 아버지 되는 유태공이란 영감이 죽지 않고 있다니, 또 하인배들도 그대로 있을 것이니, 나하고 함께 가서 확인시키기로 하세. 만약에 내가 사실로 그 인물이었다면 당장에 내 모가지에 자네의 판부를 받을 것이지만, 그렇지 않다면 자네의 이번 실수는 도저히 용서할 수 없네. 그때 나와 함께 나타났다는 젊은 사나이는 바로 시진이었으니까 자네도 함께 가기로 하세!"

일행은 형문진 유태공의 집으로 달려갔다. 송강은 의심을 받지 않기 위해서 이규와 연청을 먼저 안으로 들여보냈다. 이규가 유태공을 보더니 대뜸 하는 말이,

"이제 송강이 친히 나타나서 얼굴을 보일 것이니 영감은 부인과 하인배들과 함께 똑똑히 보시오. 사실 그놈이라면 어디까지나 그렇다고 해야 되오. 우리가 옆에 있으니까 겁날 것은 조금도 없단 말이오."

송강과 시진이 들어와서 사랑방에 앉았다. 이규는 판부를 손에 잡고 바로 옆에 섰다. 영감의 말이 바로 이 사람이라고만 하면, 당장에 손을 쓸 작정이었다. 유태공은 나와서 송강에게 절을 했다. 이규가 영감에게 물어 봤다.

"바로 이 사람이오? 영감의 따님을 납치해 갔다는 사람이?"

영감은 시력이 좋지 않은 눈을 애써서 크게 뜨고 유심히 살펴봤다.

"아닙니다! 틀립니다!"

송강이 이규를 흘겨보며 소리쳤다.

"어떠냐! 똑똑히 들었느냐?"

"형님이 너무 노려보니까, 영감이 겁이 나서 사실대로 말을 못하는 거요."

"그렇다면 이 집 안에 있는 사람을 모조리 불러내서 확인시켜도 좋다!"

이규는 당장에 여러 하인배들을 불러내서 대면시켰다.

누구나 이구동성으로,

"아닙니다! 틀립니다."

고 말했다. 송강이 그제야 유태공에게 입을 열었다.

"나는 양산박의 송강이고, 이 친구는 시진이오. 영감의 따님은 어떤 놈이 내 이름을 사칭하고 납치해 간 것이오. 놈을 잡을 만한 줄이 닿거든 산채로 알려 주시오. 나도 힘이 되어 드리리다."

그리고 이규에게 꾸지람을 내렸다.

"여기서 일을 처리할 수는 없네. 자네가 산채로 돌아온 다음에 처치해 줌세!"

송강과 시진은 자기 일행만 거느리고 먼저 산채로 돌아갔다.

큰일난 것은 이규뿐이었다. 연청이 산채로 돌아가자고 하자, 이규가 통곡을 하며 입을 열었다.

"너무 조급하게 굴다가, 주책없은 짓을 했지. 내 손으로 내 목을 잘라 줄 것이니 자네가 형님한테 갖다 바쳐 주게."

"그만한 일에 제 손으로 목을 잘라 죽을 것까지야 없잖은가. 내 한 가지 꾀를 내줌세. 이건 바로 '부형청죄(負荊請罪)'라는 것인데, 즉 옷을 홀딱 벗고 동아줄로 꽁꽁 묶은 다음 형장(荊杖)을 한 묶음 잔뜩 짊어지고 충의당 앞에 꿇어앉아서, 형님 실컷 때려 주십쇼! 하고 사죄를 하면 형님도 차마 어쩌지 못할 걸세."

이규는 마음이 내키는 일은 아니었지만 달리 어찌할 도리가 없었다. 연청이 시키는 대로 충의당으로 달려가서 머리를 수그리고 꿇어앉아서 죽여 달라고 사죄했다.

송강의 태도는 상당히 강경했으나, 여러 두령들이 이규를 위하여 대신 사과를 드리어 하는 수 없이 이렇게 말했다.

"이놈을 용서해 주고 싶으면, 이놈을 시켜서 송강이라 사칭한 두 놈을 붙잡게 하고 유태공의 딸을 찾아내어 돌려보내라고 합시다. 그렇게 한다면 용서해 주겠소."

이규는 그 말을 듣자 벌떡 일어서면서 아뢰었다.

"그야 물독에서 자라 한 마리를 잡아내기보다 쉬운 노릇이오. 당장 잡아오리다!"

송강은 이번에도 연청을 딸려 보냈다. 연청은 활을 메고, 자기 키만큼이나 커다란 몽둥이를 들고 이규와 함께 유태공의 집으로 달려가서, 가짜 송강이 나타나던 때의 일을 자세히 물었다. 유태공의 대답은 이러했다.

"날이 어두울 무렵에 나타났다가, 밤 삼경쯤 되어서 돌아갔습니다. 어디 사는지는 통 알 수 없습니다. 두목격인 사나이는 어깨가 딱 벌어졌고 거무튀튀하고 마른 얼굴인데, 또 한 사나이는 몸집이 거창하고 짧은 수염을 기르고 있었습니다."

이규와 연청은 이틀 동안이나 이리저리 닥치는대로 그놈을 찾아서 헤맸지만 통 종적을 알아볼 길이 없었다.

그날 밤, 둘이서 산기슭에 있는 어떤 허물어져 가는 묘 안에서 쉬고 있었다. 이규가 잠이 오지 않아서 일어나 앉아 있노라니 묘문 밖으로 사람의 발소리가 들렸다. 이규는 벌떡 일어서서 묘문을 열어 봤다. 어떤 장정 하나가 박도를 손에 들고 저편 산기슭으로 돌아가고 있었다. 이규는 당장에 뒤를 쫓아가려고 했지만, 연청이 그것을 가로막고 활을 쏴서 그 장정의 넓적다리를 맞혔다. 이규가 달려들어서 땅에 쓰러진 그 장정의 목덜미를 움켜잡고 묘 안으로 끌고 들어왔다.

"이놈! 유태공의 딸을 어디로 납치해 갔느냐?"

"저는 그런 일은 통 모릅니다. 여기서 가끔 날치기 짓도 하며 장돌뱅이로 돌아다닐 뿐입니다."

이규는 그 장정을 꽁꽁 묶어 놓고 판부를 휘두르며 호통을 쳤다.

"정말 모르느냐? 이 근방에서 날치기 짓을 하고 있으면 무슨 냄새라도 맡았을 게 아니냐?"

"이건 저의 짐작이니 그대로 들어맞을지는 모릅니다만, 여기서 서북쪽으로 15리쯤 더 가면 우두산(牛頭山)이 있고 거기 도원(道院)이 있는데, 왕강(王江)·동해(董海)라는 두 강도가 살고 있습니다. 두 놈이 다 같은 산적인데, 이놈들이 도사와 도동을 모조리 죽여 버리고 도원을 점령하고 산 아래로 내려와서 강도질을 하면서 송강이라고 자칭하고 있으니, 아무래도 이 두 놈들이 납치해 간 것 같습니다."

"흠! 그런 까닭이 있는 놈들 같군. 이놈아, 우리를 무서워할 건 없다. 나는 양산박의 이규, 이 친구는 연청이라는 사람이니, 우리를 그곳까지 좀 데려다 다오!"

연청과 이규는 그 장정을 앞장세우고 우두산을 찾아갔다.

희미한 달밤이었다.

연청과 이규는 15리쯤 걸어갔다. 과연 그다지 높지 않은 산이 한 군데 나타났는데 그 모양이 꼭 소대가리같이 생겼다. 세 사람이 산으로 올라왔을 때에는 아직도 날이 밝지 않았다. 도원은 높직하게 토담을 쌓아 올렸고 그 속에는 20여 채나 되는 집들이 한데 모여 있었다.

연청이 날이 밝기를 기다리라고 했지만 이규는 그때까지 도저히 참을 수 없어서 다짜고짜 훌쩍 토담을 넘어서 안으로 들어갔다. 안에서 사람이 호통치는 소리가 들렸다. 문이 열리는가 하는 순간, 장정 하나가 재빨리 뛰쳐나오더니 박도를 휘두르며 이규에게 덤벼들었다. 연청도 이규에게 무슨 실수가 있을까 걱정이 되어서, 몽둥이로 땅을 짚고 훌쩍 토담을 뛰어넘어 안으로 들어갔다.

함께 왔던 화살에 맞은 장정은 어느 틈엔지 쥐도 새도 모르게 뺑소니를 쳐버리고 말았다.

연청은 안에서 뛰쳐나온 장정이 이규와 싸우고 있는 것을 보자, 살며시 달려들어서 몽둥이로 광대뼈를 힘껏 후려갈겼다. 그 장정이 이규의 가슴팍으로 폭삭 고꾸라지는 순간, 이규의 판부가 비호같이 그놈의 등줄기를 찍어서 거꾸러뜨렸다. 안에서는 아무도 더 나오지 않았다. 연청이 말했다.

"놈들은 뒷문으로 도망치려는 수작이 빤하니, 나는 뒷문으로 돌아감세. 자네는 앞문을 가로막고 있게. 무작정 안으로 들어갈 필요는 없으니까."

연청이 뒷문으로 돌아가서 토담 밑 어둠 속에 숨어 있자니까, 문이 열리며 열쇠를 가진 장정 하나가 나타나서 토담문을 열려고 했다. 연청이 가까이 다가서자 그 눈치를 챈 장정은 추녀 밑을 슬슬 돌아서 앞문으로 달아나 버렸다.

연청은 큰 소리를 질렀다.

"앞문을 단단히 막아라!"

이규가 서슴치 않고 달려나와서 그 장정의 가슴팍을 단숨에 찍어서 거꾸러뜨렸다. 다시 두 놈의 목을 잘라 가지고 한데 동여맨 다음, 이규는 연거푸 닥쳐드는 놈마다 흙으로 만든 사람을 건드리듯이 모조리 거꾸러뜨려 버렸다. 마지막으로 부하 몇 놈이 부엌으로 몸을 피했지만, 결국 이규에게 발견되어 처참하게 죽어 자빠지고 말았다.

방안으로 들어서 보니, 과연 젊은 아가씨가 침상 위에서 흐느끼며 울고 있었는데, 광채나는 검정 머리에 꽤 아리따운 처녀였다.

연청이 물었다.

"네가 바로 유태공의 딸이냐?"

"네, 저는 바로 10여 일 전에 두 도둑놈에게 잡혀 왔습니다. 매일밤 두 놈이 번갈아 가며 제 몸을 괴롭게 굴어서 낮이나 밤이나 울고만 있었습니다. 감시가 어찌나 심한지 꼼짝할 수가 없었구요. 이렇게 목숨을 살려 주시니 정말 재생의 은인이십니다."

"놈들은 말 두 필을 가지고 있었을 터인데 어디에다 매둔지 모르느냐?"

"동쪽 집, 마구간에 있을 겁니다."

연청은 그 말을 끌어내어 안장을 얹어 가지고 문밖으로 나왔다. 다시 안으로 들어가서 방안에 감춰 둔 금은 4,5천 냥까지 찾아냈다.

유태공의 딸을 말에 태우고, 금은을 한꾸러미 꾸려서

두 놈의 모가지와 함께 다른 한 필의 말에다 매달았다.

이규는 풀을 짚단처럼 뭉쳐 가지고 창 밑에 있는 등잔 불에 붙여서 초가집에다 불을 질러 버렸다.

이리하여 연청과 이규는 토담문을 열고 유태공의 딸이 타고 있는 말을 끌면서 산 아래로 걸어 내려와 곧장 유태공의 집으로 갔다.

유태공 부부는 딸을 보자 기뻐서 미칠 듯이 날뛰며 슬픔이 씻은 듯이 사라졌다. 그리고 반색을 하며 달려나와서 두 두령에게 절을 했다.

연청이 말했다.

"우리 두 사람에게 절을 하실 것은 없소. 산채로 가서 우리들의 형님 송공명에게 감사하다 절을 하시오!"

"네, 가고말고요! 꼭 죽은 줄만 알았던 딸년을 이렇게 찾아다 주셨으니, 어딘들 못 가겠습니까! 꼭 진짜 송강이란 분을 찾아뵙고 죽은 목숨을 살려 주신 데 사례하겠습니다."

유태공은 이렇게 감격해 마지않으며 이규와 연청에게 술대접을 하려고 했으나, 두 두령은 그것도 사양하고 각각 말을 타고 산채로 급히 돌아왔다.

산채에 도착한 것은 해가 서녘에 기울 무렵이었다.

이규와 연청은 세 군데 관문을 넘어서서 금은을 실은 말을 끌고, 모가지 두 개를 손에 들고 곧장 충의당으로 나가서 송강에게 인사를 드렸다.

연청이 그 동안의 경과를 자세히 보고했더니 송강은 희색이 만면해서, 두 모가지는 땅에 파묻도록 하고 금은은 창고에 저장케 했으며, 말은 군마(軍馬)를 삼아 키우기로 했다.

그 이튿날, 주연을 베풀고 연청과 이규를 위로해 주고 있을 때, 유태공도 금은을 가뜩 가지고 산채로 올라와 충의당으로 송강을 찾아뵙고 감격에 넘쳐서 사례의 뜻을 표시했다. 송강은 끝내 금은을 거절해서 돌려주고 술대접을 정중히 해서 자기 집으로 돌아가게 했다.

그후, 한동안 양산박에는 무사한 나날이 계속되었다.

하루는 송강이 한가하게 앉아 있노라니, 장정 몇 명이 무더기로 호송되어 왔다. 그 까닭을 물어 본즉, 주머니가 두둑해 뵈고 수레를 일고여덟 채나 끌고 가는 놈들이기에 잡아왔다는 것이었다. 송강이 살펴보니 모두 체구가 거창한 장정들이었다. 그들은 당전(堂前)에 꿇어앉아서 호소하였다.

"저희들은 봉상부(鳳翔府)에서 태안주로 가는 길입니다. 3월 28일이 천제성제(天齊聖帝)의 탄생일이어서 봉술경기에 참가하려고 갑니다. 올해에는 씨름을 썩 잘하는 사람이 하나 나오는데, 그는 태원부(太原府)에 사는 임원(任原)이란 사람입니다. 신장이 1장(丈)이나 되고 자칭 경천주(擎天柱)라고 하며, 씨름으로는 천하에 자기를 당할 사람이 없다고 호언장담하고 있습니다. 저희들은 이 임원이란 씨름꾼도 구경하고 새로운 봉술도 좀 배워 가지고 오려고 그곳에 가는 길이니, 제발 두령님께서 자비심을 베푸시어 무사히 보내 주도록 해주십시오!"

송강은 그 말을 듣자, 소두목에게 분부했다.

"이 사람들을 산 아래로 내려보내 줘라. 아무것도 뺏지 말고. 묘를 찾아간다는 사람들을 함부로 잡아들이면 되겠느냐!"

이때, 연청이 자리에서 일어서더니 송강에게 무엇인지 귓속말을 몇 마디 했다. 필경, 연청은 송강에게 무슨 말을 한 것일까?

74 씨름판에서 동댕이쳐진 장사

燕 青 智 撲 擎 天 柱
李 逵 壽 張 喬 坐 衙

연청은 3월 28일, 태산(泰山)에서 거행되는 씨름판에 한 번 나가서, 천하 제일이라는 씨름장사 경천주와 겨루어 보고 싶다는 것이었다.

자기는 어렸을 적부터 노원외를 따라서 씨름을 배웠으나 아직도 적당한 상대자를 만나지 못해서 실력을 시험해 보지 못했으니 이번 기회에 꼭 한 번 가보겠다는 것이며, 노준의도 송강에게 간청했다.

"연청은 어려서부터 씨름에는 굉장한 솜씨를 지니고 있으니, 제 소원대로 한 번 보내 주시오. 그날은 나도 거기까지 가서 데리고 오겠소."

송강도 말릴 수 없어서 승낙을 했다. 연청은 3월 15일에 시골뜨기 장돌뱅이처럼 변장을 하고 금사탄을 건너서 태안주로 향했다.

그날 저녁때, 여인숙을 찾으려고 오락가락하고 있자니까, 등덜미에서 누가 부르는 소리가 들렸다.

"연청형, 나도 좀 같이 갑시다!"

흑선풍 이규였다. 연청을 도와줄 생각으로 송강에게 승낙도 받지 않고 무작정 뒤를 쫓아온 것이었다. 아무리 돌아가라고 해도 막무가내, 꼭 따라가겠다고 하였다. 연청은 세 가지 조건을 제시하고 그것을 지킨다는 약속 아래 이규와 동행하기로 했다.

첫째, 가는 도중에 서로 떨어져서 가고, 여인숙에 들어간 뒤에는 함부로 밖에 나오지 말 것.

둘째, 묘(廟) 근처 여인숙에 들게 될 때에는 꾀병을 부리고 자리에 누워서 이불을 뒤집어쓰고 코를 골며 세상 모르는 체하고 있을 것.

셋째, 당일 묘에서 사람들 틈에 끼여서 씨름구경을 할 때에는 절대로 소란을 일으키는 짓을 하지 말 것.

그 이튿날, 연청은 이규를 반리 길쯤 앞세워서 떠나 보내고 점심때쯤 묘 근처에 도착했다. 사람들이 잔뜩 모여서 무엇인지를 쳐다보고 있었다. 사람들의 틈을 헤치고 앞으로 나서 보니, 높직하게 표주(標柱)가 세워져 있는데, 거기에는 마치 아문의 패액(牌額) 같은 헌 액자가 붙어 있고 그 위에는 다음과 같이 써 있었다.

'태원상복 경천주 임원(太原相撲擎天柱任原)'. 그리고 그 옆에는 자그마한 글자로 이렇게 씌어 있었다.

권타남산맹호(拳打南山猛虎)
각척북해창룡(脚踢北海蒼龍)

연청은 그것을 보자, 짐을 메고 있던 멜대로 그 액자를 엉망진창으로 두들겨 부숴 버리고 아무 말도 없이 다시 짐을 메고 묘로 걸어갔다. 그 광경을 보고 있던 사람들 중에는 하릴없는 사람들이 많아서, 임원에게 달려가서 사실을 고해 바친 자들이 있었다.

"금년에는 액자까지 부숴 버리고 한 번 싸워 보겠다는 씨름꾼이 나타났습니다."

묘 근처는 여간 혼잡한 게 아니어서, 1천4,5백 군데 여인숙이 모두 만원이었다. 연청은 빨리 이규를 쫓아가서 함께 묘에서 멀찌감치 떨어진 시골 여인숙에 묵기로 했다.

짐을 내려놓고 이규에게 자리옷을 꺼내 입혀서 재우려고 하는 판인데, 여인숙 사람이 나오더니 입을 열었다.

"손님들은 묘에 사람이 들끓는 때를 노려서 한밑천 잡으려고 장사를 하러 오신 거죠? 숙박비를 내십시오."

연청이 시골 사투리를 써가면서 말했다.

"사람을 업신여기지 마시오. 이렇게 좁은 방이지만, 다른 데로 갈 곳이 없으니 큰 방값이나 마찬가지로 숙박비를 다 내려고 하는데 뭘 그렇게 재촉을 하시오."

"손님, 과히 언짢게 생각지 마십시오. 이런 때 한몫보지 않으면 어쩌겠습니까? 그래서 미리 말씀 드리는 겁니다."

"나는 장돌뱅이니까 아무 데나 묵어도 좋지만, 마침 같은 고장에 살고 있는 친척을 만났더니 몸이 불편하다고 해서 일부러 이 여인숙을 찾아온 것이오. 자, 동전 오 관을 드릴 테니 밥이나 좀 지어 주시오. 떠날 때 톡톡히 사례하리다."

여인숙 사람은 동전을 받고 나서야 문밖으로 나가서 밥을 짓기 시작했다.

얼마 안 되어서 갑자기 여인숙 밖이 소란해졌다. 2,30명의 장정들이 안으로 대들며 여인숙 젊은이에게 물었다.

"액자를 두들겨 부수고 씨름의 적수가 돼 보겠다는 장사는 어느 방에 있느냐?"

"우리 집에는 그런 사람이 없습니다."

"모든 사람이 너의 여인숙에 있다고 하던데?"

"빈방이 두 칸뿐인데, 한 칸은 비어 있고, 다른 한 칸에는 산동서 왔다는 장사치가 병자를 데리고 와서 묵고 있습니다."

"맞았다. 바로 그 장사치가 경천주의 액자를 때려부수고 적수가 되겠다는 거다."

"웃기지 마십시오. 그 장사치는 꼬치꼬치 마른 젊은 친구인데, 무슨 씨름을 하겠습니까?"

"아무튼 나를 데리고 가서 그 방을 한 번 보여 다오."

"저쪽 구석방입니다."

여러 사람들이 그 방으로 가보니 방문이 잠겨 있었다. 창 틈으로 들여다보니, 두 사람이 침상 위에 엇갈린 채 드러누워서 잠을 자고 있었다. 여러 사람들이 곰곰 생각하더니 그 중 한 사람이 말했다.

"액자를 때려부수고 천하에 당할 사람이 없는 경천주의 적수가 되겠다고 나섰으니, 이만저만한 사람이 아닐 게다. 어쨌든 나중에 알게 되겠지."

날이 저물 때까지 여인숙을 찾아온 사람은 2,30명도 더 됐다. 여인숙 젊은이는 일일이 대꾸를 하기에 입이 아플 지경이었다. 그날 밤에 여인숙 젊은이가 밥을 가지고 그 방에 들어갔더니, 별안간 이규가 이불 밖으로 머리를 불쑥 내밀었다. 젊은이는 깜짝 놀라서,

"앗! 이분이구나! 씨름을 하러 왔다는 분이."

하고 소리를 질렀다. 연청이 대뜸 가로막았다.

"씨름을 하는 것은 나요. 이 친구는 앓고 있는 사람일세."

"거짓말 마십시오. 당신이 씨름에 나간다면 경천주 임원의 뱃속으로 먹혀 들어갈 것입니다."

"사람을 업신여기지 마시오. 나는 씨름을 잘 하는 묘한 솜씨가 있으니까 당신네들을 한번 웃겨 주리다. 이기고 돌아오면 상품도 흐뭇하게 나누어 줄 수 있지."

그 사람은 끝까지 연청의 말을 믿을 수 없다는 표정이었다.

이튿날, 연청은 이규가 아침밥을 다 먹고 나자,

"방문을 안으로 잠그고 잠이나 자고 있게!"

하고 구경꾼들의 뒤를 따라서 대악묘(岱嶽廟) 씨름터로 갔다. 초참정(草參亭)에 가서 사배의 절을 하고 사람들에게 물어 보니 임원이란 장사는 영사교(迎思橋) 근처에 있는 널찍한 여인숙에서 2,30명이나 되는 제자들에게 씨름 연습을 시키고 있다는 것이었다.

연청은 곧장 영사교로 달려갔다. 다리난간에 2,30명의 씨름꾼들이 걸터앉아 있으며, 여인숙 밖에는 찬란한 깃발이 무수하게 휘날리고 있었다. 정자 한가운데 임원이 버티고 앉아 있는데, 정말 금강역사(金剛力士)와 같이 거창한 체구의 장사가 제자들의 씨름을 내려다보고 있었다.

연청이 여인숙 안으로 살며시 들어가서 제자들의 씨름을 구경하고 있자니까, 제자들 가운데서 액자를 두들겨 부수던 장면을 목격한 자가 몰래 임원에게 알려 주었다.

임원이 벌떡 일어서더니 어깨를 으쓱하면서 소리를 질렀다.

"금년에는 어떤 주책없는 놈이 나한테 목숨을 바치러 나
타나겠다는 거냐!"

연청은 아무 말 없이 고개를 푹 수그리고 자기 여인숙
으로 되돌아와서 술과 음식을 차려놓고 이규와 같이 먹었
다. 이규가 투덜거렸다.

"이렇게 잠만 자고 있다가는 숨이 막혀 죽겠는걸!"

"오늘 밤뿐일세. 나는 정말로 한 번 승부를 겨루어 보려
나갈 테니까."

여인숙 젊은이를 불러서 씨름판에 나갈 테니 방을 잘
돌봐 달라고 부탁하고 있을 때, 2,30명이나 되는 손님들
이 이구동성으로 연청에게 말했다.

"젊은 친구, 잘 생각해 보는 게 좋을 거야. 공연히 개죽
음을 할 거야 있나!"

연청은 못 들은 체, 이규에게만 말을 했다.

"씨름을 하다가 내가 큰 소리를 지르거든, 자네는 내 대
신 재빨리 상품을 거두어 들이게!"

다른 손님들이 먼저 나가고 난 다음에 이규가 물었다.

"이 두 자루의 판부도 지니고 갈까?"

"안 되네. 남들에게 탄로나면 산통이 깨져 버릴 게 아닌
가."

연청과 이규는 사람들 틈에 끼여서 묘의 낭하에까지 밀
려 들어가 몸을 숨기고 있었다.

넓은 동악묘는 구경꾼으로 인산인해를 이루었다. 지붕
꼭대기까지 사람들이 올라서서 아우성을 쳤다. 가녕전(嘉
寧殿) 저편으로는 높은 시령을 만들어 놓고 그 위에 금은

의 기물과 비단을 산더미처럼 쌓아 놓고, 문 밖에는 다섯 필의 준마(駿馬)가 매여 있었다. 모두가 씨름에 이긴 사람이 타가게 되는 상품이었다. 이 고을의 지부(知府)까지 씨름구경을 나와 있었다.

드디어 천하무적, 금강역사라는 임원이 씨름판에 나타났다. 씨름을 주선하는 노인이 그에게 말했다.

"선생께서는 2년째 씨름판에 나오셨는데도 당해낼 사람이 없었습니다. 올해 3년째 나오셨는데, 구경 나오신 수만 명 손님들에게 한말씀 해주십시오."

우레 같은 박수갈채가 일어났다. 임원이 거창한 체구로 어깨를 으쓱거리며 입을 열었다.

"4백여 주(州) 7천여 마을의 여러 참배자들이 성제(聖帝)를 떠받들려고 바친 여러 가지 상품을 2년 동안이나 이 임원이 타갔습니다. 동쪽 해가 뜨는 곳으로

서쪽 해가 지는 곳까지, 해와 달이 비치는 이 넓은 천하, 남쪽은 남만(南蠻)으로부터 북쪽 유연(幽燕)에 이르기까지, 이 넓은 천지에서 상품을 다투어 볼 만한 사람은 없단 말입니까?"

말이 끝나기가 무섭게 연청이 서쪽 사람들 틈에서 불쑥 솟구쳐 나와 이 사람 저 사람의 어깨를 밟으면서 높직한 씨름대 위로 뛰어나왔다.

"여기 있소! 내가 한 번 겨루어 보겠소!"

씨름을 주선하는 노인이 성명을 물었다. 연청이 대답했다.

"나는 산동의 장돌뱅이, 성은 장(張)이오. 저 사람과 상품을 누가 타나 한 번 해보려고 나왔소!"

"여보시오. 이건 목숨을 내걸고 하는 경기요. 보증인을 데리고 왔소?"

"내가 보증인이오. 죽어도 원망하지 않겠소!"

연청이 짚신을 벗어 동댕이치고 웃통을 벗어제친 뒤 희대(戱臺) 한편 구석에 쭈그리고 앉자니, 별안간, 임원이 펄쩍 뛰어서 씨름판 한복판으로 내달으며 덤빌 테면 덤비라는 듯이 버티고 섰다.

높직한 조망대 위에서 그 광경을 바라보고 있던 이 고을 태수가 넌지시 씨름을 주선하고 있는 노인을 불렀다.

"저 젊은 사나이는 깨끗하고 똑똑하게 생긴 품이 씨름판에서 죽이기는 아까우니, 자네가 그를 위해서 씨름을 중지시키도록 해주게."

노인은 희대로 올라가서 연청에게 말했다.

"여보시오! 목숨을 버릴 것 없이, 이대로 당신 고향으로 돌아가시는 게 어떻겠소? 이번 씨름판은 중지해 버린 것으로 해둘 테니."

"노인도 참 모르시는 말씀이군! 씨름을 해봐야 알지, 누가 이길지 질지 지금 어떻게 안단 말씀이오?"

연청은 한사코 겨루어 보겠다고 버티었고, 높직한 씨름대를 둘러싸고 있는 수만 관중들은 구경하고 싶은 호기심에서 또 우레와 같은 박수갈채를 보낼 뿐이었다.

드디어 씨름을 주선하는 노인이 대나무로 만든 딱따기를 치면서 호통을 쳤다.

"시작!"

씨름은 시작되고야 말았다.

임원이란 장사의 덤벼드는 품은 정말 하늘에서 유성이

흐르는 듯, 번갯불이 달려드는 듯했다. 연청은 살짝 오른쪽 구석에 쭈그리고 앉아서 옴짝달싹도 하지 않았다. 임원도 똑같이 왼편에 자리잡고 버티고 섰다가 연청이 움직이지 않는 것을 보자 한발자국 두발자국 오른편으로 육박해 들어갔다. 그러나 연청은 임원의 하반신을 노려보고만 있었다. 임원은 냉소를 지었다.

'이놈이 나의 사타구니를 노리고 있구나! 옳지! 나는 손을 쓰지 말고 이놈을 발길로 걷어질러서 씨름대 아래로 동댕이쳐 버려야겠다!'

임원은 일부러 자기 왼편에 허를 보이면서 연청에게 비호같이 달려들었다. 연청은 살짝 임원의 왼쪽 겨드랑 밑으로 빠져 버렸다. 임원은 약이 바싹 올라 가지고 그대로 연청을 움켜잡으려고 덤벼들었다. 연청은 이번에는 재빨리 임원의 오른쪽 겨드랑 밑으로 미꾸라지처럼 빠져 버렸다. 거창한 임원은 역시 몸이 둔했다. 허둥지둥하면서 두 발이 벌써 휘청거렸다. 연청은 이 틈을 타서 비호같이 덤벼들어 오른손으로 임원의 멱살을 움켜잡고 왼손으로 허리춤을 움켜잡은 다음, 어깨로 임원의 가슴팍을 불쑥 치받아서 몸뚱이를 허공으로 번쩍 쳐들었다.

다음 순간, 임원의 몸뚱이는 머리를 아래로, 두 다리를 허공으로 뻗은 채 높직한 씨름대 위에서 땅바닥으로 내동댕이쳐졌다.

일대 소동이 일어났다.

스승이 동댕이쳐지는 것을 보자, 씨름대를 포위하고 있던 임원의 제자들 2,30명은 먼저 저편 시렁으로 달려가서 쌓여 있는 상품을 손에 잡히는 대로 탈취하고, 다시 씨름대로 몰려 올라가서 고함을 지르며 난장판을 만들어 버렸다.

이때, 또 하나의 흉신(凶神)이 노발대발했다. 이 광경을 보고 있던 흑선풍 이규가 괴상하게 생긴 두 눈을 딱 부릅뜨더니 호랑이 같은 수염을 불끈 일으켜 세우고, 마치 밭에서 파를 뽑듯 씨름판에 박아 놓은 굵직한 말뚝 두 개를 뽑아서 한 손에 하나씩 움켜잡고 놈들을 향해 닥치는대로 후려갈기며 덤벼들었다.

구경꾼 가운데 이규의 얼굴을 아는 자가 있어서 그 이름을 부르며 당황해하자, 밖에 있던 공인들이 묘 안으로 달려들며 호통을 쳤다.

"도주하지 못하게 꼭 잡아라! 양산박의 흑선풍이다!"

지부는 이런 사실을 알자 혼비백산하여 후전(後殿)으로 뺑소니쳐 버렸고 구경꾼들도 앞을 다투어 도주했다. 이규가 임원을 찾아보니 땅바닥에 동댕이쳐진 채 눈동자가 비뚤어져 가지고 숨이 끊어질 듯 할딱거렸다. 이규는 주춧돌을 뽑아 가지고 임원의 대갈통을 깨뜨려 버렸다.

묘 안으로부터 밖으로 뛰쳐나오고 있을 때, 문밖에서는 화살이 빗발치듯 날아들었다. 이규와 연청은 지붕 꼭대기로 뛰어 올라가서 기왓장을 벗기어 닥치는대로 후려갈겼다.

얼마 안 되어서 묘문에서 요란스런 고함소리가 일어났다. 1대의 병사들이 쳐들어오는 것이었다. 앞장을 선 사람은 바로 북경의 옥기린(玉麒麟) 노준의였고, 사진·목홍·노지심·무송·해진·해보가 그 뒤를 따라서 천여 명

의 호걸들을 거느리고 연청과 이규를 구원하러 쳐들어왔
다. 연청과 이규는 그것을 보자 구경꾼들 틈에 끼여서 뺑
소니쳐 버리고 말았다.

　이규는 우선 여인숙으로 돌아가서 두 자루의 판부를 움
켜잡고 다시 달려와서 마구 찍어댔다. 한참 만에 호걸들의
대열도 묘에서 멀찌거니 물러나왔고, 관병들도 양산박의
병력에 대항하기 어려움을 알고 철수해 버렸다.

　노준의는 이규를 찾아서 반나절쯤 동행했으나, 이규는
어느 틈엔지 대열에서 또 없어졌다. 노준의는 쓰디쓴 웃음
을 입가에 띠고, 한시바삐 산채로 돌아가 누구를 내보내서
이규를 잡아들일 생각으로 걸음을 빨리했다.

　한편, 이규는 그 길로 두 자루의 판부를 휘두르며 수장
현(壽張縣) 아문으로 달려가서 호통을 쳤다.

　"누구든지 나오너라! 나오지 않으면 불을 질러 버릴 테
다!"

　지현은 재빨리 소식을 알고 어딘가로 도주하고 없었다.
양산박의 흑선풍이라면 울던 아이도 울음을 그친다는 판
이니, 아문을 지키던 관리 몇 사람이 이규의 명령을 거역
할 도리가 없어서 문밖으로 나와서 사배의 절을 했다.

　이규는 능청스럽게도 그들을 끌고 안으로 들어가서 지
현이 상자 속에 넣어 둔 관복을 모조리 들추어서 갈아입
고 홀(笏)까지 점잖게 손에 잡고 대청으로 나가 앉아서 호
령을 했다.

　"관인들은 모조리 내 앞에 나와서 꿇어앉아라!"

　여러 관인들이 어쩔 수 없이 앞에 나와 꿇어앉자, 이규
가 물었다.

"어떠냐? 나의 옷차림이 그럴 듯하냐?"

여러 관인들이 입을 모아 대답했다.

"아주 어울리십니다!"

이규는 떡 버티고 앉아서 쩌렁쩌렁 웃어젖히며 또 호령을 했다.

"너희들 중에서 누구든지 둘이서 고소를 해가지고 재판을 청하도록 해라!"

"두령님께서 여기 계신데, 감히 누가 고소를 하겠습니까?"

"고소를 못할 것이 당연하니까, 너희들 중에서 두 사람이 고소를 한 것처럼 꾸며 보란 말이다. 내가 너희들을 혼을 내자는 게 아니구, 한 번 그렇게 해서 놀아 보자는 것뿐이다."

관인들은 서로 상의한 끝에 옥졸 두 사람을 시켜서 싸움을 한 것처럼 꾸며 가지고 고소를 하게 했으며, 백성들을 몰아들여다가 방청도 시켰다.

두 옥졸은 대청에 꿇어앉아서, 그 중 한 사람이 호소했다.

"대감님! 이놈이 소인을 때렸사오니 선처해 주시기 바랍니다."

또 한 사람이 호소했다.

"저놈이 절 보고 욕설을 퍼붓기에 소인이 한 대 때렸습니다."

이규가 묻는다.

"어떤 놈이 매를 맞았느냐?"

"소인이 맞았습니다."

이규가 판결을 내렸다.

"매를 때린 놈은 호걸이다. 매를 맞은 놈은, 변변치 못하게 뭣을 하고 있었느냐! 그놈에게 큰칼을 씌워서 아문 밖에 내놓고 주리를 틀어라!"

이규는 벌떡 일어서서 지현의 복장을 그대로 입은 채 큰 칼을 쓴 사나이가 아문 문앞에서 망신을 당하고 있는 꼴을 구경하더니, 점잖은 걸음걸이로 뚜벅뚜벅 아문 근처를 걸어다니고 있었다. 문앞에 몰려들었던 구경꾼들이 박장대소를 했다.

어디선지 글방에서 책 읽는 소리가 들려왔다. 이규는 기웃거리다가 발을 걷어젖히고 글방으로 불쑥 들어섰다. 글을 가르치던 선생님은 대경실색하여 창을 뛰어넘어 달아났고, 글을 배우던 아이들은 엉엉 우는 놈, 소리를 지르는 놈, 달음질을 치는 놈, 숨으려고 애쓰는 놈, 일대 소동이 일어났다.

이규는 통쾌하게 너털웃음을 치고 글방문을 나오다가 목홍과 마주쳤다. 목홍이 말했다.

"이 사람아, 모두들 걱정을 하고 있는데 여기서 어정대고 있나! 어서 산채로 돌아가세!"

이번에는 마음대로 달아나지 못하게 하고 꼭 붙잡고 걸어갔다. 이규도 어쩔 도리가 없어서, 수장현을 떠나서 곧장 양산박으로 돌아갔다.

두 사람은 금사탄을 건너서 산채에 도착했다.

여러 두령들은 이규의 몸차림을 보자 웃음을 참지 못했다. 충의당으로 올라갔더니 송강은 마침 연청을 위해서 축하의 주연을 베풀고 있었다.

이규는 지현의 녹포(綠袍) 차림으로 두 자루의 판부를 동댕이치고 으쓱대며 당전(堂前)으로 나타나서 홀까지 점잖게 받들어 잡고 송강에게 절을 했다.

두 번째 절을 하다가, 긴 녹포 자락을 밟고 발을 헛디뎌서 땅바닥에 나뒹굴어 여러 두령들의 웃음거리가 되었다.

"네 놈은 정말 괘씸한 놈이다. 내 승낙도 받지 않고 슬며시 산 아래로 내려가다니! 그것만으로도 죽을 죄를 저지른 것인데, 가는 곳마다 못된 짓을 도맡아서 하고 다니니…. 오늘은 여러 형제들 앞에서 분명히 말해 둔다! 이 이상 용서할 수 없다!"

이규는 황송해서 어쩔 줄 모르며 자리를 물러났다.

양산박은 그후 평온무사했다. 별로 할 일이 없이 매일 산채에서 무예를 단련하고 군사를 훈련하고, 헤엄을 칠 줄 아는 사람은 선전(船戰)의 훈련을 받으며, 여러 소채(小寨)에서는   무기・계의(戒衣)・갑옷・창・칼・화살・둔(楯)・노궁(弩弓)・깃발 따위를 보충하면서 날을 보내고 있었다.

한편, 태안주에서는 이규의 사건을 동경에 상세히 보고했다. 진주원(進奏院—상신하달원)에서도 각지 주현의 상신서를 받아 보니, 모두 송강이 반란을 일으켜서 지방을 소란케 하고 있다는 것이었다.

그 동안 도군황제는 한 달이나 정무를 보지 않았는데, 어느 날 아침 정편(靜鞭) 소리가 세 번이나 궁전에 울리더니 문무백관이 두 줄로 금계(金階)에 늘어섰을 때, 전두관(殿頭官)이 큰 소리로 외쳤다.

"상주(上奏)할 사건이 있으면 앞으로 나와서 빨리 상주

할 것이요, 없으면 이것으로 조회를 필하고 물러나기로 하
겠소!"

이때, 진주원의 관리가 앞으로 나서더니 상주하였다.

"소인의 원(院)에서 각지 주현으로부터 누차 올라오는
상신서를 살펴보온즉, 거개가 똑같이 송강이 적도(賊徒)
를 거느리고 공공연히 주부를 습격하여 창고를 약탈하고
군민을 살해하오나, 도처에서 놈을 대적할 자가 없다 하옵
니다. 이대로 내버려 둔다 하오면 후일 대환(大患)이 될까
걱정되옵니다."

"수차 추밀원에 명령하여 출병 소탕하라 했거늘 한 번도
보고가 없으니 이 어찌된 일인고?"

이때 옆에 있던 어사대부(御史大夫) 최정(崔靖)이 앞으
로 나서며 아뢰었다.

"양산박에는 '체천행도(替天行道)'라는 넉 자를 대서특필
한 깃발을 내걸었다 하옵니다. 이는 백성에게 자랑하자는
술책일 것이오나, 민심이 이미 그쪽으로 기울었다고도 하
옵니다. 토벌군을 동원하여 병력으로 이를 소탕하려 하옴
은 현명지책이 못 될 것이오니, 차제에 칙서 한 통을 내리
시고 광록사(光祿寺)에 주연을 베풀게 하신 다음, 대신 한
사람을 양산박에 파견하시와 간곡히 타이르시고 특사를
내리시어 귀순케 하신 다음, 이들의 힘으로 현재 북쪽 변
경을 시끄럽게 구는 요병(遼兵—거란)을 막도록 하심이
상책일까 하옵니다."

천자는 즉각에 궁중의 태위 진종선(陳宗善)을 사신으로
내세워 칙서와 어주를 받들고 양산박의 전원을 귀순시킬
목적으로 떠나 보내기로 했다.

 그러나 진태위가 귀순을 권고하러 갔기 때문에 단조(丹詔—칙서)는 도리어 싸움의 불집을 일으키게 되고 마는데, 필경 진태위는 어떤 방법으로 송강에게 귀순을 권하러 간 것일까?

75 어주(御酒), 탁주(濁酒)

活閻羅倒船偸御酒
黑旋風扯詔罵欽差

　진종선은 조서를 받은 다음 자기 집으로 돌아와서 길 떠날 준비를 하고 있었다. 여러 사람들이 찾아와서 이구동성으로 똑같은 축하의 말을 했다.

　"이번에 떠나 가시는 길은 첫째로는 국가대사의 책임을 지시는 일이고, 둘째로는 만백성을 위하여 우환을 뿌리뽑으실 중대한 사명을 맡으신 겁니다. 양산박의 적도들은 충의를 생명같이 여기고 특사령이 내리기만을 고대하고 있습니다. 태위께서는 되도록 온순한 말씨로 그들을 달래고 구스르시기 바랍니다."

　이런 이야기를 하고 있는 판에 태사부에서 연락원이 왔다.

　"태사께서 태위께 말씀드릴 일이 있다 하시며 곧 건너와 주십사 하십니다."

　진종선은 교자를 타고 신종문(新宗門) 거리를 급히 지나서 태사부 앞에서 내렸다. 연락원은 그를 서원(書院)으로 안내해서 태사와 대면시키면서 그 옆에 서 있었다.

　차대접이 끝나자 태사가 입을 열었다.

　"듣자니 폐하께서는 태위를 양산박에 파견하시어 특사령을 내리시려 하옵신다는데, 그곳으로 가시게 되면 조정의 강기(綱紀)를 어지럽게 하거나 국가의 법도를 그르치는 일이 없도록 해주시오. 논어에도 어느 곳에 가나 군명(君命)을 욕되게 하지 않는 자를 가히 써 사신(使臣)이랄 수 있다는 말이 있지 않소!"

"잘 알고 있습니다. 기대에 어긋나지 않도록 최선을 다하겠습니다."

태사 채경은 또 일렀다.

"이 연락원과 동행하도록 해주시오. 이 사람은 법도에 상당히 밝으니 태위가 미처 생각이 미치지 못하는 점이 있더라도 깨우쳐 드릴 수 있을 것이오."

"그처럼 걱정해 주시니 정말 감사합니다."

진태위는 태사와 작별하고 태사부를 나와서 연락원과 함께 교자를 타고 자기 집으로 돌아왔다.

한숨을 돌리고 있는 판에 문지기가 들어와서 또 알렸다.

"고전수(高殿帥)께서 오셨습니다."

진태위는 급히 나가서 영접해 들였다. 인사가 끝나자 고태위가 대뜸 입을 열었다.

"조정에서는 송강에게 특사령을 내리기로 협의가 되었다는데, 만약에 내가 그 자리에 있었다면 반대했을 거요. 그 적도들은 누차 조정을 욕되게 했고 천리를 무시하는 대죄를 범한 자들이오. 이제 그 죄를 사하고 서울로 끌어들인다면 반드시 후환이 클 것이오. 이미 성지를 내리셨다니 어쩔 수 없는 일이긴 하지만, 놈들이 추호라도 성지를 소홀히 여기는 눈치가 보이거든 태위는 곧 서울로 돌아와 주시오. 나는 폐하께 상주(上奏)하여 곧 대군을 동원해서 놈들을 뿌리뽑아 버리고 말겠소. 그리고 나의 수하에 언변이 유창한 우후가 한 사람 있으니 꼭 대동하도록 하시오. 큰 도움이 될 것이오."

"그처럼 걱정해 주시니 대단히 고맙소."

진태위는 정중하게 절을 했다.

태위 고구는 진태위에게 문밖까지 전송을 받고 말을 달려 자기 집으로 돌아갔다.

이튿날, 채태사부(蔡太師府)의 장간판(張幹辦)과 고전수부(高殿師府)의 이우후(李虞侯)가 약속대로 나타났다. 진태위는 말을 준비하고 종자에게 분부해서 어주 열 병을 용봉단(龍鳳担—칙사의 짐짝) 속에 넣게 하고 일행의 선두에는 칙사의 표지인 황기(黃旗)를 내세웠다.

진태위, 장간판, 이우후는 종자 5,6명에게 조서를 등에 짊어지게 하여 앞장을 세우고 신종문 밖으로 나와서 길을 떠났다.

멀리 제주까지 갔을 때, 그곳 태수 장숙야(張叔夜)가 일행을 영접하여 주연을 베풀고 특사령의 경위를 물었다. 진태위의 자세한 설명을 듣고 난 장숙야가 아뢰었다.

"특사령을 내리신다는 것은 좋지만, 양산박에는 불덩어리같이 괄괄한 성미를 가진 장정들이 많으니 되도록 온순한 말씨로 구슬리셔서 국가대사를 그르치심이 없기만 바랍니다."

이 말을 듣고 있던 장간판과 이우후는, 자기네 두 사람이 따라가니 만사 염려없다고 자신만만한 소리를 했다. 장숙야가 말했다

"이 두 분은 동행하시지 않는 게 좋을 것 같습니다."

진태위가 말한다.

"이 두 분은 모두 채씨, 고씨댁의 심복지인들이시오. 동행하지 않는다면 반드시 의심을 사게 될 것이오."

장숙야도 그 이상 더 말하려 들지 않았고, 주연이 파하자 역사(驛舍)로 보내어 쉬도록 했다.

그 이튿날, 제주에서는 우선 사자를 양산박으로 보내어 특사령이 내린다는 사전연락을 취했다.

한편, 송강은 매일같이 충의당에 두령들을 모아 놓고 군사를 협의하고 있었는데, 첩자가 재빨리 이런 소식을 알리자 실정은 잘 모르면서도 매우 기뻐했다. 바로 그날, 부하가 제주에서 온 사자를 데리고 충의당으로 들어와서 이렇게 말했다.

"조정에서는 이번에 태위 진종선이란 분을 사신으로 보내시어 어주 열 병과 특사령의 조서 한 통을 받들고 이미 제주성 안에까지 와 있습니다. 이편에서도 영접하실 준비를 하심이 좋을 것 같습니다."

송강은 크게 기뻐하여 사자에게 술과 음식을 대접하고 비단 두 필, 화은(花銀) 10냥을 주어서 돌려보냈지만, 여러 두령들 중에는 탐탁지 않게 생각하는 사람들이 많았다. 우선 군사 오용이 말했다.

"이번 특사령이란 것은 마땅치 않게 생각됩니다. 설사 특사를 받는다 해도 우리들은 의붓자식 취급을 면치 못할 것입니다. 놈들이 대군을 거느리고 쳐들어오게 해서, 그것을 우리가 여지없이 무찔러 버려 꿈속에서도 우리를 무서워할 만큼 만들어 놓고 나서 특사령을 받아들여야만 우리 편의 의기를 손상하지 않을 것입니다."

그밖에도 임충, 서녕, 관승 모두 불평이 대단했으나 송강이 딱 잘라서 단을 내렸다.

"우선 조서를 받아들일 준비나 해놓고 봅시다."

이리하여 우선 송청, 조정에게 주연을 베풀 준비를 시키고 시진에게 그 감독을 맡겨서 되도록 성대히 차리도록 하고, 당상 당하를 비단과 꽃으로 화려하게 장식했다. 그리고 배선, 소양, 여방, 곽성을 산 아래로 내려보내 20리 밖까지 나가서 영접하도록 명령하고, 수군의 두령들에게는 큰 배를 강기슭에 대기해 두라고 명령했다.

소양은 배선, 여방, 곽성과 함께 5,6명의 부하를 거느리고, 몸에는 칼 한 자루도 지닌 것이 없이 술과 안주만 가지고 20리 밖까지 영접하러 나갔다.

진태위의 행렬은 장간판과 이우후가 말도 타지 않고 걸어서 앞장을 서 있고, 그 뒤로는 2,3백 명도 더 되는 종자들이 따랐다. 제주의 군관을 태운 10여 기(騎)가 앞장을 서서 행렬을 인도했고, 제주의 옥졸들이 5,60명이나 양산박에 가서 한몫을 볼 수 있을까 해서 앞뒤로 따르고 있었다.

소양, 배선, 여방, 곽성은 도중에서 기다리고 있다가 일제히 길 옆에 꿇어앉아서 일행을 영접했다. 장간판의 꾸지람이 대단했다.

"송강이란 놈은 얼마나 괘씸한 놈이냐! 황제폐하의 조칙을 모시고 오는데도 어째서 친히 영접을 하지 않는다는 거냐? 네 놈들은 죽을 죄를 저지른 놈들이다. 조정의 특사란 당치도 않은 놈들이다. 태위님, 이대로 돌아가십시다!"

소양, 여방, 배선, 곽성은 꿇어앉은 채 사죄했다.

"조정에서 산채에 조서를 내리신 것이 처음인 때문에 실정을 몰라서 그렇게 됐습니다. 송강과 그밖의 여러 두령들이 금사탄까지 영접해 드리려고 나와 있습니다. 태위님께서는 화를 가라앉히시고 국가대사가 성취하도록 힘써 주시기 바랍니다."

옆에서 이우후가 큰소리만 쳤다.

"대사가 성취되지 못해도, 어차피 네 놈들은 옴싹달싹도 못하게 마련된 몸들이다!"

"이게 무슨 수작이냐? 우리를 멸시하는 것도 분수가 있지!"

여방과 곽성이 참다 못해서 서로 쑤군댔다. 소양, 배선이 끝까지 참으면서 술과 안주를 권했지만 이우후는 손을 대려 들지 않았다. 하는 수 없이 일행을 따라서 강기슭까지 왔다. 거기에는 벌써 양산박에서 세 척의 전선(戰船)을 마련해 놓고 대기하고 있었다. 한 척에는 말을 태우고, 또 한 척에는 배선 일행, 그리고 또 한 척에는 태위 일행을 태우고 조서와 어주를 배꼬리에다 잘 모셨는데, 이 배는 활염라(活閻羅) 원소칠(院小七)이 지휘하고 있었다. 그날 원소칠은 뱃머리에 앉아서 20명의 병사를 동원하여 배를 젓고 있었다. 병사들은 저마다 요도(腰刀)를 차고 있었다. 진태위는 배에 오르자마자 자기 외에는 사람이 없다는 듯 배 한복판에 버티고 앉아 있었다. 배가 떠나기 시작하자 앞뒤에서 뱃사공들이 콧노래를 부르기 시작했다. 이우후가 호통을 쳤다.

"이놈들, 귀인 앞에서 이런 버르장머리 없는 짓이 어디 있느냐!"

그러나 뱃사공들은 못 들은 체하고 노래를 계속했다. 이우후는 등덩굴채찍을 휘두르며 앞뒤 뱃사공들을 때리려고 덤벼들었다. 그들은 놀라는 기색조차 없었다. 두목격인 뱃사공의 한 사람이 말했다.

"우리들은 우리 마음대로 노래를 부르는데 당신이 무슨 상관이란 말이오!"

"죽을 것들이 살아 가지고 속만 썩이는 놈아! 무슨 말대꾸냐!"

이우후가 등덩굴채찍으로 후려갈기려고 덤벼들자 뱃사공들은 모조리 물속으로 텀벙텀벙 뛰어 들어가 버렸다. 뱃머리에서 원소칠이 소리를 질렀다.

"그렇게 뱃사공들을 때려서 물속으로 처박으시면 배를 몰고 나갈 수가 없지 않소?"

이때, 위쪽에서 두 척의 쾌선이 저어 내려왔다. 본래, 원소칠은 미리부터 선창 두 군데다가 물을 가뜩 마련해 두었었다. 뒤에서 배가 따라오는 것을 보자 별안간 고함을 질렀다.

"배에 물이 들어온다!"

물은 순식간에 배 안에 꽉 찼다. 한자 높이가 되게 물이 늘기 시작했다. 두 척의 쾌선이 구원하려고 달려들자 여러 사람들이 진태위를 그쪽 배로 급히 옮겨 태웠다. 누구나 배를 급히 몰 생각뿐이지, 조서나 어주를 돌볼 겨를이 없었다.

두 척의 쾌선이 앞장서서 달아나자, 원소칠은 뱃사공들을 불러 올린 뒤 배 안의 물을 퍼내게 하고 걸레로 깨끗이 닦았다. 그리고 뱃사공들에게 분부했다.

"여보게! 어주를 한 병 이리 가져오게. 우선 맛이나 좀 보세!"

뱃사공 한 사람이 용봉단 짐짝 속으로부터 어주 한 병을 꺼내서 마개를 딴 뒤 원소칠에게 주었다. 원소칠이 그것을 받아드니 향긋한 냄새가 코를 찔렀다.

"독약을 탔는지도 알 수 없다. 내가 먼저 맛을 보구….."

한모금 두모금 마셔 보는 체하더니 한 병 술을 따르지도 않고 병째로 다 마셔 버리는 것이었다.

"이것 맛이 근사하다. 한 병만 더 가져오게."

한병 두병 마신 것이 연거푸 네 병 술을 나팔을 불어 버렸다. 원소칠이 말했다.

"이거, 큰일났는걸!"

뱃사공 한 사람이 얼른 받았다.

"배꼬리에 탁주가 한 통 마련되어 있습니다."

"그렇다면 물 떠먹는 그릇을 모조리 가져오게. 자네들에게도 한 잔씩 나누어 줄 테니."

나머지 여섯 병 어주를 뱃사공들에게 몽땅 마시게 하고 열 개의 빈 병에는 시골서 담근 탁주를 꽉 차게 채워 가지고 짐짝 속에다 처음같이 넣어 두었다.

비호같이 배를 몰아 먼저 간 배들을 쫓아서 강기슭으로 올라갔다. 송강과 그밖의 여러 호걸들이 그곳에 나와 영접하고 있었다. 향화등촉이 줄을 지어서 금고(金鼓)와 산채의 고악(鼓樂)을 울리며 어주와 조서를 각각 대(臺) 위에 높이 떠받들어 네 사람이 떠메고, 진태위도 육지 위로 모셔 올렸다. 송강이 허리를 굽히고 정중하게 인사를 했다.

"하치않은 벼슬아치의 몸으로 극악한 죄를 범한 소생이 이처럼 귀인께서 원로에 행차하심에 영접의 예의를 소홀히 하와 죄송하기 이를 데 없습니다."

이우후가 다짜고짜 호통을 쳤다.

"조정의 대귀인이신 태위님께서 너희들에게 특사령을 전달하러 행차하신 것은 이만저만한 일이 아니다. 그런데 그 따위 물이 새는 배를 내보내서 무지막지한 놈들에게 배를 젓도록 한다는 것은 무슨 짓이냐? 하마터면 태위님의 생명이 위태로우실 뻔했다!"

"저희들의 배는 모두 튼튼한 배들입니다. 귀인을 모시는데 어찌 물이 새는 배를 내보냈을 까닭이 있겠습니까."

"태위님의 옷이 저렇게 물에 젖은 것을 보면서도 네 놈은 변명을 하려고 하느냐?"

장간판도 옆에 있다가 덩달아서 호통을 쳤다.

송강 뒤에는 오호장(五虎將)이 버티고 섰으며, 표기장(驃騎將) 여덟 사람도 전후를 포위하고 있었다. 그들은 이우후와 장간판이 송강 앞에서 우쭐대는 꼴을 보자 모두 놈들을 당장 죽여 버리자고 서둘렀지만 송강을 생각하고 차마 손을 대지 못했다.

이때 송강은 태위에게 교자를 타고 가서 조서를 읽어달라고 청했다. 4,5차례나 권해서 가까스로 교자에 태우고, 또 따로 말 두 필을 끌어다가 장간판과 이우후를 태우도록 했다.

이들 두 사람은 자기네 푼수도 모르고 으쓱대고 뻐기기만 했다. 송강은 겸손하고 정중한 태도로 그들을 말에 태워 가지고, 부하들에게 명령하여 피리를 불고 북을 울리면서 세 관문을 지나서 산채로 올라갔다.

송강 이하 백여 명의 두령들은 모두 그 뒤를 따르고, 얼마 안 되어서 일행이 충의당에 도착하자 즉시 말을 내려 태위를 당상으로 청해 올린 뒤 정면에 조서와 어주의 상자를 모셔 놓았다.

진태위, 장간판, 이우후는 왼편으로 서고 소양과 배선이 오른편에 자리잡고 섰다. 송강이 두령을 점검해 보니 모두 1백 7명. 이규 한 사람만 보이지 않았다.

때는 4월이었다.

여러 두령들은 얇은 비단으로 만든 겹옷 전오(戰襖)를 입고 당상에 꿇어앉아서 정중한 태도로 조서를 들었다. 진태위는 상자 속에서 조서를 꺼내 가지고 소양에게 넘겨 주었고, 배선이 호령해서 여러 호걸들이 절을 하게 했다.

소양은 조서를 펼쳐서 찌렁찌렁 울리는 음성으로 낭독했다.

조서의 요지는 일체의 전량(錢糧), 군기(軍器), 마필(馬匹), 선척(船隻)을 즉각에 관에 바치고 양산박의 소혈(巢穴)을 부순 다음 전원을 솔령(率領)하여 경사로 올라온다면 본죄(本罪)를 면케 해줄 것이다. 만약에 양심을 속이고 조제(詔制)에 어긋나는 짓을 한다면 천병(天兵)을 풀어서 노소를 가리지 않고 모조리 소탕해 버리겠다는 것이었다.

소양이 낭독을 마치자, 송강 이하 여러 두령들은 다 같이 얼굴에 노기를 띠었다. 바로 이때 흑선풍 이규가 대들보 위에서 뛰어내리더니 소양의 손에서 조서를 빼앗아 가

지고 발기발기 찢어 버리고, 또 진태위를 붙잡아 주먹으로
후려갈기려고 했다.

송강과 노준의가 달려들어서 떼어 말리고 손을 쓰지 못
하도록 했다. 간신히 떼어 놓으니까 이우후가 두 눈을 부
릅뜨고,

"이놈은 대체 누구냐? 천하에 괘씸하기 이를 데 없는 놈
이군!"

하고 호통을 쳤다. 이규는 때려 볼 상대가 없어서 주먹이
들먹들먹하던 판이라, 다짜고짜 이우후를 움켜잡고 후려
갈기며,

"가지고 온 조서란 것은 어디 사는 어떤 놈의 말이냐!"
하고 소리를 질렀다. 장간판이 대뜸 대답했다.

"황제폐하의 성지다!"

"네 놈들의 황제폐하란 우리들 호걸의 일을 쥐뿔도 모르
면서 우리들에게 특사령을 내린다고 사람들을 보내어 우
쭐대게만 만들었다. 네 놈들의 천자가 성이 송(宋)이라면
우리 형님도 성이 송(宋)이시다. 우리 형님도 천자가 못
되란 법이 어디 있느냐? 네 놈이 감히 이 검둥이 서방님
의 약을 올리다니! 조서를 만든 벼슬아치놈들은 깡그리
때려죽여 버리겠다."

여러 두령들이 덤벼들어서 흑선풍을 당하로 끌어내렸
다. 송강이 이때 태위에게 청했다.

"태위님, 안심하시기 바랍니다. 결코 불상사가 없도록
할 것이니, 우선 어주를 내려주시어 여러 사람들에게 성은
을 베풀어 주십시오."

즉각에 배선을 시켜서 어주 한 병을 꺼내 커다란 은그

릇에 따랐다. 그러나 그것은 시골에서 만든 탁주가 아닌가! 나머지 아홉 병을 모조리 따라 봐도 전부가 시골 탁주였다. 두령들은 그것을 보자, 저마다 깜짝 놀라서 당하로 내려왔다.

노지심이 선장(禪杖)을 움켜잡고 호통을 쳤다.

"돼먹지 않은 놈들 사람을 무시해도 분수가 있지, 막걸리를 어주라고 속여서 우리들에게 마시게 하자는 거냐?"

유당도 박도를 휘두르며 덤벼들려 했고, 무송도 두 자루의 계도를 뽑아들었다. 목홍, 사진도 일제히 들먹거렸다. 수군의 두령 여섯 사람도 욕설을 퍼부으면서 관문을 내려가 버렸다.

송강은 사태가 심상치 않다고 생각하자 뛰어나가 여러 두령들을 가로막고, 즉각에 명령을 내려서 교자와 말을 가지고 태위를 산 아래로 전송하되, 몸을 다치지 말도록 간곡히 타일렀다. 그러나 이때 벌써 여러 두령들이 울근불근 야단을 치기 시작했기 때문에, 송강과 노준의는 어쩔 수 없이 친히 말을 타고 태위와 조서를 전달하러 온 일행을 호위하여 관문 세 군데를 통과했다. 그리고 재배하면서 사죄했다.

"저희들에게 투항하고 귀순할 마음이 없었던 것은 아닙니다. 이러한 사태가 벌어진 것은 조서를 기초하신 관인들이 저희들 양산박의 형편을 파악하지 못한 탓입니다. 만약에 점잖으신 말씀으로 잘 포섭해 주셨다면 저희들도 온갖 충의를 다해서 국가에 보답하고, 죽는 한이 있어도 원한을 품지 않았을 것입니다. 태위님께서는 조정으로 돌아가시면 이런 뜻을 전달하시여 선처해 주시기 바랍니다."

급히 나루터를 건너 보내 주었고, 일행은 당황하여 제주로 돌아가 버렸다.

한편, 송강은 충의당으로 돌아오자, 다시 여러 두령들을 충의당에 소집했다.

"조정의 조칙도 너무 말이 아니었지만, 여러 두령들도 지나치게 흥분했었소."

오용이 나서서 말했다.

"형님, 너무 언짢게 여기실 것은 없습니다. 특사령은 조만간 또 내릴 것이 빤하니까요. 여러 친구들이 화를 낸 것은 당연한 일입니다. 조정에서는 사람 대접을 너무나 우습게 했습니다. 그러나 지금은 그런 쓸데없는 소리를 하고 있을 때가 아니고, 형님은 우선 명령을 내려서 기병에게는 말을 정비하도록, 보병에게는 무기를 정비하도록, 수군에게는 배를 마련하도록 하십시오. 멀지 않아 대군이 토벌을 나올 것이니, 그때에는 몇 번쯤 인마(人馬)를 모조리 거꾸러뜨릴 지경으로 혼을 내고 갑옷 한 조각도 돌려보내지 말아서 꿈속에서도 양산박이라면 치를 떨도록 만들어 놓고서 다시 특사령을 상의하도록 하시는 게 좋을 겁니다."

여러 두령들이 이구동성으로 찬성했다.

"오군사의 말씀이 지당하오!"

그날, 주연이 끝나자 여러 두령들은 각각 자기 진영으로 돌아갔다.

진태위는 제주로 돌아가자, 양산박에서 조서를 낭독하던 경위를 장숙야(張叔夜)에게 말해 주었다. 그랬더니 장숙야가 물었다.

"뭣인지 쓸데없는 말씀을 너무 많이 하신 게 아닐까요?"

"나는 아무 말도 한 것이 없는데….."

"그렇다면 아무리 애써 보셨으나 보람없이, 일을 성취시키지 못하셨단 말씀이시군요. 태위님께서는 시급히 서울로 올라가셔서 폐하께 상주하십시오. 경각을 지체할 일이 아닙니다."

진태위, 장간판, 이우후 일행은 밤을 새워 서울로 돌아가서 채태사를 만나보고, 양산박의 두령들이 조서를 찢어 버리고 조정을 비방하던 경위를 자세히 보고했다. 채경(蔡京)이 그 말을 듣자 노발대발했다.

"강도놈들이 이 무슨 괘씸한 짓이냐! 당당한 우리 송나라 조정에서 네 놈들을 그대로 내버려 둘 줄 아느냐?"

진태위는 눈물을 흘리면서 말했다.

"만약에 태사님의 비호의 힘이 아니었다면, 소신은 양산박에서 갈갈이 찢기어서 죽을 뻔했습니다. 덕분에 이렇게 사지(死地)를 뛰쳐나서 간신히 만나뵙게 된 셈입니다."

태사는 즉각 동추밀(童樞密)과 고태위에게 군사상의 중대 요담이 있으니 소집하라고 했다. 얼마 안 있어 세 사람은 백호당(白虎堂)으로 들어갔고, 채태사는 장간판과 이우후를 불러내어 양산박의 두령들이 조서를 찢어 버리고 조정을 비방하던 경위를 상세히 설명했다. 양태위가 소리를 쳤다.

"그 강도놈들에게 특사란 당치도 않은 일입니다. 애당초 이런 일을 상주한 사람은 누구입니까?"

고태위가 말했다.

"그날, 소인이 조정에 있었다면 결코 이런 사태가 벌어지게는 하지 않았을 것입니다."

동추밀이 맞장구를 쳤다.

"그러면 내일, 이렇게 상주하기로 하십시다."

이튿날, 채태사로부터 상주를 받은 천자는 격분하여 호통을 쳤다.

"그날 특사를 권한 자는 누구냐?"

시신(侍臣) 급사중(給事中—상주관)이 선뜻 대답했다.

"어사대부 최정입니다."

천자는 최정을 붙잡아 대리사(大理寺)로 보내서 벌을 받도록 하고, 채경과 대책을 상의했다. 채경은 이렇게 말했다.

"대군을 동원하지 않으면 제압하기 어렵다고 생각됩니다. 추밀원의 전원을 거느리고 앞장서서 토벌에 나선다면 반드시 기한부로 승리를 거둘 수 있을 줄 아옵니다."

천자는 즉각에 추밀사 동관(童貫)을 불러서 양산박의 토벌에 나설 용의가 있냐고 질문했다. 동관이 꿇어앉아 대답했다.

"옛말에도 효(孝)에는 힘을 다해야 하고, 충(忠)에는 목숨을 다해야 한다 했사오니, 원컨대 견마지로(犬馬之勞)를 다하여 심복지환(心腹之患)을 없애고자 하옵니다."

이리하여 동관을 대원수에 임명하고 양산박을 토벌하라는 성지(聖旨)가 내렸다.

76 개전 벽두(開戰劈頭)

吳 加 亮 布 四 斗 五 方 旗
宋 公 明 排 九 宮 六 卦 陣

　추밀사 동관은 총수(總帥)가 되어 전군에 출전을 준비하도록 호령하였다. 길일을 택하여 정도(征途)에 오르게 되었다고 두 태위가 주연을 베풀어 출전을 축하해 주었고, 조정에서는 중서성(中書省)에 명령하여 전군을 위로해 주었다.

　동관은 바로 이튿날, 전군을 거느리고 성 밖으로 나가서 진주시켜 놓고 천자를 배알한 다음 동경의 동쪽문인 신조문(新曹門) 밖으로 나왔다. 5리 앞에 있는 역정(驛亭―단정)까지 갔을 때, 고·양 두 태위는 미리 여러 관원들을 대동하고 거기서 기다리고 있었다. 동관이 말에서 내리니 고태위가 술잔을 권하며 동관에게 부탁했다.

　"추밀사님, 큰 공을 세우시고 빨리 개선하시기 바랍니다. 양산박의 강도놈들은 사방에 수채(水寨)를 끼고 있기 때문에 우선 놈들의 양도(糧道)를 끊어 버리고 산에서 유인해낸 뒤 공격을 가하심이 현명지책인가 합니다."

　"고맙소! 결코 저버리지 않겠소!"

　이번에는 양태위가 술잔을 권하며 말했다.

　"추밀사님은 병서를 많이 읽으셨으니까 병법에 정통하실 줄 압니다. 놈들은 물을 끼고 있기 때문에 우리 편에는 지리(地利)가 없지만, 추밀사님께서 좋은 계책을 세우시리라고 믿습니다."

동관은 자신만만한 대답을 했고, 각부의 관서(官署) 관원(官員)들이 인산인해를 이루고 전송하는 가운데서 축배를 높이 들고 말 위에 올라 작별했다.

전군은 대오를 정연히 짜고 일제히 행군을 개시했다. 전군(前軍) 4대(隊)의 선봉은 총령(總領—총수)이 지휘하고, 후군(後軍) 4대는 뒤따르는 장군들이 감독하고, 좌우 팔로군(八路軍)은 우익기패(右翼旗牌—사령기)를 따라서 진군을 개시했다. 동관은 중군에 있으면서 친히 2만 명의 어림군(御林軍)을 통솔했다.

며칠 후 제주에 도착하자, 성 밖에까지 영접하러 나온 태수 장숙야에게 동관은 여전히 자신만만한 말을 했다.

"조정에서는 누차 양산박의 강도들을 토벌했지만, 그것을 감당할 만한 인물을 얻지 못했었소. 나는 이제 10만 대군을 거느리고 백 명의 장수와 함께 강도놈들을 깡그리 잡아서 만백성을 안심시킬 작정이오."

"놈들은 산속에서 미친 듯이 날뛰는 강도들이지만, 개중에는 지모(智謀)에 뛰어난 맹장들이 많으니, 추밀사께서는 너무 성급히 굴지 마시고 충분한 책략을 쓰셔서 성공하시기 바랍니다."

동관은 장숙야의 말을 듣더니, 격분하여 호통을 쳤다.

"그대같이 변변치 못한 위인들이 도검(刀劍)을 무서워하고, 목숨만 소중히 여겼기 때문에 국가의 대사를 그르치고 적도들을 제멋대로 내버려 둔 것이오. 이제 여기까지 나온 내가 뭣을 겁내겠소!"

장숙야는 그 이상 아무 말도 하지 않고 옆으로 비켜섰다. 동관은 즉각에 성 밖으로 나와, 이튿날 대군을 몰고 양산박 가까이 진출하여 진을 치고 군사 편성을 끝냈다.

정선봉(正先鋒)에는 휴주병마도감(雎州兵馬都監) 단붕거(段鵬擧), 부(副)선봉에는 정주(鄭州) 병마도감 진저(陳翥), 후군정장(後軍正張)에 진주(陳州) 병마도감 오병이(吳秉彝), 후군부장에 허주(許州) 병마도감 이명(李明), 좌초(左哨)에 당주(唐州) 병마도감 한천린(韓天麟)과 등주(鄧州) 병마도감 왕의(王義), 우초(右哨)에 여주(洳州) 병마도감 마만리(馬萬里)와 숭주(崇州) 병마도감 주신(周信), 중군(中軍)의 보익(輔翼)에는 용호양장(龍虎兩將) 풍미(酆美)와 필승(畢勝)을 각각 배치했다.

동관이 인솔하는 관군이 10리쯤 전진했을 때, 벌써 송강 편의 척후대(斥候隊)가 30기(騎), 말에다 은방울을 달고 장창(長鎗) 단전(短箭)을 휘두르며 나타났다. 선두에는 '순초도두령 몰우전장청(巡哨都頭領沒羽箭張淸)'이라고 쓴 깃발이 휘날리고 있었고, 좌우 양편으로는 공왕(龔旺) 정득손(丁得孫)이 따르고 있었는데, 동관의 진지를 백 보 밖에 떨어지지 않은 가까운 지점까지 달려들었다가 말 머리를 돌려서 돌아갔다.

동관이 친히 진두에 나서서 바라보니 장청이 또 정찰을 하려고 나타났다. 동관이 군사를 보내 추격하려고 했으나 좌우 측근자가 그것을 말렸다.

"저자의 안장 뒤 비단주머니 속에는 돌멩이가 들어 있는데 던지기만 하면 백발백중입니다. 뒤를 쫓지 마십시오."

동관의 군사가 다시 5리쯤 전진했을 때, 돌연 산 저편에서 징소리가 울리더니 5백 명의 보병이 뛰쳐나왔다. 선두에 서 있는 네 사람의 두령은 이규, 번서, 항충, 이곤이었다. 병사를 거느리고 진두에 서 있던 동관이 즉각에 옥주미(玉塵尾—指揮拂子)를 휘두르자, 대군이 노도처럼 밀려나갔다.

이규와 번서는 보병을 양편으로 가른 뒤 만패(蠻牌—楯)를 거꾸러 든 채 산기슭을 돌아서 달아났다. 동관이 산기슭을 돌아서 추격해 갔더니 그곳에 평평한 벌판이 펼쳐져 있었다. 진용을 정비하고 앞을 내다봤다. 이규와 번서가 고개를 넘어 숲을 빠져서 도주하고 있었다. 동관은 중군에 나무를 묶어서 만든 지령대(指令臺)를 세우고 법관(法官—制軍官) 두 사람을 그 위에 올려 세워 군사의 이동하는 방향을 지시케 하고 사문두저진(四門斗底陣)을 치게 했다.

진형이 정비되었을 때, 돌연 산 저편으로부터 포성이 울리더니 일대의 군마(軍馬)가 달려 나왔다. 동관은 말을 멈추게 하고 친히 지령대 위에 올라가 보았다. 4대의 군마가 가지각색의 깃발을 휘날리며 몰려드는데, 선두에서 달려드는 인군기(引軍旗)는 새빨간 빛깔에 남두육성(南斗六星)을 금실로 수놓은 것이었다. 그 붉은 깃발 위에서 뛰쳐나오는 대장은 바로 선봉대장 벽력화 진명이었고, 좌우에 거느린 부장은 단정규와 위정국이었다.

동쪽 1대는 동두사성(東斗四星)을 수놓은 깃발을 휘날리며 내닫는데, 선두의 장수는 좌군대장 대도 관승, 좌우에 거느린 부장은 선찬과 학사문이었다.

서쪽 1대는 백호(白虎)를 수놓은 깃발을 휘날리며 내닫는데, 선두에 나타난 장수는 우군대장 표자두 임충, 좌우에 거느린 부장은 황신과 손립이었다.

맨뒤에서 내닫는 1대에는 북두칠성(北斗七星)을 수놓은 인군기가 휘날리는데, 선두에 나타난 장수는 합후대장(合後大將) 쌍편 호연작, 좌우에 거느린 부장은 한도와 팽기였다.

동남쪽 문기(門旗) 근처에서 내닫는 1대는 손괘(巽卦)와 비룡(飛龍)을 수놓은 인군기를 휘날리고 있는데, 선두의 장수는 호군대장(虎軍大將) 쌍창장 동평, 좌우에 거느린 부장은 구붕과 등비였다.

서남쪽 문기 근처에서 내닫는 1대는 곤괘(坤卦)에 비웅(飛熊)을 수놓은 인군기를 휘날리고 있는데, 선두의 대장은 표기대장(驃騎大將) 급선봉 색초, 좌우에 거느린 부장은 연순과 마린이었다.

동북쪽 문기 근처에서 내닫는 1대는 간괘(艮卦)와 비표(飛豹)를 수놓은 인군기를 휘날리고 있는데, 선두의 대장은 표기대장 구문룡 사진, 좌우에 거느리고 있는 부장은 진달과 양춘이었다.

서북쪽 문기 근처에서 내닫는 1대는 건괘(乾卦)와 비호(飛虎)를 수놓은 인군기를 휘날리고 있는데, 선두에 나타난 대장은 표기대장 청면수 양지, 좌우에 거느린 부장은 양림과 주통이었다.

팔방(八方)의 포진이 철통과 같고 진문(陣門) 안에서는 기병은 기병대로, 보병은 보병대로 대오를 질서정연히 짜고, 강도(鋼刀)·대부(大斧)·활창(闊鎗)·장창(長鎗)이 무시무시하게 번쩍이고 있었다.

　여덟 군데 진지 한복판에는 행황기(杏黃旗)가 원형으로 죽 꽂혀 있으며, 따로 64폭의 장각기(長脚旗)에는 64괘(卦)가 수놓아져서 네 문(門)으로 갈라져 꽂혀 있었다.
　남쪽문에는 모두 기병뿐인데, 황기(黃旗) 밑에는 같은 몸차림의 두 장수가 버티고 서 있었다. 그들은 바로 뇌횡과 주동.
　중앙 진지에 따로 있는 네 군데 문 중에 남문에는 송만, 북문에는 설영, 동문에는 시은, 서문에는 정천수가 선두에 서 있으며, 황기 한복판에 '체천행도(替天行道)'의 행황기가 있고, 깃발을 지키는 말탄 장수 한 사람이 유난히 눈에 띄었다. 그는 바로 험도신(險道神) 욱보사(郁保四)였다.
　굉천뢰(轟天雷) 능진은 포수 20여 명을 거느리고 수많은 포가(砲架)를 포위하고 있으며, 포가 뒤에는 갈고리・올가미 등 적장을 산 채로 잡으려는 무기가 즐비하게 마련되어 있고, 그 뒤로도 오색이 찬란한 가지가지 깃발들이 휘날리고 있었다.
　또다시 그것을 몇 겹으로 둘러싸고 있는 것은 수많은 위자수(圍子手—경비병)들.
　사방으로 28폭의 수놓은 깃발이 꽂혀 있는데, 거기에는 각각 금실로 28수(宿)의 별들이 그려져 있고, 맨 가운데 서 있는 진황색 수자기(帥字旗—元帥旗)는 털실로 수를 놓고, 진주로 손을 둘렀으며, 아래에는 금방울을 달았고, 그 아래에는 꿩의 꼬리털이 꽂혀 있었다.
　살기가 충천할 것만 같은 노한 눈초리로 이 수자기를

지키고 있는 장수는 바로 몰면목 초정이었다.

수자기 바로 옆에는 깃발을 지키는 두 사람의 장수가 또 서 있는데, 다 같이 초정과 똑같은 몸차림을 했고, 손에는 강창을 들었고, 허리에는 예리한 칼을 차고 있었다.

그 한 사람은 모두성 공명, 또 한 사람은 독화성 공량이었다.

그들의 앞뒤로는 낭아봉을 손에 들고 철갑(鐵甲)으로 무장을 든든히 한 24명의 병사들이 버티고 있으며, 또 그 뒤로는 전투를 지휘하는 수놓은 깃발이 두 폭 따로 휘날리고 있었다.

다시 그 양편으로는 24자루의 방천화극(方天畫戟)이 늘어서 있었다. 왼편, 열두 자루의 방천화극 속에서 유난히 눈에 띄는 효장(驍將)이야말로 소온후(小溫侯) 여방(呂方)이었다.

안장에 올라 앉아 말을 버티고 서 있는 모습은, 마치 천풍(天風)을 앞세우고 태연자약하게 앉아 있는 것 같았고, 빛나는 갑옷에서는 불꽃이 튀어날 것만 같고, 기린(麒麟)의 속대(束帶)는 낭요(狼腰)라 일컬을 만하며, 해치(解豸)로 만든 흉갑(胸甲)은 호랑이도 막아낼 만하며, 관에 달린 명주(明珠)에는 새벽별을 새겼고, 칼집 속의 보검은 가을 물결같이 싸늘하고 매서움을 감추고 있는 듯. 방천화극은 설상(雪霜)같이 서슬이 시퍼런데, 바람이 금전표자(金錢豹子)의 꼬리를 흔들고 있었다.

오른쪽 열두 자루의 방천화극 속에서도 유난히 눈에 띄는 효장 한 사람이 버티고 서 있는데, 그 모습은 삼차보관(三叉寶冠)에 구슬이 찬란하게 번쩍거리며, 두 갈래 치미

(雉尾)에는 비단 무늬가 얼룩덜룩. 감빛같이 붉은 전오(戰襖) 한복판에는 은경(銀鏡—銀胸甲)이 가로막혀 있으며, 버들잎같이 새파란 정군(征裙)의 찬란한 수(繡)는 안장이 찌그러질 것만 같이 화려했다. 그는 바로 새인귀 곽성이었다.

이 두 장수는 방천화극을 잔뜩 손에 움켜잡고, 좌우 양편에 말을 멈추고 서 있었다.

좌우 양편 방천화극 사이로는 강차(鋼叉)가 또 즐비하게 늘어서 있는데, 똑같은 몸차림을 한 보병의 효장이 두 사람 버티고 서 있다.

그 한 사람은 양두사 해진, 또 한 사람은 쌍미갈 해보(解寶)였다.

이들 형제는 각각 삼고연화차(三股蓮花叉)를 손에 들고 보병 1군을 인솔하고 중군을 호위하고 있었다.

그 뒤로 비단안장의 말을 타고 있는 두 사람 중에서 왼편 사람은 양산박의 문묵지사(文墨之士) 소양으로 흑사모(黑紗帽)에 백견란(白絹襴)을 입고 있었다. 그 오른편 사람은 녹사두건(綠紗頭巾)에 흑견삼(黑絹衫)을 입고 있었는데, 바로 양산박의 법무(法務)를 맡아 보는 호걸인 철면공목(鐵面孔目) 배선이었다.

또 그 양기(兩旗) 뒤로는 자의(紫衣)를 입고 절부(節符)를 가진 24명이 길게 늘어서 있고, 24자루의 마찰도(麻札刀—참수도)를 벌여 놓았으며, 그 숲속 같은 칼날 한복판에는 비단옷에 삼관대(三串帶)를 질끈 동인 집형인(執刑人)이 두 사람 서 있다.

그 중 한 사람은 누진참귀(漏塵斬鬼)의 법도(法刀—참

수도)를 높이 쳐들고 오른편에 버티고 서 있으니, 바로 철비박(鐵臂膊) 채복, 또 한 사람은 수화곤을 손에 잔뜩 움켜잡고 있으니 바로 일지화(一枝花) 채복.

이들 형제를 좌우로 세우고 또 그 뒤로는 24자루의 금창·은창이 좌우 양편으로 벌여 놓여 있었다.

왼편 열두 자루의 금창대(金鎗隊)에는 말을 탄 효장이 한 사람 금창을 움켜잡고 서성대고 있는데, 그가 바로 양산박의 유명한 금창수(金鎗手) 서녕이며, 왼편 열두 자루의 은창대(銀鎗隊)에는 말을 탄 효장이 한 사람 준마 위에서 은창을 힘껏 움켜쥐고 서성대고 있는데, 그는 바로 양산박의 유명한 소리광 화영이었다.

이들 두 사람은 다 같이 준수하게 생기고 용맹한 장수들로서, 금창수 서녕도, 은창수 화영도 각각 검정비단 두건을 썼고, 머리 한편 귀퉁이에는 취화금엽(翠花金葉)의 동곳을 꽂고 있었다. 왼편 금창수 열두 명은 녹색 옷을 입었고, 오른편 열두 명 은창수들은 자색 옷을 입고 있었다.

그 뒤로는 또 금의(錦衣)를 입고 화모(花帽)를 쓴 호걸들이 죽 늘어서 있고, 비포(緋袍) 금오(錦襖)를 입은 호걸들이 떼를 지어서 몰려 있다.

그 양옆으로는 벽당(碧幢)·취막(翠幙)·주번(朱幡)·조개(皁蓋)·황월(黃鉞)·백모(白旄), 그리고 보검(寶劍) 청평(靑萍)과 자전(紫電).

두 줄로 24자루의 월부(鉞斧), 스물네 쌍의 철편(鐵鞭) 투모(投矛)가 벌여 놓여 있고, 그 한복판으로는 금박(金箔) 산개(傘蓋) 세 채와 수놓은 안장을 얹고 있는 세 필의 준마가 서 있다.

맨 가운데 말 앞에는 두 사람의 영웅이 가뜬한 옷차림에 위풍당당히 서 있다. 왼편의 장사는 바로 양산박에서 달음질 잘 치기로 유명한 신행태보 대종이었다.

그는 두건 옆으로 한 가닥의 치미(雉尾)로 만든 장식품을 꽂았고, 허리 아랫도리에는 네 개의 쇠방울을 달고 있으며, 황라삼(黃羅衫)에서는 금빛이 찬란하며, 표대(飄帶)와 수군(繡裙)은 번쩍번쩍 빛이 났다.

하얀 마혜(麻鞋)가 버선을 예쁘게 싸고 있으며, 퇴병(腿絣―脫絆) 위로는 새파란 호슬(護膝)이 덮여 있었다. 짙은 금빛으로 수놓은 영자기(令字旗)에는 신행(神行)이라 명시했으며, 백 리 길이라도 단숨에 달려들 기세로 군중을 오락가락하며, 군정(軍政)을 급히 보고하고, 또 군사를 이동시키는 일체의 급무를 맡아 보고 있었다.

오른편으로 대종과 마주 서 있는 또 한 사람의 장사는 갈납오(褐納襖)에 청포건(靑布巾)을 쓴 모습이 더 한층 화려하고 깨끗하다. 그는 바로 양산박의 멋쟁이, 교묘하게 온갖 기밀(機密)을 처리할 줄 아는 낭자(郎子) 연청(燕靑)이었다.

그는 강궁(强弓)을 등에 지고 이검(利劍)을 허리에 꽂았으며, 자기 키만큼이나 기다란 곤봉을 잔뜩 움켜쥐고 중군을 호위하고 있었다.

다시 중군으로 눈을 돌리면 오른편으로 금박을 칠한 푸른 비단 산개(傘蓋) 아래, 수놓은 안장을 얹고 있는 말 위에는 덕망 높은 고사(高士)로 유명한 우사(羽士―도사) 한 사람이 올라 앉아 있는데, 여의관(如意冠)에 옥취필(玉翠筆)을 꽂았고 새빨간 옷에는 학금(鶴金)이 아지랑이처럼 감돌고 있으며, 화신(火神) 같은 주리(珠履)가 도화(桃花)처럼 반짝거리고, 쟁그렁쟁그렁 소리를 내는 환패(環珮)를 비스듬히 허리에 차고 있었다. 등에 짊어진 자웅(雌雄) 두 자루의 보검은 칼집에서 은연중 광채를 내뿜고 있는 듯, 푸른 비단 산개 높이 쳐든 장군기(將軍旗)를 감싸 주고 있으니, 이 우사(羽士)야말로 양산박에서 바람을 일으키고 비를 불러내며 귀신도 자유자재로 구사하는 술법을 지니고 있는 진사(眞士)인 입운룡(入雲龍) 공손승이었다.

그 왼편으로 똑같이 금박을 칠한 푸른 비단 산개 아래 수놓은 안장을 얹고 있는 말 위에는 양산박에서 제일 지모가 뛰어난 전승(全勝)의 군사(軍師) 오용이 타고 있는데, 검정 비단으로 손을 두른 백색 도포에 질끈 동인 자사조(紫絲絛) 넓은 띠에는 벽옥(碧玉) 고리쇠가 달려 있다.

양산박에서 병법에 정통하는 제1인자로서 사두오방기(四斗五方旗)의 진법을 펼쳤으며, 항시 교묘하게 시기를 포착하여 실수하는 법이 없는 군사(軍師) 지다성(智多星) 오학구가 말 위에 의젓하게 올라 앉아서 우선(羽扇)을 휘적휘적 흔들며 허리에 두 가닥의 동련(銅鍊)을 늘어뜨리고 있는 모습은 믿음직하기 이를 데 없었다.

그 한복판으로는 금박을 칠한 붉은 비단 산개 밑에 금빛 안장을 얹어 놓은 저 명마 조야옥사자(照夜玉獅子) 위에는 인의(仁義)의 통군대원수(統軍大元帥)가 타고 있는데, 머리 위에 높직하게 올려놓은 봉시회(鳳翅盔) 투구에는 금옥(金玉)을 박았으며, 전신에 휘감고 있는 갑옷은 용린(龍鱗)으로 짠 것이고, 비단 정포(征袍)에는 탐스런 꽃

송이가 봄날인 양 수놓여 있었고, 허리에 찬 곤어검(鯤鋙
劍—곤어산(鯤鋙山)에서 나는 금으로 만든 칼로 옥도 벨
수 있다)은 눈부신 광채를 반사하고 있으니, 이 장수야말
로 양산박의 주인, 제주 운성현 사람, 산동의 급시우 호보
의(呼保義) 송공명으로서 금안백마(金鞍白馬)에 높이 올
라앉아 전투를 총지휘하면서 중군을 장악하고 있었다.

송공명의 뒤로는 대극(大戟), 장과(長戈), 그리고 비단
안장을 얹은 준마들이 질서정연하게 늘어섰고, 4,50명의
아장(牙將)들이 말 위에 앉아 장창과 화살을 힘껏 움켜잡
고 있었다.

또 그 뒤로는 24개의 화각(畵角—군용피리)과 군고(軍
鼓)가 배치되어 있고, 다시 그 뒤에는 유격군(遊擊軍)이
자리잡고 좌우로 복병이 되어 중군을 호위하는 날개처럼
되어 있었다.

그 왼편에는 몰차란(沒遮攔) 목홍, 아우 소차란(小遮
攔) 목춘을 데리고 보기병(步騎兵) 1천5백 명을 거느리고
있으며, 오른편에는 적발귀(赤髮鬼) 유당이 구미구(九尾
龜) 도종왕(陶宗旺)을 데리고 역시 보기병 1천5백 명을
거느리고 좌우 양편에 숨어 있었다.

후진에는 음병(陰兵—여자병사)의 1대. 세 여자 두령이
말을 타고 버티고 있었다. 맨 가운데가 일장청 호삼랑, 왼
편이 모대충 고대수, 오른편이 모야차 손이랑.

그 위에 있는 세 사람의 호걸들은 이 여자들의 남편으
로서, 맨 가운데가 왜각호 왕영, 왼편이 소울지(小蔚遲)
손신, 오른편이 채원자(菜園子) 장청이며, 보기병 3천 명
을 거느리고 있었다.

송공명의 이 진용이야말로, 팔괘(八卦)로 갈리어서 구궁(九宮)을 합치고, 28수(宿)로 갈라져서 64괘(卦)의 변화가 있으며, 난중(亂中)에서 그 대오가 장사진(長蛇陣)으로 변하면서도 질서정연히 복호(伏虎)와 같은 위엄을 간직하고 있으니, 실로 제갈공명(諸葛孔明)의 팔진법도 무색할 지경이었다.

추밀사 동관은 양산박의 기묘한 진형(陣形)과 영웅호걸들을 멀리서 바라보고 있다가 혼비백산하여 혼자 중얼댔다.

"토벌을 나왔던 관군이 늘 대패하여 돌아온 데는 까닭이 있었구나! 이다지도 놀라운 진영이었을 줄이야!"

이때, 돌연 송강의 진지에서 도전하는 징소리·북소리가 요란스럽게 울려퍼졌다.

동관은 지휘대에서 내려와 말을 타고 전군(前軍)으로 나가서 여러 장수들에게 소리를 질렀다.

"나가서 싸워 볼 만한 장수가 있으면 나서라!"

선봉대 속으로부터 맹장이 한 사람 뛰쳐나왔다. 그는 정주(鄭州)의 병마도감 부선봉(副先鋒) 진저(陳翥)였다.

동관은 즉각에 군중의 금고수(金鼓手)를 시켜서 세 번 북을 울리게 하고, 지휘대 위에서는 붉은 깃발을 휘둘러서 싸움을 시작하게 했다.

진저는 진두로 말을 달려나가며 호통을 쳤다.

"돼먹지 못한 강도놈들아! 천병이 여기 와 있거늘 아직도 항복하지 않겠단 말이냐? 이제 육시처참을 할 것이니, 그때 가서 후회하지는 말라!"

　송강의 진지에서는 선봉으로 있는 두령, 호장(虎將) 진명이 다짜고짜로 말을 달려 나와 낭아봉을 휘두르면서 진저에게 덤벼들었다.

　두 필의 말이 일진일퇴, 곤도(棍刀)가 서로 얽혀 싸우기를 20여 합.

　진명은 일부러 허를 보이는 체하고 진저를 유인해서 그가 내리치는 칼을 살짝 피하여 허공을 찌르게 하고, 재빨리 그 틈을 노려서 낭아봉으로 투구 위에서 정통으로 대갈통을 내리쳤다. 진저는 말 위에서 거꾸러져 떨어지더니 그대로 죽어 버리고 말았다.

　진명의 부장(副將)인 단정규·위정국이 말을 달려 쫓아나와, 진저의 말을 빼앗고 진명을 맞이하여 함께 자기네 진지로 물러갔다.

　동남편 문기 아래 있던 호장 동평은 진명이 첫째번 승리를 거둔 것을 보자 말 위에서 소리를 질렀다.

　"우리 대군은 이제야말로 용기백배, 이 기회에 동관을 잡지 못한다면 더 좋은 기회는 없을 것이다!"

　두 손에 한 자루씩 창을 움켜잡고 말을 몰아 비호같이 달려나갔다.

　동관은 그것을 보자, 말 머리를 돌려서 중군 속으로 뺑소니를 쳤다.

　이때, 서남쪽 문기 밑에 있던 표기장군 색초가 또 호통을 쳤다.

　"지금 동관을 붙잡지 못한다면 언제 또 이런 좋은 기회가 있겠느냐!"

　대부(大斧)를 휘두르며 말을 몰아 달려나갔다.

맨 가운데 서 있는 진명은 좌우에서 두 장수가 달려나오는 것을 보자, 부하의 홍기(紅旗) 기병에게 동원의 신호를 보내어 일제히 적진으로 쳐들어가며 동관을 붙잡으려고 했다.

사나운 매가 제비를 쫓는 듯.

맹호가 양을 먹으려는 듯.

추밀사 동관의 목숨은 어찌될 것인가?

77 십면매복지계(十面埋伏之計)

梁 山 泊 十 面 埋 伏
宋 公 明 兩 嬴 童 貫

　동관의 대군은 대패하여 무기도 금고(金鼓)도 집어던지고 일대 혼란 속에서 1만여 명의 병력을 상실한 채 30리나 후퇴했다. 오용은 북을 울려 군사를 수습해 가지고, 너무 깊이 관군(官軍)을 추격하지 않는다는 작전계획대로 산채로 철수하고 공로자에게 응분의 상을 내렸다.

　동관은 진지를 달리하고 한숨을 돌리기는 했으나, 내심 초조함을 금치 못하고 풍미·필승과 더불어 대책을 강구했다.

　두 장수는 어디까지나 동관을 위로해 주었다.

　"과히 걱정하실 것은 없습니다. 놈들은 허세를 부리는데 불과하고, 우리 편은 지리를 얻지 못한 탓이니, 다시 전 병력으로 장사진(長蛇陣)을 치고 보병으로 상산지사(常山之蛇)처럼 머리와 꼬리가 긴밀한 연락을 취하면서 쳐들어가면 반드시 승리할 겁니다."

　사흘째 되던 날 오경에, 동관은 두 장수의 말대로 장사진을 쳐가지고 풍미, 필승을 선두에 내세워 양산박으로 노도처럼 쳐들어갔다. 3백 명의 철갑(鐵甲) 척후병을 먼저 보내어 정찰을 시켰더니 돌아와서 보고하는 말이, 전일의 그 싸움터에는 양산박의 군사가 한 명도 보이지 않는다는 것이었다.

동관은 이상하다 생각하고, 풍미·필승과 상의하여 후퇴하라고 했으나, 두 장수는 끝까지 반대하고 양산박 강물 근처까지 쳐들어갔다. 역시 거기에서도 병사의 그림자는 찾아볼 수 없고, 멀리 수채 산꼭대기에 행황기가 나부끼는 것이 바라보일 뿐이었다.

동관이 풍미·필승과 더불어 말을 진두에 멈추고 강건너 수면을 바라보니 한 척의 조그만 배가 떠 있는데, 그 위에는 푸른 약립(篛笠)을 쓰고, 녹색 도롱이를 입은 사나이가 이쪽으로 등을 돌려대고 낚싯줄을 늘어뜨린 채 비스듬히 앉아 있었다.

동관의 보병 한 사람이 이편 강기슭에서 소리를 질렀다.
"적도들이 어디 있는지 모르느냐?"

그 어부는 아무 대답도 없었다. 동관은 활로 쏘라고 명령했다. 말탄 병사들이 물가에 말을 멈추고 어부의 등을 겨누고 활을 쏴댔다. 화살은 약립에 명중했다. 그러나 쨍! 하는 소리를 내고 화살은 물속에 떨어지고 말았다. 또 다른 기병이 연거푸 활을 쏴서 역시 약립을 맞혔지만, 두 번째 화살도 쨍! 소리를 내고 물속에 떨어져 버렸다. 이 두 병사는 동관의 궁중에서 유명한 궁수들인데, 대경실색해서 동관에게 돌아와서 사실대로 보고했다.

동관은 경궁(硬弓)을 잘 쏘는 척후병 3백 명을 동원해서 일제히 어부에게 난사(亂射)를 퍼부었다. 그러나 어부는 옴짝달싹도 하지 않고 화살은 모조리 물속에 떨어져 버렸다.

동관은 약이 바짝 올라서 헤엄 잘 치는 병사 4,50명을 동원하여 옷을 벗고 물속으로 뛰어들어 어부를 잡아 가지고 오라고 명령했다. 그러나 그 어부는 사람들이 배 근처로 다가드는 것을 알자, 낚시질을 멈추더니 한놈 한놈 모조리 얼굴을 때리고 머리통을 때려서 물속에 처박아 버렸다. 이 광경을 목격한 동관은 대경실색하여 다시 5백 명의 병사를 물속으로 몰아넣어서, 무슨 일이 있어도 그 어부를 붙잡으라고 했다. 도주해서 되돌아오는 놈이 있으면 일도양단에 목을 베겠다고 엄명을 내렸다.

5백 명의 병사들은 의갑(衣甲)을 벗어 버리고 동관의 명령대로 고함을 지르며 물속으로 뛰어들어 헤엄을 쳐나갔다.

그 어부는 별안간 배꼬리를 돌리더니 강기슭에 서 있는 동관에게 삿대질을 하면서 소리를 질렀다.

"나라를 어지럽게 하고 백성을 해치는 개 같은 놈아! 네 놈 목숨은 없어질 줄 알아라!"

동관은 점점 더 약이 올라서 기병에게 명령하여 활을 쏘라고 했다. 그 어부가 호탕하게 웃어젖히며,

"저것 보라! 군사들이 나타났다!"

하면서 손가락으로 가리키더니 도롱이를 벗어 던지고 물속으로 풍덩 뛰어 들어가 버렸다. 5백 명의 병사들은 배 근처까지 가자마자 모두 비명을 지르고 물속으로 가라앉아 버렸다.

이 어부는 바로 낭리백조 장순이었다. 머리에 쓰고 있던 약립은 거죽은 대나무껍질이지만 속은 구리쇠로 되어 있으며, 도롱이 안에도 든든한 구리쇠가 받쳐져 있어서 마

치 구갑(龜甲)을 쓰고 있는 것 같아 화살이 뚫고 들어가지 못한 것이었다. 장순은 물속에 뛰어들자 요도(腰刀)를 뽑아서 닥치는대로 적병들을 찔러죽여 버렸다.

이 광경을 강기슭에서 건너다보고 있던 동관은 하도 어처구니가 없어서 어리둥절했다. 이때 옆에 있던 어떤 장수가 소리쳤다.

"산 위에 있는 누런 깃발이 연거푸 흔들리고 있습니다."

동관은 그 기폭을 흘겨 봤지만, 그것이 무엇을 의미하는지는 알 길이 없었다. 풍미의 의견을 따라서 척후병 3백 명을 2대로 나누어서, 좌우 양편으로 산 뒤로 돌아가 정세를 정찰하게 했다. 정찰을 하러 간 2대의 병사들은 돌연 갈대숲으로부터 터져 나오는 굉천뢰(轟天雷) 포성 때문에 겁을 집어먹고 뺑소니를 쳐 와서 동관에게 보고했다.

"복병이 나타났습니다."

풍미와 필승은 당황해하는 군사들을 간신히 억압하고 10만 병사에게 일제히 칼을 잡으라 명령하며 호통을 쳤다.

"도망치는 놈은 목을 베겠다!"

동관이 말을 멈추고 바라보고 있자니까 산 뒤편에서 고함소리가 천지를 진동하더니, 어느 틈엔지 1대의 군마가 달려나왔다. 전원이 황기(黃旗)를 손에 들었고, 선두에 두 효장이 서 있는데, 그들은 바로 주동과 뇌횡이었다. 각각 5천 명의 병사를 거느리고 곧장 관군에게로 쳐들어오고 있었다. 풍미와 필승이 동관의 명령을 받고 창을 휘두르며 말을 달려나가서 호통을 쳤다.

"이 강도놈들아! 항복할 생각이 있으면 기회를 놓치지 말고 지금 해라!"

뇌횡이 말 위에서 호탕하게 웃어젖혔다.

"네 놈들의 모가지가 지금 당장 날아가 버릴 터인데 그것도 모르고 까부느냐!"

필승이 말을 달려 뇌횡에게 덤벼들었다. 뇌횡도 창을 휘두르며 응전했다. 싸우기를 20여 합, 승부가 나지 않았다.

풍미는 필승이 오랫동안 싸우고도 이기지 못하는 것을 보자, 칼을 휘두르며 말을 달려 싸움을 거들러 나섰다. 저편에서는 주동이 고함을 지르며 풍미에게 덤벼들었다. 네 필의 말이 결사적으로 싸우고 있을 때, 뇌횡과 주동은 싸움에 패한 체하고 말 머리를 돌려서 자기 편 진지로 달아났다. 풍미와 필승이 곧 뒤를 추격해 갔더니, 송강 편 군사들이 고함을 지르며 산 저편으로 도주해 버렸다.

동관이 있는 힘을 다해서 산기슭까지 추격했을 때, 돌연 산꼭대기에서 화각(畵角—군용피리) 소리가 요란하게 울렸다. 고개를 들어 그것을 바라보는 순간, 천지가 떠나갈 듯이 포성이 두 발 울렸다. 동관은 복병이 있다 생각하고 추격을 중지하라고 명령을 내렸다.

산꼭대기에서는 또다시 행황기가 휘날렸다. 동관이 산을 한 바퀴 돌아서 그쪽으로 가보니, 산 위에는 오색이 찬란한 가지가지 깃발이 좌우로 갈라져서 휘날리고 그 밑에서 한 사람의 호걸이 불쑥 나타났다.

이 호걸이야말로 산동의 호보의 송강, 그 뒤에는 군사 오용과 공손승, 화영과 서녕, 그리고 금창수 은창수, 그밖의 무수한 호걸들이 버티고 서 있었다.

동관은 그것을 보자, 또 약이 바싹 올라서 즉각에 군사를 산꼭대기로 몰아서 송강을 붙잡으려고 했다.

동관의 전군은 2대로 갈라져서 산으로 올라가려고 했다. 바로 이때 산꼭대기에서는 고악 소리가 하늘을 찌를 듯, 여러 호걸들이 일제히 통쾌한 웃음소리를 터뜨렸다. 풍미가 일단 군사를 후퇴시키자고 권했지만, 약이 바싹 오른 동관은 막무가내 고집을 부리며 버티고 있는데, 난데없이 후군(後軍) 쪽에서 요란한 아우성 소리가 일어났다. 서쪽 산 뒤로부터 1대의 군마가 달려나와서 후군을 무찌르고 있다는 보고가 날아들었다. 동관은 대경실색, 풍미와 필승을 거느리고 후군으로 싸움을 거들려 움직여 보려고 했을 때 이번에는 동쪽 산 뒤에서 금고 소리가 요란하게 울리더니 또 1대의 군마가 달려나왔다. 반수는 붉은 깃발, 반수는 푸른 깃발을 휘날리면서 두 사람의 장수를 앞장 세우고 5천 명의 병력이 노도처럼 몰려드는 것이었다.

붉은 깃발 대오의 두령은 진명, 푸른 깃발 대오의 두령은 관승이었다.

"동관! 한시 바삐 그 모가지를 내바쳐라!"

두 장수가 호통을 치니 동관은 대로하여 풍미를 시켜서 관승과 싸우게 하고 필승을 시켜서 진명과 싸우게 했다. 그러나 후군에서 일어나는 아우성 소리가 점점 더 심해지므로, 동관은 금고를 울려서 군사를 수습하고 기회를 보아서 후퇴하라고 명령했다.

이때, 또 주동과 뇌횡이 황기군을 거느리고 공격해 왔

다. 양면으로 협공을 받아, 동관의 군사는 극도의 혼란에 빠졌고, 풍미와 필승은 동관을 호위하고 결사적으로 도주했으나, 얼마 못 가서 측면으로부터 또 1대의 군마가 달려들어 앞길을 가로막았다.

그 군사의 절반은 백기, 절반은 흑기를 휘날리고 있으며, 두 호장(虎將)이 5천 명의 병사를 거느리고 앞길을 가로막았다. 흑기대(黑旗隊)의 두령은 호연작, 백기대(白旗隊)의 두령은 임충.

휴주(睢州) 병마도감 단붕거(段鵬擧)가 호연작을 대적하고, 여주(洳州) 병마도감 마만리(馬萬里)가 임충과 대적하게 됐는데, 마만리는 임충의 기세에 눌려서 뺑소니치려다가 임충의 일모(一矛)를 맞고 말에서 떨어져 죽어 버렸다. 단붕거는 마만리가 죽는 광경을 보자 겁을 집어먹고 말 머리를 돌려서 도주했다. 양군이 일대 혼전을 전개하고 동관이 결사적으로 뺑소니치고 있을 때, 전군(前軍)에서 또 아우성소리가 요란하더니 산 뒤에서 보병의 1대가 달려나와 무작정 무찌르고 덤벼들었다. 그 선두에는 화상 한 사람과 행자 한 사람이 서 있는데, 그들은 바로 노지심과 무송이었다.

동관의 군사는 노지심과 무송이 거느리는 보병의 맹공을 받고 당장에 지리멸렬이 되어서 진퇴양난, 풍미와 필승은 간신히 포위망을 돌파하고 산 저편으로 몸을 뛰쳐 한숨을 돌리고 있는 판인데, 난데없이 또 포성이 울리고 북소리가 천지를 진동, 두 맹장을 선두로 1군의 보병이 달려들었다.

두 장수는 해진, 해보였다.

각각 오고강차(五股鋼叉)를 휘두르며 보병을 거느리고 진중으로 쇄도했다. 동관의 군사는 막아낼 도리가 없어서 포위망을 돌파하고 간신히 도주했으나 다섯 군데에서 보병·기병이 일제히 공격을 가하니, 관군은 완전히 뿔뿔이 흐트러져서 갈팡질팡하게 되었다. 해진, 해보에게 쫓기는 동관은 풍미, 필승의 호위를 받아서 가까스로 위기를 면했다.

당주(唐州) 병마도감 한천린(韓天麟), 등주(鄧州) 병마도감 왕의(王義)가 풍미, 필승과 힘을 합쳐서 네 사람이 포위망을 돌파하고 숨도 채 돌리기 전에 앞에서 또 흙먼지가 하늘을 치밀고 고함소리가 요란하더니, 숲속으로부터 또 1군의 군마가 달려나왔다. 선두에 서 있는 두 맹장은 동평과 색초.

왕의는 창을 움켜잡고 결사적으로 대적했으나 색초의 대부(大斧)에 맞아서 말 아래로 거꾸러져 버렸고, 그를 구출하려 덤벼든 한천린도 동맹의 창에 맞아 같이 죽고 말았다.

풍미와 필승은 필사적으로 동관을 호위하면서 말을 몰아 도주했다. 사방에서 군고 소리 요란하고, 어떤 군사들이 어디에서 나타나는지도 분간키 어려웠다.

동관이 말을 몰아 언덕 위에 올라서서 바라다보니, 주변 일대에는 양산박의 대군이 4대의 기병과 그 양익(兩翼)으로는 2대의 보병이 2중 3중으로 포위하고 노도처럼 몰려들고 있었다. 동관의 군사는 흩어지는 구름처럼 이리 몰리고 저리 몰리고 방향조차 찾지 못하고 있었다.

동관이 멍청히 앞만 바라다보고 있을 때, 난데없이 언덕 아래에서 또 1군의 군마가 나타났다. 그 기폭을 살펴보니 진주(陳州) 병마도감 오병이(吳秉彝)와 허주(許州) 병마도감 이명(李明)이었다. 이들은 패잔병을 거느리고 임랑산(琳瑯山)을 돌아서 도주하는 판이었는데, 부르는 소리를 듣고 언덕 위로 올라가려고 말을 멈추는 판이었다.

이때 산속에서 또 고함소리가 요란하게 일어나더니 1대의 군마가 달려들었다. 말을 타고 선두에 서 있는 맹장 두 사람은 양지와 사진.

이명이 창을 휘두르며 양지와 싸우고, 오병이는 방천극을 휘두르며 사진과 싸웠다. 네 장수가 두 패로 갈라져서 일진일퇴, 결사적인 싸움이 30여 합에 이르렀을 때, 오병이는 극(戟)을 휘두르며 사진의 가슴팍을 노리고 쳐들어갔다. 사진이 재빨리 몸을 살짝 피하니, 순간 오병이의 극은 허공을 찌르다가 말과 함께 나자빠지고 말았다. 사진의 칼이 한 번 번쩍 하는 순간, 시뻘건 핏줄기가 하늘로 뻗쳐나며 투구는 말 옆에 나뒹굴고 오병이는 언덕 아래로 굴러 그대로 전사하고 말았다.

이명은 오병이가 죽는 광경을 보자 말 머리를 돌려서 도주하려고 했으나, 마침 호통을 치는 양지의 음성에 겁을 집어먹고 혼비백산하여 손에 잡고 있는 창이 거꾸로 쥐어진 것도 모를 지경이었다.

양지가 칼을 높이 쳐들고 정면으로 찌르고 덤볐을 때, 이명은 몸을 휙 돌이켰다. 칼은 말의 궁둥이 밑을 찍었고, 뒷다리가 잘라진 말은 이명을 땅바닥에 거꾸로 동댕이쳐 버렸다. 이명은 창을 버리고 도주하려고 했으나, 양지가 재빨리 일도(一刀)로 내리치니 군관 이명은 마침내 생명을 잃고 말았다. 이리하여 관장(官將) 두 사람은 똑같이 언덕 아래로 굴러 세상을 떠나고 말았다.

동관, 풍미, 필승은 언덕 위에서 그 광경을 내려다보고 있다가, 풍미의 의견을 따르기로 했다. 즉, 동남편으로는 아직도 자기 편 대군이 집결된 채로 있으니, 필승이 언덕 위에서 동관을 잘 호위하고 있으면 자기가 내려가서 그 군사들을 거느리고 올라와 동관을 무사히 구출하겠다는 것이었다.

풍미는 마침내 대간도(大杆刀)를 움켜잡고 산 아래로 내려가 남쪽을 향해 말을 급히 몰았다. 거기에 있는 사람은 숭주(崇州) 병마도감 주신(周信)이며, 원진(圓陣)을 치고 결사적으로 그 지점을 지키고 있었다.

"저편 언덕 위에서 추밀사가 구원을 고대하고 계시니 빨리 가십시다!"

당황한 풍미의 말을 듣자, 주신은 즉각에 명령을 내려서 보기(步騎) 양군이 일치협력하여 돌격하라 하고, 두 장수가 선두에 서서 전군이 고함을 지르며 언덕을 향하여 몰려나갔다.

얼마 나가지도 못했을 때, 측면으로부터 1군의 군마가 또 내달았다. 풍미가 용기를 내어 앞으로 나가 보니 바로 휴주(睢州) 병마도감 단붕거였다. 세 사람이 상의한 결과, 풍미의 의견을 따라서 네 사람이 동관을 결사적으로 호위하고 밤중에 포위망을 돌파해 나가기로 하였다.

얼마 안 되어서 날이 저물었다.

사방에서는 쉴새없이 고함소리, 금고 소리가 요란했다.

이경 때쯤 되어서 별이 반짝거리고 달빛이 밝아지자, 풍미가 선두에 서서 동관을 가운데로 호위하고 전력을 다해서 산 아래로 내리달렸다. 사방에서 부르짖는 소리가 들렸다.

"동관이란 놈을 놓치지 말아라!"

관군은 무작정 남쪽을 향해서 무찔러 나갔다. 사경 때까지 혼란은 계속되다가 간신히 전장에서 벗어날 수 있었다. 그러나 동관이 말 위에 앉아서 한숨을 돌리기도 전에, 뒤에서 또다시 요란한 고함소리가 일어나더니 밝은 횃불 속에서 박도를 휘두르며 백마 위에 점강창(點鋼鎗)을 얹고 두 호걸이 한 사람의 용감한 장수를 인도하여 달려들었다.

말 위에 앉은 용감한 장수는 바로 노준의였고, 말 앞에서 박도를 휘두르는 호걸들은 바로 양웅과 석수였다.

횃불로 사방을 밝히면서 병사 3천여 명을 거느리고 맹렬한 기세로 관군의 앞길을 가로막았다.

노준의가 말 위에서 호통을 쳤다.

"동관! 말을 내려 포승을 받아라! 그 꼴이 돼 가지고 이제 또 어쩌겠다는 거냐?"

동관은 그 말을 듣자, 여러 장수들과 상의했다.

"앞에는 복병, 뒤에서도 추격해 오니 어쩌면 좋겠소?"

풍미가 선뜻 말했다.

"나는 목숨을 던져서라도 추밀사님을 위하여 싸우겠소. 여러 장수들은 추밀사님을 모시고 어떻게든지 제주까지 도주하시오. 내가 남아서 적군을 막고 있겠소!"

풍미는 칼을 휘두르며 말을 달려 노준의에게 덤벼들었

다. 두 말이 맞붙어서 싸우기를 겨우 수합, 노준의는 창으로 찌르며 풍미의 대도(大刀)를 누른 다음 비호같이 덤벼들어 풍미의 허리를 껴안더니, 말을 발길로 걷어차 버리고 풍미를 산 채로 붙잡았다. 양웅과 석수가 재빨리 달려들어 병사들과 함께 풍미의 수족을 꽁꽁 묶어 가지고 달아나 버렸다.

필승은 주신·단붕거와 필사적으로 동관을 호위하면서 앞을 가로막는 적병을 물리치고 도주했다. 뒤에서는 노준의가 추격해 왔다. 동관의 관군은 마치 초상난 집의 개처럼 풀이 죽어서 날이 밝을 무렵에야 간신히 제주로 향하게 되었다. 이렇게 도주하고 있는데 앞으로 바라다보이는 언덕 저편으로부터 1대의 보병이 달려나왔다. 선두에 나서는 네 사람의 두령은 이규, 포욱, 항충, 이곤이었다. 이규는 판부를 휘두르고, 포욱은 한 자루의 보검을 잡고, 항충·이곤은 만패(蠻牌—楯)를 휘두르며 마치 불덩어리가 땅 위를 굴러들 듯이 관군을 무찔러서 쫓아 버렸다.

동관은 간신히 목숨만 살아서 도주했다. 이규는 기병군(騎兵軍) 속으로 뚫고 들어가서 다짜고짜 단붕거의 말을 찍어 죽이고, 말에서 떨어진 단붕거의 머리통을 판부로 찍어서 죽여 버렸다.

패잔병을 거느리고 제주에 당도한 관군은 그 꼴이 차마 볼 수 없을 정도록 처참했고, 보기(步騎) 전군의 인마(人馬)가 극도로 피로하여 정신을 차릴 수 없었다.

어느 산꼴짜기에 물이 흐르고 있었다. 인마가 다 같이 물을 마시러 내려갔더니 돌연 개울 건너에서 한방의 포성이 울려왔다. 관군이 당황하여 이면으로 도로 후퇴했으나 숲속에서 또 1대의 군대가 나타났다. 말을 타고 있는 세 두령은 바로 장청·공왕·정득손인데, 3백여 기(騎)를 거느리고 온갖 무장을 갖추어서 돌진해 왔다.

숭주 병마도감 주신은 장청의 군사가 수효가 대단치 않은 것을 보자 자진하여 이에 응전했고, 필승은 동관을 호위하고 도주했다. 주신이 창을 휘두르며 말을 달려 덤벼들자, 장청은 왼편 손에 창을 잡고,

"예잇! 이놈!"

하고 호통을 치더니 재빨리 돌팔매질을 해서 주신의 코를 돌멩이로 후려갈겼다.

주신은 말 아래로 거꾸로 박혔다. 공왕, 정득손이 날쌔게 달려들어서 쌍차(雙叉)로 목구멍을 찔러 버리니 주신은 말 밑에서 숨지고 말았다.

동관은 옴짝달싹도 할 수 없는 처량한 신세가 되었으니, 제주로 돌아갈 면목이 없었다.

단지 하나 남은 장수 필승을 대동하고 구사일생으로 목숨만 건져서 동경으로 향하면서, 패잔병을 수습해서 한데 뭉쳤다.

송강은 본래가 인덕이 높은 사람이었다.

평소에 언제든지 이런 생활을 깨끗이 청산하고 조정으로 귀순하여, 떳떳하게 나라와 백성을 위해서 충성을 다해 보고 싶은 생각을 품고 있었기 때문에, 패주하는 관군을 그 이상 잔인하게 추격하여 괴롭히지 않았다.

그래서 다른 여러 두령들이 끝까지 동관을 추격할 것이 염려스러워서 즉각 대종을 파견하여 명령을 전달시키고, 각군 병사를 수습해서 함께 산채로 돌아가 상을 탈 준비

나 하고 있으라고 여러 두령들에게 전달시켰다.

도처에서 금고 소리가 요란하게 울렸고, 군사를 수습하여 철수하기 시작했다.

안장에 올라앉은 장사들은 모두 등자(鐙子)를 두들기고 도보로 행진하는 병사들은 개가를 드높이 부르면서 속속 양산박으로 돌아와 완자성(宛子城)으로 들어섰다.

송강, 오용, 공손승은 먼저 수호채(水滸寨)로 들어가 충의당에 앉아서, 배선에게 명령하여 전원의 공적을 상세히 조사케 했다.

노준의가 풍미를 산 채로 잡아가지고 와서 당전(堂前)에 꿇어앉히니, 송강은 친히 그의 포승을 풀어 주고 당중(堂中)으로 불러 올려 상좌에 앉혔다. 그리고 친히 술잔을 권하면서 예의에 어긋난 점을 사과하고 그의 심정을 달래 주었다.

두령들은 일제히 당상에 집합하여, 소와 말을 잡아 놓고 성대한 주연을 베풀어 부하들을 위로해 주고 흐뭇하게 상을 내렸다.

풍미는 이틀 동안이나 잡아 두었다가 안장과 말을 마련해서 되돌려 보내기로 했다.

풍미는 기뻐서 어쩔 줄 몰랐다. 송강은 간곡한 말로 정중하게 사죄했다.

"장군, 싸움터에서는 너무나 예의에 어긋나는 일을 많이 했으니 용서해 주기 바라오. 우리들은 처음부터 모반할 마음을 품고 있는 자들이 아니며, 항시 조정에 귀순하여 국가를 위하여 충성을 다할 수 있기를 간절히 바라고 있지만, 사욕에 눈이 어두운 못된 놈들 때문에 이런 결과를 빚

어내게 된 것이오. 장군은 조정에 돌아가거든 모든 점에
선처해 주기 바라며, 후일에라도 특사령이 내리도록 힘써
주면 그 은혜는 평생 잊지 않으리다!"

풍미는 목숨을 살려 준 은혜에 깊이 감사하면서 산 아
래로 내려갔다. 송강은 부하를 시켜서 주 경계선까지 전송
케 해서 그를 서울로 돌아가도록 편의를 도모해 주었다.

송강은 충의당으로 돌아오자, 또다시 오용 이하 여러
두령들과 대책을 강구했다.

이번에 승리를 거둔 십면매복지계(十面埋伏之計)는 모
두가 오용의 머리로 짜낸 것이었다. 처음 계획대로 동관을
부들부들 떨게 만들었고, 꿈속에서도 양산박을 두려워하
지 않을 수 없게 했으며, 관군의 3분의 2를 상실케 했다.

오용이 입을 열었다.

"동관은 서울로 돌아가는 즉시로, 천자께 상주해 또다시
대군을 동원하여 덤벼들 것입니다. 사람을 동경에 보내 정
세를 탐지시켜 그 보고를 받은 후 대책을 세우기로 하십
시다."

이때, 자리에서 벌떡 일어서서 앞으로 나서면서,

"소인을 보내 주시오!"

하는 사람이 있었다. 여러 두령들은 그 사람을 보내면 실
수가 없을 것이라고 이구동성으로 찬성했다. 이리하여 관
군을 두 번째로 격파하게 되는데, 과연 양산박에서 동경으
로 정세를 탐지하러 떠나간 사람은 누구일까?

78 천자를 속이는 고전(苦戰)

十 節 度 議 取 梁 山 泊
宋 公 明 一 敗 高 太 尉

　동경으로 정세를 탐지하러 가겠다고 선뜻 나선 사람은 신행태보 대종이었다.
　송강이 입을 열었다.
　"군정을 탐지하는 데는 언제나 아우님에게 수고를 끼쳐서 미안하오. 그러나 떠나간다 하더라도, 누구 한 사람 심부름이라도 해줄 사람을 데리고 가야 되지 않겠소?"
　흑선풍 이규가 또 나섰다.
　"내가 형님을 모시고 한 번 달려갔다 오겠소!"
　송강은 웃으면서 상대도 하지 않았다.
　"말썽꾸러기 자네가 또 가겠다고?"
　"이번에는 아무 일 없이 얌전하게 다녀오리다."
　송강이 호통을 쳐서 이규를 가로막고 또 물었다.
　"누구, 다른 분이 동행해 줄 사람은 없겠소?"
　"내가 대종형을 모시고 갔다 오겠소!"
　두 번째로 나선 사람은 적발귀 유당이었다. 송강은 크게 기뻐하며 당일로 두 사람을 산 아래로 떠나 보냈다.
　한편, 동관과 필승은 패잔병 4만 명을 수습해 가지고 동경 근처까지 와서, 각군의 책임자들에게 각각 병사를 거느리고 영채로 돌아가 있도록 하고, 어영군(御營軍)만을 거느리고 성 안으로 들어섰다.

동관은 무장을 벗기가 바쁘게 고태위를 찾아갔다. 서로 인사가 끝난 다음 깊숙한 골방으로 들어가 자리잡고 앉았다.

동관은 두 차례나 싸움에 대패했고, 팔로군(八路軍)과 다수한 인마(人馬)를 상실했으며, 풍미마저 산 채로 적군에게 빼앗기고 말았으니, 이를 어떻게 수습했으면 좋겠느냐고 고태위에게 솔직히 호소했다. 그러자 고태위는 이렇게 말했다.

"그다지 걱정하실 것은 없습니다. 이번 싸움의 결과는 폐하께 속여 둘 수밖에 도리가 없습니다. 쓸데없는 말을 상주할 사람은 없을 테니까, 나와 함께 가서 우선 태사님께 보고를 하고 다음 대책을 강구하도록 하십시다."

동관과 고구는 말을 타고 채태사에게로 달려갔다. 동추밀이 돌아왔다는 연락을 받고, 싸움의 성과가 여의치 못하리라 생각하고 있던 판에 고구와 함께 찾아왔다는 소리를 듣고, 채경은 즉시 두 사람을 서원(書院)으로 안내했다. 태사에게 절을 하는 동관의 두 눈에서 눈물이 비오듯 했다. 채경이 위로를 했다.

"너무 상심치 마오. 동추밀이 싸움에 패한 것은 나도 잘 알고 있소."

고구도 맞장구를 쳤다.

"적군은 수채를 사수하고 있으니 배가 없이는 공격하기 어렵습니다. 추밀사께서는 보기군(步騎軍)만 가지고 토벌하러 나가셨으니 불리한 것이 당연합니다. 그래서 적군의 간계에 빠지고 만 것입니다."

동관이 패전의 경위를 자세히 말하자, 채경은 걱정을 했다.

"동추밀은 무수한 인마를 상실했고, 팔로군의 장병들을 빼앗겼으며 막대한 전량(錢糧)을 소모했으니, 이런 결과를 어떻게 폐하께 상주할 수 있겠소?"

동관이 재배하고 아뢴다.

"태사님께서 선처해 주시기만을 바랍니다. 이 목숨만이라도 건지도록 해주십시오!"

"그러면 혹독한 더위에 병사들이 풍토에 익숙지 못해서 일단 싸움을 중지하고 철수했다고 폐하께 상주해 두기로 합시다. 하지만 폐하께서 역정을 내시고, 이런 심복지환(心腹之患)을 제거하지 않으면 후일의 큰 화근이 되리라고 하신다면, 그때는 어찌하겠소?"

고구가 선뜻 대답했다.

"입찬 소리 같습니다만, 만약에 태사님께서 소생을 추천해 주시기만 한다면 군사를 거느리고 한 번 토벌하러 나가 보고 싶습니다."

"고태위가 나가 준다면야 그보다 더 대견한 일이 있겠소? 내일 폐하께 상주하여 총수(總帥)로 천거하리다."

고구는 또 덧붙여서 하는 말이 있었다.

"몇 가지 폐하께 꼭 승낙을 받아 주셔야 할 것은, 우선 마음대로 병사를 움직일 권한을 주실 것과, 또 마음대로 배를 만들도록 해주셔야겠다는 점입니다. 즉, 현재는 관선(官船)과 민선(民船)을 모조리 징수하고, 목재를 사들여서 전선(戰船)을 더 만들고, 수륙양로로 진격해 나가면 불일간에 성공할 수 있을 것입니다."

"그건 용이한 일이오."

이런 말을 하고 있을 때, 문지기가 들어오며 풍미가 돌아왔다는 소식을 전달했다. 동관은 크게 기뻐하며, 태사를 시켜 즉각에 불러들여 가지고 돌아오게 된 경위를 물었다. 풍미가 절을 하고 보고한다.

"송강은 산 채로 잡아서 끌고 간 사람들을 모두 석방하고 죽이지 않을 뿐더러 노자돈까지 주어서 고향으로 돌려보냈습니다. 그래서 이렇게 다시 만나뵙게 된 셈입니다."

고구가 끼여 들었다.

"그것은 놈들의 간계입니다. 이번에는 근처에서 병사를 뽑지 말고 멀리 산동 하북 땅에서 쓸모 있는 재목을 골라서 데리고 가도록 하겠습니다."

그 이튿날. 오경 3점쯤 되는 이른 시각에 문무백관이 조정에 모였다. 채태사가 반(班)에서 앞으로 나서며 상주했다.

"추밀사 동관이 대군을 거느리고 양산박의 적군을 토벌하러 갔었사오나 혹독한 더위에 병마(兵馬)가 풍토에 익숙지 못한 탓으로 전과가 여의치 못하였삽고, 또 놈들은 수채를 사수하고 있는 까닭으로 전선(戰船)이 없이 보기(步騎)만으로는 조속히 소탕하기 어려워 우선 영채로 돌아와 휴식을 취하고 있사오니, 다시 성지를 내리시기 바라옵니다."

천자는 그다지 혹독한 더위라면 싸움을 일단 중지하라고 했으나, 채경과 고구는 전선(戰船)을 마련하여 총공격을 개시하면 반드시 성공하리라고 역설하여, 천자는 일체의 책임을 고구에게 맡기게 되었다.

그날, 문무백관이 궁중에서 물러난 다음, 고구와 동관은 채태사를 전송해 보내고, 즉각에 중서성(中書省) 관방연리(關房椽吏)를 불러서 성지를 전달케 하고, 각 지방에서 절도사(節度使—지방장관) 열 명을 선발하여 대군을 편성하게 됐는데, 다음과 같은 인물들이었다.

하남 하북(河南河北)절도사—왕환(王煥).
상당 태원(上黨太原)절도사—서경(徐京).
경북 홍농(京北弘農)절도사—왕문덕(王文德).
영주 여남(潁州汝南)절도사—매전(梅展).
중산 안평(中山安平)절도사—장개(張開).
강하 영릉(江夏零陵)절도사—양온(楊溫).
운중 안문(雲中鴈門)절도사—한존보(韓存保).
농서 한양(隴西漢陽)절도사—이종길(李從吉).
낭야 팽성(瑯琊彭城)절도사—항원진(項元鎭).
청하 천수(淸河天水)절도사—형충(荊忠).

이 10로(路)의 군사들은 모두 훈련을 쌓은 정병들이고, 열 명의 절도사들은 본래 강도질이 업이었으나 조정의 특사를 받아서 관직 한 자리씩을 얻은 자들이니 모두 만만치 않은 인물들이었다.

당일로 중서성에서는 공문을 발송하여 기한부로 제주까지 도착하도록, 기일을 지키지 않는 자는 처벌하겠다는 명령을 내렸다.

금릉 건강부에는 수군의 1대가 있었는데, 그 두령 통제관(統制官) 유몽룡(劉蒙龍)은 수성(水性)에 능통하여 일찍이 서천(西川) 협강(峽江)에서 도둑을 때려 눕힌 공로로 군관(軍官)으로 승격한 자로서, 수군 1만 1천 명과 전선(戰船) 5백 척을 거느리고 강남(江南) 땅을 지키고 있었다. 고태위는 이 수군과 배를 이용하려고 시급히 자기 산하로 불러 올렸다.

또 심복의 부하 우방희(牛邦喜)란 자를 보병 교위(校尉)로 승격시켜, 장강(長江) 일대로 파견해서 모든 선박을 군용에 바치도록 징발하여 제주로 집결케 하라고 명령을 내렸다.

고태위의 수하에는 허다한 아장(牙將)들이 있었으며, 그 중에서도 당세영(黨世英)·당세웅(黨世雄)이라는 형제가 가장 힘깨나 쓰는 축이어서 통제관에 임명되어 만부부당(萬夫不當)의 용맹을 발휘하고 있었다.

고태위는 어영군 중에서도 정예 1만 5천 명을 선발했다. 각지 군사의 총수는 12만 명에 달했다. 연일 전량(錢糧)을 마련하고 정기(旌旗)를 만들면서 출전할 준비를 갖추고 있었다.

한편, 대종과 유당은 며칠 동안 동경에서 정세를 탐지하자 곧 산채로 돌아가서 상세히 보고했다. 송강은 즉각에 오용을 불러서 대책을 상의했다. 오용이 말했다.

"걱정하실 것 없습니다. 열 명의 절도사란 자들은 전부터 잘 알고 있습니다만, 모두가 대단치 않은 위인들입니다. 우리 형제들 앞에서 그 따위 놈들은 맥도 출 수 없는 존재들이니 조금도 겁내실 것이 없습니다. 한 번 혼을 내주어야죠!"

"무슨 방법으로?"

"놈들의 십로군(十路軍)은 제주로 집결한다 하니, 우리 편에서 먼저 날쌘 장수 두 사람을 앞질러 보내 한바탕 싸우게 하여 고구란 놈에게 우리의 솜씨를 보여 주도록 하겠습니다."

"누구를 내보냈으면 좋겠소?"

"몰우전 장청과 쌍창장 동평을 내보내기로 하십시다. 이 두 장수면 넉넉히 해낼 것입니다."

송강은 두 장수에게 각각 기병 1천 명을 주어서 제주로 나가 대기하고 있다가 각로(各路)의 적군을 무찌르라고 명령했다.

또 한편으로 수군의 두령들에게는 강물 위에서 적군의 배를 빼앗을 준비를 시키고, 산채의 두령들에게도 만반의 준비를 갖추고 있도록 지시했다.

고태위가 경사에서 20여 일이나 우물쭈물하고 있는 동안에 천자가 출전하라는 조칙을 내렸다. 고구는 어영군 기병을 성 밖으로 내보내 놓고, 교방사(教坊司—가무·음악 관리처)에서 가수와 무희(舞姬) 30여 명을 뽑아 종군시켜 병사들을 위로해 주기로 했다.

어느덧 한 달이 경과하여 첫가을이 다가올 무렵이었다. 고태위는 든든히 무장을 하고 갈아탈 말 다섯 필을 옆으로 끌고 당세영·당세웅 형제를 좌우, 뒤로는 전수(殿帥), 통제관, 통군제할 병마방비(兵馬防備), 단련(團練) 등 수많은 관원을 대동하고 성 밖으로 나섰다. 우선 역정(驛亭)에서 쉬면서 출정을 축하하는 술을 한 차례 마시고 제주를 향해 떠났다. 도중에서도 군기는 문란하고, 병사들은 마을마다 약탈을 일삼아 백성들의 피해가 이만저만이 아니었다.

십로군이 노도처럼 제주성 안으로 밀려들었다. 절도사 왕문덕(王文德)은 경북(京北) 지방의 군사를 거느리고 제주로 향하여, 40리쯤 떨어진 봉미파(鳳尾坡)란 곳에 당도했다. 언덕 밑으로 넓은 숲이 있어서 전군(前軍)이 그곳을 통과하려고 했을 때, 돌연 징소리가 요란하게 울리더니 숲 저편으로부터 1대의 군마가 내닫고, 장수 한 사람이 선두에 서서 길을 가로막았다.

그 장수는 투구를 쓰고 갑옷을 입었으며 활과 화살을 몸에 지녔는데, 활주머니와 화살통에는 조그마한 황기(黃旗)가 두 자루 꽂혀 있었다. 기폭에는 각각 다섯 자의 금자가 빛나고 있었다.

영웅쌍창장(英雄雙鎗將)
풍류만호후(風流萬戶侯)

두 손에 두 자루의 강창(鋼鎗)을 움켜잡고 있는 이 장수야말로, 양산박에서 첫손가락 꼽는 선봉격파(先鋒擊破)의 명수 동평이었다. 그는 사람들이 동일당(董一撞)이라고 일컬을 만큼 선봉을 쳐부수는 데 놀라운 솜씨를 보이는 명장이었다.

동평은 말을 멈추고 길을 가로막으며 큰 소리로 호통을 쳤다.

"거기 오는 것은 어디서 오는 누구냐? 냉큼 말을 내려 포승을 받아라! 우물쭈물해 봤댔자 아무 소용 없다!"

왕문덕도 말을 멈추고 호탕하게 웃어 젖혔다.

"네 놈도 귀가 있거든 잘 들어 봐라! 우리 절도사 열 사람은 항시 큰 공을 세운 천하의 명장들이다! 대장 왕문덕을 모르느냐?"

동평도 소리를 높여 웃었다.

"뭐라고? 이 사람값에도 못 가는 개 같은 놈아!"

왕문덕은 약이 바싹 올라서 창을 휘두르며 말을 몰아 동평에게 곧장 덤벼들었고, 동평도 두 자루의 창을 힘껏 움켜잡고 이에 대적하여 싸우기를 30여 합, 그러나 좀처럼 승부가 나지 않았다.

왕문덕은 동평을 이겨낼 수 없음을 깨닫고,

"한숨 돌려서 다시 싸우자!"

고 소리를 질렀다. 두 장수는 각각 자기 진영으로 후퇴했다. 왕문덕은 이렇게 해놓고 수하의 장병들에게 명령하여 결전을 피해 가면서 교묘히 철수하라 명령하고, 선두에 서서 전군을 거느리고 고함을 지르며 달아났다. 동평은 왕문덕의 군사를 맹렬히 추격했다.

왕문덕의 군사가 숲속을 꿰뚫고 빠져나갔을 때 난데없이 앞에서 1대의 군마가 내달았다. 선두에서 나서는 장수는 다른 사람이 아니고 바로 몰우전 장청이었다.

장청은 말 위에서 벽력같이 소리를 질렀다.

"꼼짝 말고 게 있거라!"

돌멩이를 잔뜩 움켜쥔 손을 높이 쳐드는 순간, 휙하고 왕문덕에게 팔매질을 했다. 왕문덕은 급히 몸을 피하려고 했으나 돌멩이는 투구를 후려갈겼다. 왕문덕은 안장에 납작 엎드려서 간신히 도망쳤다.

장청과 동평이 왕문덕을 추격하여 거의 다 쫓아갔을 때, 돌연 측면에서 1대의 군마가 뛰어나왔다. 왕문덕이 자세히 보니 그것은 같은 절도사 양온의 군사로 자기를 구원하려고 달려오는 길이었다. 동평과 장청은 그제야 추격을 단념하고 되돌아섰다.

왕문덕과 양온의 군사는 함께 제주로 들어가서 쉬었다.

태수 장숙야(張叔夜)는 각로의 군사를 접대하기에 정신을 못 차렸다. 며칠 후에 선봉군으로부터 고태위의 대군이 도착했다는 보고가 날아들었다.

열 사람의 절도사들은 성 밖까지 나가서 대군을 영접하고, 태위를 모시고 성 안으로 들어와 주아문을 임시 원수부(元帥府)로 작정하고 머무르게 됐다.

고태위는 명령을 내려서, 십로군의 군사는 모두 성 밖에 주둔하고 유몽룡의 수군(水軍)이 도착하기를 기다려서 일제히 진격을 개시하라고 지시했다.

이리하여 십로군의 군사들은 각각 진지를 마련하기 위해서 인근 산으로부터 벌목을 해들이고 민가에 가서 문짝이며 창이며 마구 떼다가 잠자리를 가리는 등 백성들에게 심한 해를 입혔다.

고태위는 성 안 원수부에 앉아서 토벌군을 편성했는데, 뇌물을 바치지 않는 사람은 모두 첨병(尖兵)으로 돌려서 제일 먼저 나가 싸우게 만들고 뇌물을 많이 바친 사람은 아무 공적이 없어도 큰 공을 세운 것처럼 조정에 상신하는 못된 방법을 쓰고 있었다.

고태위가 2,3일 제주에 머물러 있는 동안 유몽룡의 전선(戰船)이 도착해서 원수부로 인사를 하러 나타났다.

인사가 끝나자, 고구는 즉각에 절도사 열 명을 청전(廳前)에 소집하고 선후책을 강구했다.

왕환이 입을 열었다.

"먼저 보기군으로 정찰을 내보내서 적군(賊軍)을 유인해내고, 수로로 전선을 몰아서 놈들의 소굴을 들이쳐 두 갈래로 절단케 한 다음 연락의 길을 막아 버리면 깡그리 눌러 버릴 수 있을 것입니다."

고태위는 그 말대로 즉각에 왕환과 서경을 선봉으로, 왕문덕과 매전을 후군으로, 장개·양온을 좌군, 한종보 이종길을 우군, 항원진·형충을 전후 구원군(救援軍)으로 배치하고, 당세웅에게는 정예 3천 명을 거느리고 배를 타고 유몽룡의 수군과 협력하면서 독전(督戰)에 힘쓰도록 지시했다.

고태위는 성 밖으로 나가서 배치된 각군을 친히 사열한 다음, 각군과 수군에게 진격령을 내려서 일로 양산박으로 향하게 했다.

한편에서 동평과 장청은 산채로 돌아와서 상세한 정세를 보고했다. 송강은 여러 두령들과 산 아래로 내려갔는데, 얼마 못 가서 벌써 관군이 진격해 오는 것이 바라다보였다.

쌍방이 진격을 멈추고 대치상태에 빠졌다. 선봉장수 왕환이 진두에 나타나서 장창을 휘두르며 말 위에서 호통을 쳤다.

"천둥벌거숭이 같은 강도놈들아! 목숨이 경각에 달린 줄도 모르고…. 이 대장 왕환을 몰라보느냐?"

저편 진지에서는 수기(繡旗) 기폭이 좌우로 벌어지더니 송강이 친히 말을 달려나와서 왕환에게 먼저 인사를 했다.

"왕절도사님! 연로하신 몸에 나라를 위하여 힘쓰시기에는 짐이 너무 무거우신 것 같습니다. 막상 결전의 마당에 나서서 아차 한 번 실수를 하신다면 일생일대의 명성마저 허사가 되고 마실 겁니다. 물러나가셔서 젊은 장수를 싸움터로 내보내심이 좋을까 합니다."

왕환은 그 말을 듣자 노발대발했다.

"이 고얀 놈! 얼굴에 온통 실뜸을 뜬 죄수놈이 천병(天兵)에 항거하다니!"

"왕절도사님! 너무 큰소리치지 마십시오. 여기 죽 늘어서 있는 '체천행도(替天行道)'하는 호걸들 중에서 당신에게 넘어갈 사람은 하나도 없습니다!"

송강이 이렇게 자신만만한 말을 하니 창을 휘두르며 단숨에 찌르려고 덤벼들었다.

송강의 말 뒤에서 벌써 한 사람의 장수가 난령(鸞鈴) 소리도 요란스럽게 힘껏 창을 움켜잡고 내달았다.

송강이 바라보니 그는 바로 표자두 임충이었다. 다짜고짜 왕환에게 육박해 들어가는 찰나였다.

쌍방의 말이 엇갈리게 되니, 양군의 진영에서는 고함소리가 천지를 진동했다.

고태위가 친히 진두에 나서서 말을 멈추고 바라보니 두 장수는 일진일퇴, 창과 창이 맞부딪쳐서 불똥을 튕기면서 7,80합을 결사적으로 싸워도 승부가 나지 않았다.

쌍방에서는 각각 금고를 울렸다. 두 장수는 일단 싸움

을 일단 중지하고 각자의 진영으로 돌아갔다. 절도사 형충이 말 위에서 몸을 굽혀 절하며 고태위에게 말했다.

"한 번 적도와 승부를 겨루어 보고 싶습니다. 허락해 주시기 바랍니다."

고태위는 즉각에 형충을 진두에 나가서 싸우게 했다. 송강 뒤에서 난령이 울리더니 호연작이 달려나와 형충과 대결했다. 싸우기 20여 합, 호연작이 일부러 틈을 보이고 상대방의 대도(大刀)를 막아내는 체하면서 재빨리 채찍을 휘둘러 일격을 가하니, 형충은 채찍에 대갈통을 정통으로 얻어맞고 눈알이 튀어나와 말 위에서 떨어진 채 절명했다.

고구는 절도사 한 사람이 죽어 넘어지는 것을 보자, 대뜸 항원진을 또 내보냈다. 항원진은 말을 달려 진두에 나서며 호통을 쳤다.

"이 강도놈아! 어디 나에게 덤빌 놈이 있으면 덤벼 봐라!"

송강의 말 뒤에서 쌍창장 동평이 말을 달려 진두로 나서서 항원진과 대결했다.

두 장수가 채 30여 합도 싸우지 못했을 때, 항원진은 말 머리를 돌려 창을 질질 끌면서 뺑소니를 쳤다. 동평은 말을 몰아 추격했다. 항원진은 진지의 언저리를 돌아서 도주했다. 동평이 그대로 계속해서 추격했더니 항원진이 창을 거두고 왼편 손에 활을 잡고 오른편 손으로 화살을 꽂아서 몸을 홱 돌이키면서 쐈다.

동평은 화살 소리를 듣고 손을 쳐들어 가로막으려 했으나, 화살은 마침내 그의 오른팔에 꽂히고 말았다. 창을 던지고 말 머리를 돌려 도주했다.

이번에는 항원진이 활과 화살을 잔뜩 움켜잡고 동평을 추격했다.

호연작과 임충이 그 광경을 바라다보고 있다가 급히 뛰쳐나가서 동평을 구출해 가지고 진지로 돌아갔다.

고태위는 전군에 총공격령을 내렸다.

송강은 우선 동평을 구출해서 산채로 돌려보냈다. 그러나 후군(後軍)은 적을 막아내지 못하고 뿔뿔이 흩어져서 도주했다.

고태위는 곧장 강기슭까지 추격케 하고 별도로 병력을 파견하여 수로의 전선(戰船)들을 거들어 주도록 했다.

한편에서는, 수군을 거느리고 있는 유몽룡과 당세웅이 배를 몰아 양산박 깊숙이 뚫고 들어갔으나, 시야가 끝나는 데를 알 수 없도록 갈대가 무성한 숲을 이루며 강 어귀를 뒤덮고 있었다.

관군의 배는 길게 꼬리에 꼬리를 몰고 10여 리나 서로 연결되어 있었다.

돌연 언덕 위에서 한 방의 포성이 울리더니, 사면 팔방에서 조그마한 배들이 몰려들었다.

관군의 전선(戰船)에 타고 있던 병사들은 애당초부터 겁을 잔뜩 집어먹고 있었는데, 갈대숲을 깊숙이 뚫고 들어갈수록 당황해서 어쩔 줄 몰랐다.

갈대숲에서 내달은 조그마한 배들이 일제히 관군의 배를 포위하니, 관군의 병사들은 서로 돌볼 겨를도 없이 배를 버리고 도주하려고 했다.

양산박의 호걸들은 관군의 진형이 어지러워지는 것을 보자 일제히 군고를 울리며 몰려들어서 맹렬한 공격을 가했다.

유몽룡과 당세웅은 시급히 뱃머리를 돌려서 빠져 나가려고 했지만, 여태까지 들어온 강어귀는 양산박의 호걸들이 조그마한 배에 싣고 온 풀과 산에서 베어내린 재목으로 단단히 메워져 배를 움직여 볼 도리가 없었다.

관군의 병사들은 모조리 배를 버리고 물속으로 뛰어들었으며, 유몽룡도 군장을 벗어 던지고 강기슭으로 기어 올라가 사잇길로 빠져서 간신히 도주했다.

당세웅만은 끝까지 배를 버리지 않고 수부(水夫)들을 지휘하면서 물이 깊은 곳을 찾아서 몰고 나갔지만, 2리도 채 못 가서 앞으로 세 척의 배가 나타났다. 배 위에 타고 있는 사람들은 원씨 삼형제.

각각 손에 요엽창(蓼葉鎗)을 휘두르며 배로 가까이 다가들었다. 관군의 병사들은 모조리 물속으로 텀벙 뛰어 들어가고 말았다.

당세웅은 철삭(鐵搠)을 손에 쥐고 뱃머리에 서서 원소이와 맞닥뜨려 봤지만, 원소이는 물속으로 뛰어 들어가 버리고, 원소오·원소칠 둘이 쫓아왔다. 당세웅은 정세가 불리함을 깨닫자, 철삭을 집어 던지고 역시 물속으로 뛰어 들어갔다. 물속에서는 화선아(火船兒) 장횡이 불쑥 솟구쳐 나와서 한 손으로는 머리채를 움켜잡고 또 한 손으로는 허리를 껴안아서 당세웅을 질질 끌어서 갈대숲으로 데리고 갔다. 거기서 기다리고 있던 10여 명의 부하들과 힘을 합쳐서 수호채(水滸寨)로 끌고 갔다.

고태위는 수군도 실패한 것을 알자 시급히 명령을 내려서 일단 제주까지 철수해 가지고 다시 대책을 세우려고 했다. 이때, 날이 저물기 시작했다. 돌연 사방에서 송강의 군사가 습격해 왔다.

대경실색한 고태위는, 필경 어떻게 몸을 뛰쳐날 것인지.

79 특사령(特赦令)을 읽는 꾀

劉 唐 放 火 燒 戰 船
宋 江 兩 敗 高 太 尉

고태위는 사실인즉, 제풀에 놀라 자빠진 것이었다. 양산박에서는 사방에서 호포(號砲)를 쏘았을 뿐이고 복병을 동원시킨 것도 아닌데, 지레 겁을 집어먹고 군사를 수습한 뒤 밤을 새워 가며 제주로 뺑소니친 것이었다.

수군의 절반을 상실했으며, 전선은 한 척도 돌아오지 않았다. 고태위는 우방희(牛邦喜)가 배를 징발해 가지고 오기만을 고대하면서, 일변 사람을 파견해서 어느 배든지 쓸 만한 것은 모조리 징발하여 제주로 보내 출전준비를 갖추라는 명령을 전달케 했다.

한편, 양산박의 수호채에서는 송강이 동평을 데리고 산채로 돌아와서 화살을 뽑아 주고 신의(神醫) 안도전의 금창약(金瘡藥)을 발라서 치료하도록 했다. 수군 두령 장횡이 당세웅을 충의당으로 끌어내자, 송강은 우선 후채(後寨)에 연금해 두라 명령하고, 빼앗은 전선은 모조리 수채로 보내 여러 두령들에게 분배해서 맡기도록 했다.

고태위가 제주성 안에서 여러 장수들을 소집해 놓고 양산박을 격파할 계책을 세우고 있을 때, 상당(上黨) 절도사 서경(徐京)이 오용의 계책을 격파할 수 있다는 인물을 한 사람 천거했다. 그는 동경성 밖 안인촌(安仁村)에 사는 문환장(聞煥章)이란 자인데, 병법에 정통하며 손자(孫子)·오자(吳子)의 재치와 제갈공명의 지모를 겸비한 사람이라고 했다.

고태위가 이 문환장이란 인물을 참모로 초빙하려고 사람을 동경으로 파견한 지 4,5일이 되지 못했을 때, 성 밖으로 송강의 군사가 또 쳐들어온다는 급보가 날아들었다. 고태위는 격분하여 즉각에 부하 장병을 소집하여 성 밖으로 나가 응전하라고 각진의 절도사들에게 명령했다.

고태위가 병사를 거느리고 쳐들어가니, 송강의 군사는 산기슭에 진을 치고 홍기군(紅旗軍) 속에서 맹장 호연작이 말을 몰아 진두에 나섰다. 연환마(連環馬)를 지휘하다가 조정을 배반한 역도! 고태위는 약이 바싹 올라서 절도사 한존보(韓存保)를 내보내어 대결케 했다. 방천화극의 명수인 한존보가 50여 합을 싸웠을 때 호연작은 싸움에 진 체하고 몸을 비호같이 날려서 언덕을 향해 뺑소니쳤다. 한존보가 6,7리 길이나 맹렬히 추격했을 때, 호연작은 갑자기 몸을 돌이키며 채찍으로 반격을 가했다. 10여 합쯤 싸우다가 호연작이 또 뺑소니를 쳤다. 한존보가 기어이 공을 세워 보겠다고 계속하여 맹렬히 추격했더니, 호연작은 산길이 두 갈래로 갈라진 곳까지 달아나서 어디론지 자취을 감추고 말았다. 한존보가 언덕 위에 올라가 바라보니, 호연작은 언덕을 한 바퀴 빙 돌아서 저편 길로 도주하고 있었다. 서로 한참 동안이나 말을 멈추고 매도하다가, 한존보는 호연작의 퇴로를 막을 생각으로 방향을 바꾸어서 또 추격했다.

결국 두 장수는 산꼭대기에서 맞닥뜨렸다. 높은 절벽.

그 아래로는 깊숙한 계곡에 물이 흐르고 있었다.

두 사람이 싸우기를 30여 합, 싸움이 어울려져 들어가고 있을 때, 한존보는 화극(畵戟)으로 일격, 호연작은 창으로 일격, 그러나 둘이 다 허공을 찔렀고, 호연작은 한존보의 화극 자루를 움켜잡았고, 한존보는 호연작의 창자루를 움켜잡게 되었는데, 한존보의 말이 뒷발을 헛디디는 바람에 두 장수는 서로 부둥켜 잡고 물속으로 떨어지고 말았다.

두 장수는 물속에서 엎치락뒤치락 꽤 오랫동안 서로 무기를 던지고 주먹다짐으로 싸우고 있었다. 두 필의 말은 유성처럼 재빨리 언덕으로 기어 올라가 산을 향해서 달아나고 말았다.

서로 때리고 맞고, 맞고 때리고 하면서 두 장수는 갑옷도 찢어지고 투구도 벗어 던진 채 깊은 물속에서 다시 얕은 데로, 또다시 깊은 데로 미친 듯이 서로 움켜잡고 뒹굴고 있는 판에 계곡 어귀에 1대의 군마가 나타났다.

선두에 선 사람은 몰우전 장청이었다. 병사들이 달려들어서 한존보를 산 채로 잡았다. 두 필의 말도 요란스런 사람 소리를 듣고 되돌아왔기 때문에 힘 안 들이고 붙잡을 수 있었다.

호연작은 물속에서 무기를 찾아 가지고 다시 말 위에 올랐다. 한존보의 두 팔을 뒤로 젖혀서 묶어 가지고 말에 태운 다음 여러 병사들과 일제히 계곡 밖으로 말을 몰고 있을 때 앞으로 또 1대의 군마가 나타났다. 한존보를 찾으려고 달려온 군사들이었다. 이리하여 쌍방이 또다시 정면충돌을 피할 수 없게 됐다.

저편 두령은 매전(梅展)·장개(張開) 두 절도사였다. 물속에서 나온 생쥐 같은 모습으로 말 위에 묶여 앉은 한 존보를 보자, 매전은 격분하여 삼첨양인도(三尖兩刃刀)를 휘두르며 곧장 장청에게 덤벼들었다. 싸운 지 3합도 못 되어서 장청은 뺑소니를 쳤다. 매전이 맹렬히 추격해 가니 장청은 원숭이팔같이 기다란 팔을 날쌔게 놀리며 비호같이 빠른 동작으로 돌팔매질을 했다. 돌멩이가 매전의 이마를 때려서 핏줄기가 뻗어났다.

매전은 칼을 집어 던지고 두 손으로 얼굴을 가렸다. 장청이 급히 말 머리를 돌리려는 순간, 장개가 활을 재가지고 힘껏 쐈다. 장청이 말 머리를 쳐드는 찰나, 화살이 말의 눈에 명중하여 말이 먼저 쓰러지고 말았다.

장청은 말 옆에 우뚝 버티고 서서 다시 창을 잡고 싸웠지만, 돌팔매질의 명수인 그도 이런 싸움에는 감당할 힘이 없었고, 장개의 신출귀몰한 창솜씨를 당해낼 도리가 없어서 한동안 방비만 하고 있다가, 마침내 창을 질질 끌고 기병군 속으로 도주하여 몸을 숨겨 버렸다.

장개가 그대로 창을 휘두르며 말을 몰고 달려들어서 5,6명의 기병을 무찔러 죽이고 적군을 뿔뿔이 흐트러지게 한 다음 한존보를 구출한 뒤 말 머리를 돌리려고 했을 때, 돌연 고함소리가 천지를 진동하더니 계곡 어귀에 2대의 군마가 몰려들었다. 1대의 두령은 진명, 또 1대의 두령은 관승이었다. 맹장 둘이 덤벼드니, 장개는 간신히 매전을 호위하여 뺑소니치는 수밖에 없었다.

여러 병사들이 두 갈래로 갈라져서 공격을 가하여, 한

존보를 또다시 빼앗았다. 장청은 말 한 필을 빼앗고, 호연작은 결사적으로 적군을 무찔러 관군의 본진까지 쳐들어가서 그들을 멀리 제주까지 몰아내고 말았다. 양산박의 군사들은 그 이상 더 추격하지 않고 한존보만을 산 채로 잡아가지고 산채로 철수했다.

꽁꽁 묶여서 충의당으로 끌려 온 한존보를 송강은 정중하게 대접했고, 당세웅을 불러서 대면시키면서 이렇게 말했다.

"우리들이 딴생각을 먹고 있지 않다는 점은 두 분 장군께서도 알아 주시오. 탐관오리들 때문에 이런 결과가 빚어졌지만, 언제든지 특사령만 내리면 국가를 위하여 힘쓸 결심을 하고 있소."

한존보가 물었다.

"그러면 지난번 진태위가 특사령의 조칙을 모시고 왔을 적에, 어째서 그릇된 길을 청산하고 올바른 길을 택하려 하지 않으셨습니까?"

"조정의 조서 속에 너무나 지독한 모욕적인 말이 적혀 있을뿐더러, 시골 막걸리를 어주라고 보냈기 때문에 여러 형제들이 말을 듣지 않았으며, 장간판과 이우후가 무턱대고 뽐내며 여러 장수들을 모욕했기 때문이었소."

"중간에 나서서 주선할 만한 훌륭한 인물이 없었기 때문에 국가 대사를 그르치고 만 것이었군요!"

한존보도 생각을 달리했다. 송강은 주연을 베풀어 두 장수를 정중히 대접하고, 그 이튿날 말을 태워서 계곡 어귀까지 전송해 주었다. 두 장수는 돌아가는 도중에 송강의 훌륭한 점을 서로 이야기하면서 제주에 도착하여, 이튿날 고태위를 만나 송강이 돌려보내 준 경위를 솔직히 고백했다.

고태위는 노발대발하여 소리쳤다.

"그것은 놈들의 계책이다! 네 놈들 둘이서 무슨 면목으로 내 앞에 다시 나타났느냐! 이놈들을 끌어내서 당장에 목을 베라!"

왕환과 그밖의 여러 장수들이 일제히 꿇어앉아서 호소했다.

"두 사람의 죄가 아니라, 모두가 송강과 오용의 간계입니다. 이 두 장수의 목을 베신다면 도리어 적군에게 웃음거리밖에 될 것이 없습니다!"

고태위는 여러 장수들의 간곡한 권고에 목숨만은 용서해 주었으나, 두 장수를 동경 태을궁(太乙宮)으로 보내어 대기하도록 하고 관직을 박탈해 버렸다.

한존보는 한충언(韓忠彦)이란 사람의 조카였는데, 한충언은 국로급(國老級)의 인물로서 그의 문하에서 나온 조정의 관리들이 많았다. 그 중에 한충언이 밀어 주어서 어사대부가 된 정충거(鄭忠居)란 사람이 있었는데, 한존보는 이 사람을 찾아가서 괴로운 입장을 호소했다. 정충거는 한존보를 데리고 상서(尙書)로 있는 여심(余深)이란 사람을 찾아가서 상의했다. 여심의 의견이, 태사에게 양해를 얻어 천자에게 직접 상주하는 길이 좋겠다고 하였다. 두 사람은 그 길로 채경을 찾아가서 솔직히 고백했다.

"지난번에 특사령을 내렸을 때에는, 유감된 일이지만 중간에 나섰던 사람이 인덕을 갖추지 못했고, 함부로 거친 말을 쓰고 뽐내기만 했기 때문에 성사시키지 못한 것입니다."

채경도 간신히 승낙했다.

이튿날 아침, 채경은 천자가 등전(登殿)하기를 기다려 다시 사자를 파견하여 특사령을 내리도록 상주했다. 천자도 쾌히 승낙하고 고태위가 천거하는 안인촌(安仁村)의 문환장(聞煥章)을 불러 올려 특사령의 사자와 함께 파견할 것이며, 이번에도 반항하고 복종치 않는 놈은 고구에게 기한부로 모조리 잡아들여서 죽이도록 하겠다고 했다.

문환장이 칙사와 함께 동경을 떠나 양산박으로 향하는 동안, 제주에 있는 고태위는 답답한 나날을 보내고 있었다. 하루는 우방희(牛邦喜)가 찾아와서 아뢰었다.

"대소 1천5백여 척의 배를 징발하여 모두 수문 근처에 집결시켰습니다."

고태위는 크게 기뻐하여 배를 세 척씩 연결시켜서 그 위에는 판자를 깔고, 배꼬리에는 쇠고리를 달아서 서로 끊어지지 않도록 하고, 보병의 전원을 배에 태워서 육지로부터 기병의 원조를 받으면서 진격할 수 있도록 해놓고, 반달이나 걸려서 군사를 훈련하고 편성하여 배에 태웠다.

양산박에서는 이런 사실을 환히 알고 있었다. 오용은 유당을 불러서 계책을 세워 주었고, 수로의 싸움을 지휘하여 공을 세울 수 있도록 해주었다. 그리고 수군의 두령들도 만반의 준비를 갖추고 대기하고 있었으며, 따로 포수 능진에게는 아래가 잘 내려다보이는 산꼭대기에서 호포를 쏘도록 지시해 두고, 물가 무성한 숲 근처에는 정기(旌旗)를 나뭇가지에 매달아 놓고, 여기저기 금고와 화포를 배치해서 군사가 주둔해 있는 것처럼 꾸며 놓았다. 또 공손승을 시켜서 바람을 모시고 있도록 하고, 3대의 기병을 배치하여 원호하도록 했다.

한편, 고태위는 제주에서 군사를 동원했다. 수로는 우방희가 통솔하고 유몽룡, 당세영도 함께 병사를 지휘하게 됐다. 고태위는 무장을 든든히 갖춘 다음 군고를 세 번 울려 배와 기마군을 진격케 했다. 배와 말이 화살처럼 달려서 양산박으로 향했다.

수로로 가는 수많은 배들은 무수한 돛대를 뻗치고 금고를 울리며 장사진을 치고 양산박 깊숙이 뚫고 들어갔다. 그러나 적군의 배는 한 척도 볼 수 없었다.

금사탄으로 들어섰더니 연꽃잎이 무성한 틈으로 두 척의 어선이 눈에 띄었다. 두 척의 어선에는 각각 두 사람씩 타고 있는데 다 같이 손뼉을 치면서 웃고 있었다. 뱃머리에 서 있는 유몽룡이 명령을 내려 활을 마구 쏘니 어부들은 모두 물 속으로 뛰어 들어갔다. 유몽룡은 배를 급히 몰아서 금사탄 기슭까지 들어갔다. 거기에는 버드나무가 무성한데 한 그루에 소가 두 마리 매여 있으며, 푸른 빛 사초(莎草) 위에서는 목동 서너너덧이 잠을 자고 있었다.

저편으로 좀 떨어진 곳에서도 목동이 하나 소잔등을 비스듬히 타고 올라앉아서 피리를 불고 있었다. 유몽룡이 선봉의 정예병사들을 먼저 상륙시켰더니 그 몇 명의 목동들은 벌떡 일어서서 깔깔대며 모두 버드나무숲 속으로 달아나 버렸다.

선봉 6,7백 명이 먼저 상륙하자, 버드나무숲에서 포성이 울려 나오며 좌우 양편에서 일제히 전고(戰鼓)가 울렸다.

  왼편에서는 홍갑대(紅甲隊)의 병사들이 뛰쳐나왔다. 선두에 나선 장수는 진명. 오른편에서는 흑갑대(黑甲隊)의 병사들이 뛰쳐나왔는데, 선두에 나선 두령은 호연작이었다. 각각 5백 명의 병사를 거느리고 덤벼들었다.

  유몽룡이 당황해서 병사들을 배 위로 불러 올렸을 때에는 벌써 그 절반 병력은 상실하고 말았다. 우방희는 전군(前軍)의 아우성 소리를 듣자 즉각에 뒤따르던 배들을 후퇴시켰지만, 그때 벌써 산꼭대기에서 연주포(連珠砲) 소리가 울리며 갈대숲 속으로부터 윙윙 하고 바람소리가 일어났다. 공손승이 머리를 풀어뜨리고 칼을 손에 잡고 바람을 모시고 있었기 때문이었다. 먹장 같은 구름이 하늘을 뒤덮더니 바람소리는 무시무시한 광풍이 되어서 천지를 뒤흔들었다. 유몽룡이 당황하여 배를 뒤로 물리려고 했을 때, 갈대숲 사이로부터, 연꽃이 무더기져 있는 틈으로부터, 강 어귀로부터 일제히 조그마한 배들이 몰려들더니 전선을 향해 돌진해 왔다. 군고 소리가 울리자 조그만 배들은 일제히 횃불을 밝혔다. 순식간에 화염이 충천하더니, 불꽃이 온통 관선에 떨어져 불이 붙어서 훨훨 타버렸다.

  유몽룡은 불바다로 변하는 광경을 보자 갑옷·투구를 동댕이치고 물속으로 뛰어들었으나, 기슭으로는 접근하지 못하고 널찍하고 깊은 곳을 찾아서 헤엄쳐서 달아났다. 그런데 물속에서 누군지 유몽룡의 허리를 덥석 껴안더니 배 위로 끌어 올렸다. 혼강룡 이준이었다.

  우방희 역시 장횡의 쇠갈구리에 걸려서 물속으로 끌려

들어가 버렸다. 관군의 시체가 물을 뒤덮고 피가 강물을 시뻘겋게 물들였다. 간신히 도주하던 당세웅 역시 양편 갈대숲에서 대드는 병사들의 화살을 맞고 물속에서 절명하고 말았다.

이준은 유몽룡을 산 채로 잡고, 장횡은 우방희를 산 채로 잡아서 끌고 가려고 했으나 송강이 또 석방시킬 것이 뻔하기 때문에, 두 사람이 상의한 끝에 길바닥에서 죽여 가지고 그 수급(首級)만 산채로 보냈다.

고태위가 연주포 소리와 군고 소리를 듣고 물가로 달려갔을 때에는 여기저기 병사들이 도망치다 못해서 물가로 기어 나오고 있을 때였다.

고태위는 그것이 자기 편 병사들임을 확인하자 그 까닭을 물었다. 화공에 견디지 못해서 전선은 모조리 타버렸고 모든 장수들이 어떻게 됐는지 도무지 생사와 행방을 알 길이 없다는 것이었다.

고태위가 당황하여 어쩔 줄 모르고 있는데 쉴새없이 고함소리가 들리고 시커먼 연기가 천지를 뒤덮었다. 시급히 군사를 거느리고 처음 온 길로 되돌아섰다.

이때 산 앞에서 군고 소리가 요란하더니, 1대의 군마가 뛰쳐나와서 앞길을 가로막았다. 선두에 서 있는 장수는 색초였다. 개산대부(開山大斧)를 휘두르며 말을 달려 덤벼들었다.

고태위의 옆에 있던 절도사 왕환이 달려나가 색초와 싸웠지만, 5합도 못 싸워서 색초는 말 머리를 돌려서 달아났다. 고태위가 군사를 거느리고 추격했는데, 산허리를 지나자 색초는 벌써 간 곳이 없었다.

그대로 쫓아가고 있을 때, 뒤에서 임충이 병사를 거느리고 덤벼들었다. 다시 6, 7리쯤 달아나자, 이번에는 양지가 병사를 거느리고 덤벼들었다. 또 8, 9리도 못 갔을 때, 주동이 병사를 거느리고 달려들었다.

이것은 군사 오용이 꾸며낸 추간지계(追赶之計)로서, 앞으로 나서서 가로막지 않고 어디까지나 배후에서 나타나서 공격하는 법이었다.

관군은 모조리 패하여 도주하기에 여념이 없었고, 누구를 돌볼 겨를이 있을 리 없었다. 이리하여 고태위는 쫓기고 쫓겨서 간신히 목숨만 건져 제주로 뺑소니를 쳤다.

간신히 성 안으로 들어섰을 때에는 벌써 삼경이 되었는데, 또 성 밖 진지에서 불길이 치밀어올랐다. 그리고 아우성 소리가 천지를 진동했다. 이것은 석수와 양웅이 5백 명의 병사를 여기저기에 매복시켜서 불을 지르게 하고 도주했기 때문이었다.

고태위는 혼비백산하여 각 방면으로 첩자를 내보냈다. 모두 퇴각했다는 보고를 받고 그제야 가까스로 마음을 놓고 군사를 점검해 보니 그 절반을 상실하고 말았다.

고태위가 좌불안석으로 시간을 보내고 있을 때, 멀리 나갔던 보초병이 달려와서 보고를 했다.

"칙사가 오셨습니다."

고태위는 즉각 보기병과 절도사를 거느리고 성 밖으로 나가 절도사를 영접하고, 그 자리에서 특사령의 조서가 내려왔다는 사실을 알게 되었다.

참모사 문환장과 인사를 마치고 함께 성 안에 있는 원

수부로 가서 대책을 협의했다. 고태위는 우선 조서의 사본 (寫本)을 자세히 읽어봤다. 특사령을 가로막아 버리려 해도 이미 두 번이나 싸움에 패했고, 징발한 선박을 무수히 불에 태워 버렸고, 그렇다고 해서 특사령을 그대로 전달하면 동경으로 돌아갈 면목이 없으니 어찌해야 좋을지 몰라서 며칠 동안 망설이기만 하고 있었다.

그런데 뜻밖에도, 제주 아문에는 왕근(王瑾)이란 노리(老吏)가 있었는데, 완심왕(剜心王)이란 별명을 들을 만큼 각박하고 잔인한 위인으로서 원수부에 파견되어 잡무를 보고 있었다.

고태위가 조서의 사본을 읽고 마음을 결정치 못하여 망설인다는 소식을 알고, 즉시 원수부로 들어가서 그럴 듯한 꾀를 부려서 계책을 제공했다.

"그 조서를 다시 한 번 자세히 보십시오. 거기에는 고태위님이 빠져 나가실 구멍을 미리 마련해 둔 거나 마찬가지인 내용이 들어 있습니다."

고태위는 두 눈이 휘둥그레졌다.

"빠져 나갈 구멍이라니, 그게 어디 있단 말인가?"

"조서에는 '송강·노준의 등 대소인중의 저지른 과오와 죄과를 제(除)하고 아울러 사면을 내린다'라고 되어 있는데, 이것을 '송강을 제거하고'에서 잘라 읽으시고, 그 다음 '노준의 등 대소인중이 저지른 과오와 죄과는 사면을 내린다'라고 두 가지로 갈라서 읽으신 다음 놈들을 성 안으로 유인해 들여서 먼저 송강부터 처치해 버리시고, 부하놈들을 뿔뿔이 흩어지게 해서 멀리 쫓아 버리시면 제 놈들도 대가리 없는 뱀처럼, 날개 없는 새처럼 꼼짝 못할 것입니다."

고태위는 크게 기뻐하여 즉시 왕근을 밀어서 원수부의 장리(長吏)로 임명하고, 문참모를 불러서 이런 이야기를 했다. 그랬더니 문환장이 말했다.

"칙사는 어디까지나 올바른 방법으로 일을 처리해야 합니다. 사람을 속이는 짓을 해서는 안 됩니다. 송강 수하에 지모에 뛰어난 사람이 있어서 이런 잔꾀를 간파해낸다면 도리어 대사를 망치게 될 것이니 심히 졸렬한 계획이라고 생각됩니다."

"천만에. 옛날부터 병서에도 궤도(詭道)란 것이 있다 했소. 정당하게만 일을 처리할 수는 없소."

"병(兵)은 궤도를 행하는 것이라 할지라도, 이번 일은 천자의 성지를 천하에 믿도록 해야 합니다. 그래서 옥음(玉音)이라고까지 하는 것을 맘대로 고칠 수는 없습니다. 나중에 알아내는 자가 있다면 성지까지도 믿지 않는 결과가 생길 뿐입니다."

"우선 눈앞에 닥친 급한 일부터 고비를 넘겨 놓고, 나중 일은 또 나중으로 미는 수밖에 없소."

고태위는 막무가내, 문환장의 충고를 받아들이지 않았다. 그리고 사람 하나를 양산박으로 보내 소식을 전달케 하고, 송강 이하 모든 호걸들은 제주성 아래로 나와서 천자의 조칙을 모시고 특사령의 은전을 받으라고 지시했다.

한편에서, 송강은 두 번째 고태위와의 싸움에 승리한 다음, 불에 탄 배는 부하들을 시켜서 운반해다가 불을 때는 데 쓰고, 다 타지 않은 배는 수채로 돌려보내서 관리하도록 했으며, 산 채로 붙잡은 병사들은 모조리 석방해서 돌려보냈다.

마침 그날, 송강이 충의당에서 여러 두령들과 이야기를 주고받고 있을 때, 부하 한 사람이 달려들더니,

"제주 아문에서 사신이 왔습니다. 이번에 조정에서 칙사를 보내 특사령을 내리시어 모든 사람의 죄과를 사면해 주시고 관에 나갈 수 있게 할 것이라 하니, 그 기쁨을 한시바삐 알려 드리려고 달려왔습니다."

하고 연락을 취했다.

송강은 그 말을 듣자, 너무나 뜻밖의 기쁨에 만면에 희색을 감추지 못했다.

즉시 그 사신을 당상으로 영접해 올렸다. 자세한 사연을 물었다. 그 사신이 말했다.

"조정에서는 조서를 내려 보내시어 특사의 은전을 베푸셨습니다. 고태위님께서는 소인을 사신으로 파견하시어, 여러 두령들께서 모두 함께 제주성 아래로 나오시어 조서 개독(開讀)의 의식에 참석하시도록 전달하라고 하셨습니다. 추호도 다른 뜻이 없사오니 절대로 의심치 마시기 바랍니다."

송강은 군사 오용을 불러서 상의한 끝에 즉시 은과 비단을 사신에게 선사해 주고 우선 제주로 돌려보냈다. 또 명령을 내려서 대소 두령들에게 한 사람도 빠지지 말고 조서의 개독을 들으러 가도록 하라고 전달했다. 그러자 노준의가 입을 열었다.

"형님! 일을 조급히 서두르시면 안 됩니다. 어쩌면, 고태위의 계교인지도 모릅니다. 형님은 가시지 않는 게 좋을 것 같습니다."

송강이 말했다.

"그렇게 의심만 하고 있으면 언제까지 있어도 정도(正道)로 돌아갈 수 없소. 어쨌든 한번 가보기로 합시다."

오용이 웃으면서 말했다.

"고구란 놈은 우리들에게 형편없이 혼이 나서 부들부들 떨고 있을 것이니, 제 아무리 계책이 있다 해도 어쩌지 못할 겁니다. 우리 여러 호걸 형제들이 죽 늘어서서 버티고 있는 마당이니, 아무것도 겁날 것이 없습니다. 송공명 형님도 산 아래로 내려가 보시도록 하십시다. 그렇게 하는 데는 우선 우리편에서 이규·번서·포욱·항충·이곤을 시켜 보병 1천 명을 거느리고 제주 동쪽 길에 매복해 있도록 하고, 또 호삼랑에게 고대수·손이랑·왕왜호·손신·장청을 딸려서 보병 1천 명을 거느리고 제주 서쪽 길에 숨어 있도록 하십시다. 이리하여 연주포 소리만 나면 곧 북문으로 습격해 들어가도록."

오용이 이렇게 배치를 마치자, 여러 두령들은 일제히 산 아래로 내려갔다. 수군의 두령들만이 남아서 산채를 지키고 있게 되었다.

고태위가 잔꾀를 부려 두령들을 산 아래로 유인해 갔기 때문에 제주성 아래는 항우(項羽)와 유방(劉邦)이 싸우던 구리산(九里山)처럼 어지럽게 되는데, 필경 양산박의 호걸들은 제주성을 어떻게 소란케 할 것인지?

80 술김에 씨름을 하다가

張順鑿漏海鰍船
宋江三敗高太尉

　고태위는 각로(各路)의 군사들에게 진지를 철수하고 성안으로 들어오라 명령하는 한편, 절도사들에게는 무장을 든든히 하고 성 안에 숨어 있게 하고, 친히 성벽 위에 올라가 송강 일행이 오기를 기다리고 있었다.

　한편, 송강은 먼저 장청에게 5백 명의 기마(騎馬) 척후병을 딸려서 제주성 근처를 돌아서 북쪽으로 가게 했고, 또 신행태보 대종을 도보로 보내 관군의 형편을 정찰시킨 다음 질서정연한 대열을 짜고 제주성 밑으로 당당히 밀고 들어갔다. 선두의 수령은 송강, 노준의, 오용, 공손승. 말 위에서 상반신을 굽혀 절을 했다.

　금고일성(金鼓一聲), 쌍방의 장수들은 말에서 내렸다.

　금고이성(金鼓二聲), 여러 장수들은 성벽 밑으로 가까이 다가섰다.

　금고삼성(金鼓三聲), 여러 장수들은 성벽 밑에서 두 손을 맞잡고 조서의 개독에 귀를 기울였다.

　고태위의 계책대로 칙사는 조서의 중간쯤을 읽어 내려가다가 '송강을 제거하고, 노준의 대소 인중(人衆)들의…' 운운했다. 오용이 벌써 그 의미를 알아차리고 화영에게 넌지시 눈짓을 했다.

"형님에겐 특사의 은전이 베풀어지지 않는다는데 우리만 항복하면 무슨 소용이냐!"

화영은 조서의 낭독이 끝나려는 찰나에 이렇게 소리를 지르고, 화살을 겨누어 조서를 읽는 칙사의 얼굴을 쏘았다. 그와 동시에 무수한 화살이 성벽 위로 날아들었다. 고태위는 대경실색하여 뺑소니를 쳤다.

성벽 근처는 삽시간에 수라장으로 변했다. 사면의 성문에서 몰려드는 관군. 일제히 말을 타고 달아나는 송강의 군사.

송강의 후군에서 포성과 함께 보병을 거느리고 달려드는 흑선풍 이규와 기병을 거느리고 쇄도하는 호삼랑.

복병이 있을까 두려워하여 추격을 단념했던 관군은, 달아나던 송강의 전군이 되돌아서서 삼면으로 공격을 가하자 일대 혼란을 일으키고 뺑소니를 쳤다. 송강의 군사도 관군을 더 쫓지 않고 양산박으로 철수했다.

조서를 낭독하던 칙사가 화살에 맞아 죽은 것을 알게 된 고태위는 즉각에 채태사, 동추밀, 양태위에게 밀서를 보내어 천자께 상주하여 대책을 강구하는 데 협력해 달라고 요청했다.

채태사는 그 밀서를 보자 곧 천자께 상주했고, 양태위는 어영사(御營司) 가운데서 두 사람의 맹장을 뽑아냈다. 한 사람은 좌의위친군지휘사(左義衛親軍指揮使) 호가장군(護駕將軍) 구악(丘岳)이었고, 또 한 사람은 우의위친군지휘사(右義衛親軍指揮使) 거기장군(車騎將軍) 주앙(周昻)이었다. 그들에게 용맹(龍猛), 호익(虎翼), 봉일(捧日), 충의(忠義) 등 사영(四營)에서 뽑아낸 정병 2천 명

을 각각 5백 명씩 나누어 주어서 고태위의 토벌군에 가담
케 하자는 것이었다.

양태위는 두 장수를 기용하자 즉각에 떠나도록 명령했
다. 두 장수는 채태사에게 가서 작별의 인사를 하고, 양태
위를 찾아가서,

"내일 출전하겠습니다!"
고 인사를 드렸다. 양태위는 다섯 필의 준마를 주어서 전
지에서 쓰도록 했고, 두 장수는 태위에게 사례한 다음 각
각 영으로 돌아와 출발할 준비를 했다.

이튿날 병사들은 말을 준비한 뒤 전원이 어영사 앞에서
대기하고 있었다.

구악과 주앙은 그들 병사를 4대(隊)로 나누었다.

용맹·호익 2영(營)의 병사 1천 명과 그밖의 1천여 기
(騎)는 구악이 지휘하기로 하고, 봉일·충의 2영의 병사
1천 명과 그밖의 2천여 기는 주앙이 지휘하기로 했다.

그밖에도 1천여 명의 보병이 있었는데, 역시 둘로 나누
어서 두 장수가 거느리기로 했다. 이리하여 구악과 주앙은
진패(辰牌—오전 일곱시경) 때쯤 해서 대열을 짠 뒤 성 밖
으로 나섰다. 양태위는 성문 위에서 친히 병사를 사열했
고, 구악·주앙 두 장수는 양태위와 여러 관원에게 작별의
인사를 하고 일로 제주를 향해 출발했다.

고태위는 제주에서 문참모와 원군을 기다리는 동안에
조선소를 만들어 놓고 전선(戰船)을 만들기에 여념이 없
었은데, 마침 제주성 안 여인숙에 묵고 있던 섭춘(葉春)이
란 자가 고태위에게 기발한 의견을 제공했다. 이 섭춘이란

자는 본래 솜씨 좋은 목수로서 특히 배를 만드는 데 묘기를 지니고 있었는데, 산동으로 가는 도중에 양산박을 지나다가 장사밑천을 다 털렸기 때문에 제주로 떠들어 온 자로서, 양산박에 대한 앙심을 먹고 고태위에게 배를 만드는 도면까지 가지고 와서 설득했다.

그의 말에 의하면, 보통 전선으로는 양산박의 수군과 싸우기 어려우니, 자기가 창안해낸 대해추선(大海鰍船)을 수백 척 만들어야만 승리할 수 있다는 것이었다.

대해추선은 수백 명을 태울 수 있는 대형 배로, 노루(弩樓)·화차[划車]·타루(垜樓) 따위의 특별 장치를 한 배이며, 소해추선은 백 명쯤 태울 수 있는 소형의 배인데, 양산박 골짜기를 뚫고 들어가서 복병을 무찌르는 데 더없는 효과를 거둘 수 있다는 것이었다.

고태위는 그가 만들어 온 도면을 보고 크게 기뻐하여 술이며 의복을 후히 대접하고, 즉시 그를 전선제조의 총책임자에 임명하는 한편 각지 주현에 명령하여 배를 만드는 데 필요한 일체의 목재를 바치라 하고, 기일을 어기면 군령에 의하여 사형에 처하겠다고 하였다. 각지에서는 장관의 엄격한 독촉에 못 이겨 도망하는 백성까지 속출했다.

또 상부의 명령을 거역할 수 없어서 각지에서 수부(水夫)와 병사들이 속속 제주성으로 집결했다.

고태위는 그들을 각 진지의 절도사들에게 분배하여 그 지휘를 받게 했다.

바로 이때, 파수병이 연락을 했다.

"조정에서 구악, 주앙 두 장군이 파견되어 왔습니다."

고태위는 절도사들을 성 밖에 내보내어 영접하도록 했

다.

두 장수가 원수부에 와서 태위에게 인사를 마치니 태위는 친히 술과 음식을 대접하여 위로해 주고, 사람을 보내어 다른 병사들까지 위로해 주었다.

두 장수는, 태위의 명령을 받들어 군사를 거느리고 나가서 양산박에 도전하고 싶다고 했다. 고태위가 말했다.

"두 분 장군은 잠시 몸을 쉬고 계시기 바라오. 해추선이 완성된 다음에, 그때야말로 수륙양로로 배와 기마를 나란히 몰아서 일격에 적군을 뿌리뽑아 버리도록 합시다."

구악과 주앙이 굽히지 않고 주장했다.

"소장들이 양산박의 적군을 상대로 하고 싸운다는 것은 아이들을 데리고 장난을 하는 것과 마찬가지입니다. 안심하시기 바랍니다. 개가를 드높이 부르며 돌아올 것은 확실한 일이니까요."

"두 분 장군이 그 말씀대로만 해주신다면, 천자께 상주하여 반드시 중직에 기용되도록 힘써 드리리다."

그날, 주연이 끝나자 두 장수는 원수부 앞에서 말을 타고 진지로 돌아와 병사를 주둔시켜 놓고 명령만 기다리고 있었다.

고태위가 전선을 만드느라고 여념이 없을 때, 송강 편에서는 제주성 밑을 떠들썩하게 해놓고 양산박으로 돌아오자 오용 이하 여러 두령들이 상의한 끝에 다음 사태에 대처할 결론을 내렸다.

즉, 두 번이나 내려온 특사령에 두 번 다 칙사를 부상입혀 놓았으니 이제야말로 대죄는 면할 길이 없고, 조정에서는 반드시 얼마 안 있어서 토벌군을 동원하리라는 것이었다.

즉시 부하를 산 아래로 내려보내 정세를 탐지하여 보고하라고 지시했다. 며칠이 못 되어서 그 부하가 상세한 형편을 탐지해 가지고 돌아와서 보고했다.

그러나 오용은 코웃음을 쳤다.

"걱정없습니다. 배를 만들기에만도 수십 일은 걸릴 것이니 아직도 4,50일의 여유는 있습니다. 그 전에 우리 편에서는 형제 서너 사람을 먼저 보내어 놈들의 조선소에 일대 소동을 일으켜 놓고 그 다음에 서서히 대결해 보기로 합시다."

송강이 크게 기뻐하며 시천과 단경주를 내보내기로 했더니 오용이 또 말했다.

"장청과 손신을 재목을 나르는 사람으로 변장시켜서 조선소로 뚫고 들어가게 하고, 고대수와 손이랑은 밥을 나르는 여자로 변장시켜서 다른 여자들과 같이 휩쓸려 들어가도록 해서 시천과 단경주를 거들어 주게 하고, 장청은 병사까지 거느리고 가서 실수가 없도록 하십시다."

마침내, 시천과 단경주는 1천여 명의 목수들이 들끓고 있는 고태위의 조선소 근처로 침투해 들어갔다. 그들은 장청·손신·고대수·손이랑 등이 조선소에 불을 지르기를 기다려서, 관군의 원군이 달려드는 틈을 타서 습격해 들어가기로 작정하고 인화약(引火藥)을 몸에 지니고 적당한 장소를 찾아서 숨어 있었다.

장청과 손신은 계획대로 조선소의 취사장으로 침투해 들어갔고, 손이랑과 고대수는 남루한 의복을 몸에 걸치고 각각 밥통을 들고 밥 나르는 여자들 틈에 끼여서 침투해 들어갔다.

날이 저물자 밝은 달이 떠올랐다. 목수들은 그때까지도 일을 다 끝내지 못하고 허둥지둥하고 있었다. 밤이 이경 때쯤 되어서 손신과 장청은 왼편 조선소에 불을 지르고, 손이랑과 고대수는 오른편 조선소에 불을 질렀다. 두 편에 서 불길이 치밀어오르니 초가집은 종이가 타듯이 순식간 에 없어지고 말았다. 인부와 목수들은 아우성을 치고 앞을 다투어 도망을 쳤다.

고태위는 잠을 자고 있다가,

"조선소에 불이 났습니다!"

하는 소리에 당황히 뛰어 일어나 관군을 풀어서 불을 끄 도록 했다. 구악, 주앙 두 장수는 각각 수하의 병사들을 거느리고 성 밖으로 불을 끄려고 달려갔다. 고태위도 불을 끄려고 병사를 거느리고 성벽으로 달려갔다.

이때, 서쪽 말초장에서 또 불길이 치밀어올랐다. 구·주 두장군이 그쪽으로 달려갔더니 군고 소리와 고함소리가 천지를 진동하고, 장청이 5백 기(騎)를 거느리고 그곳에 복병해 있다가 들고 일어났다.

"양산박의 호걸 전원이 이곳에 총동원되었다!"

장청이 이렇게 고함을 지르자, 구악은 격분하여 칼을 휘두르며 말을 달려 장청에게 덤벼들었다. 장청은 구악을 막으면서 1,2합 싸우는 체하다가 말 머리를 돌리고 뺑소 니를 쳤다. 구악은 공로를 세울 생각만 하고 장청을 추격 해 가다가, 마침내 장청의 돌팔매질에 얼굴 한복판을 보기 좋게 얻어맞고 말 위에서 거꾸로 굴러떨어졌다.

주앙이 그 광경을 보다가 장청에게 덤벼들었고, 아장 (牙將)들이 구악을 구출해 가지고 달아났다. 장청은 주앙과 몇 합 싸우는 체하다 또 말 머리를 돌려서 뺑소니를 쳤다. 주앙이 추격하지 않자 장청이 되돌아서려고 했을 때, 왕환(王煥) · 서경(徐京) · 양온(楊溫) · 이종길(李從吉) 등 사로군(四路軍)이 달려들었다. 장청은 기병 5백 명을 수습해 가지고 철수해 버렸다. 관군은 복병을 두려워하여 감히 추격하지 못하고 새벽녘까지 불만 끄느라고 정신이 없었다.

고태위는 사람을 보내 구악을 문병케 했다. 구악은 돌팔매에 얼굴을 맞아서 이가 넉 대나 부러졌고, 코와 입도 엉망진창이 되어 있었다. 고태위의 양산박에 대한 원한은 점점 더 골수에 사무쳤다. 조선소에 전력을 기울이는 한편, 절도사들에게 명령을 내려서 진지를 고수하게 하고 주야로 경계를 엄중히 하고 있었다.

장청, 손신 부부 네 사람은 기뻐서 어쩔 줄 모르며 단경주, 장청 두 사람과 함께 여섯 사람이 충의당으로 돌아가서 불을 지른 경위를 상세히 보고했다. 송강도 크게 기뻐하면서 여섯 사람을 위하여 주연을 베풀어 주었고, 그후에도 쉬지 않고 사람을 보내어 정세를 탐지하기를 게을리하지 않았다.

한편, 섭춘의 배가 완성되자 고태위는 친히 수군을 감독하고 전원을 배에 태워 가지고 맹렬한 훈련을 했다. 대소 해추선은 계속적으로 진수(進水)했다. 여기저기서 모집해 들인 수부(水夫)의 수효가 1만 명이 넘었다. 우선 그 절반을 배에 태워서 배를 조종하는 기술을 가르치고 나머지 절반은 노궁(弩弓) 쏘는 기술을 가르쳤다. 20여 일 만에 완전히 훈련을 끝내고 섭춘은 전선(戰船)의 사열을 청했다.

전선의 사열을 마친 고태위는 크게 만족하여 수신(水神)에게 제사까지 올렸다. 구악도 이때에는 얼굴의 상처가 완쾌되었다. 양산박에 대한 원한이 골수에 사무쳐서 무슨 일이 있어도 장청을 산 채로 잡겠다고, 구앙과 여러 절도사와 함께 고태위를 따라서 제사에 참석했다. 사흘 동안이나 풍악을 울리고 무희(舞姫)들을 모아 놓고 흥겨운 주연을 베풀었다.

고태위는 즉각에 성 안으로 돌아가서 군사의 편성을 협의했다. 육로로는 주앙과 왕환에게 대군을 주어서 수행하면서 원호하게 하고, 항원진·장개를 시켜서 기병 1만 명을 지휘하면서 곧장 양산박 산 앞에 있는 길을 막고 싸우게 했다.

그밖에 문참모, 구악, 서경, 매전, 왕문덕, 양온, 이종길, 왕근, 목수 섭춘, 그리고 여러 아장들은 모두 고태위를 따라서 배를 타고 진격하기로 했다.

문참모가 고태위에게 간했다.

"원수께서는 기마군을 지휘하시면서 육로로 나가시면 좋을 것 같습니다. 수로를 택하셨다가는 스스로 궁지에 빠지시기 쉽습니다."

그러나 고태위는 그 말을 듣지 않았다.

"걱정없소! 지난번에는 두 번 다 적당한 인물이 없었기 때문에 패전의 고배를 마시고 수많은 전선을 상실했지만, 이번에는 훌륭한 배도 많이 만들었고, 또 내가 친히 진두에 나서서 지휘를 할 것이니, 적군도 이번에야말로 우리를 만만히 보지 못할 것이오!"

문참모는 감히 그 이상 말을 못하고 어쩔 수 없이 고태위를 따라서 배 위에 올랐다.

고태위는 30척의 대해추선을 선봉인 구악·서경·매전에게 맡겨서 지휘시키면서, 50척의 소해추선을 길잡이로 앞장 세우고 양온·장근·목수 섭춘을 시켜서 지휘하도록 했다.

중군(中軍) 뱃속에는 문참모가 여가수(女歌手), 무희(舞姬)를 데리고 통솔을 책임지고 있었다. 맨 뒤의 배에는 왕문덕, 이종길이 타고 후군(後軍)의 통솔 책임을 지고 있었다.

11월 중순이었다. 기마군은 명령을 받고 먼저 진격을 개시했다. 수군의 선봉인 구악, 서경, 매전 세 사람은 선두의 배를 타고 앞장서서 달리며 구름을 날리고 안개를 일으킬 듯이 맹렬한 기세로 양산박으로 향했다.

송강과 오용은 자세한 내막을 잘 알고 있었다. 물샐틈 없는 준비를 해놓고 관군이 나타나기만을 고대하고 있었다.

세 사람의 선봉이 소해추선을 몰고 들어가서 강물 어귀를 막고, 대해추선이 그 가운데로 진격하여. 양산박 깊숙이 뚫고 들어갔다.

저편에서 배들이 떼를 지어서 나타났다. 어느 배에나 14,5명씩의 사람이 탔고, 모두 갑옷을 입었으며, 맨 가운데에는 두령이 한 사람 버티고 있었다. 선두에 나선 세 척의 배에는 똑같이 '양산박 원씨삼웅(梁山泊阮氏三雄)'이라는 깃발이 휘날리고 있었다.

관군의 선봉 세 사람이 즉각에 제일 앞장선 배에 명령하여 화포, 화창, 화전을 쏘라고 했다. 그러나 저편 배에서는 가까운 거리까지 오자마자 군사들이 고함을 지르고 모두 물속으로 뛰어들고 말았다.

구악은 빈 배 세 척만 얻어 가지고 또 전진했다.

3리쯤도 못 가서 앞으로 쾌선 세 척이 또 나타났다. 선두에 나선 배에는 10여 명이 타고 있었는데, 모두 얼룩덜룩 가지각색 물감을 몸에 칠했고, 머리를 풀어 흩뜨리고 휘파람을 불고 있었다.

양 옆에 있는 두 척의 배에는 6,7명이 타고 있는데, 역시 제멋대로 푸른 빛, 붉은 빛을 몸에 칠하고 잇었다.

맨 가운데에는 맹강, 왼편은 동위, 오른편은 동맹이었다.

이편에서는 선봉 구악이 화포를 쏴댔다. 그랬더니 저편에서는 또 고함을 지르고 모두 물속으로 뛰어 들어가 버렸다.

관군은 세 척의 빈 배를 더 얻어 가지고 여전히 전진을 계속했다.

3리 쯤도 채 못 가서 또 세 척의 중형(中型) 배가 나타났다.

수군 두령 이준, 장횡, 장순이라는 깃발이 한 배에 하나씩 휘날리고 있었다.

이편에서 활을 쏴대니, 저편 세 척의 호걸들 역시 물속으로 텀벙텀벙 거꾸로 박히며 빠져 버렸다.

때는 겨울이 다갈 무렵이었다. 관군의 배가 모집해 온 수병들은 도저히 물속에까지 뛰어들 정성은 없었다. 우물쭈물하고 있는 동안에 돌연 양산박 산꼭대기에서 호포 소리가 요란하게 울렸다. 갈대숲 속으로부터 1천 척도 더 되는 조그마한 배들이 몰려나와서 수면을 뒤덮었다. 한 척마다 4,5명씩 타고 있었다. 무엇이 감추어져 있는지는 알 도리가 없었다.

이렇게 되고 보니 아무리 특별 장치를 한 대해추선도, 소해추선도 뚫고 나갈 도리가 없게 되었다. 조그마한 배에서는 5,60명이나 되는 사람들이 관군의 선두에 서 있는 배 위로 개미떼같이 몰려들었다. 관군이 대경실색하여 후퇴하려는 순간, 갈대숲 속으로부터 돌연 금고 소리가 울려퍼졌다. 그와 동시에 관군의 전선 속에서는 일대 소동이 일어났다.

"배가 샌다!"

"물이 들어온다!"

장순이 거느리는 솜씨 좋은 수군 1대가 각각 끌을 들고 물속으로 헤엄쳐 다니면서 관군의 배 밑에다 모조리 구멍을 뚫어 놓았기 때문이었다.

고태위가 배꼬리 높직한 타루(舵樓)로 기어 올라가서 뒤따르는 배에게 구원을 청하고 있을 때, 누군가 물속에서 불쑥 솟아오르더니,

"태위님 제가 구해 드리겠습니다!"

하는 자가 있었다. 그 사나이는 다짜고짜로 덤벼들더니 고태위의 두건을 움켜잡고 또 한 손으로는 요대를 움켜잡아 가지고,

"이놈!"

하고 소리치며 고태위를 물속으로 거꾸로 박아 버렸다. 옆에서 두 척의 조그마한 배가 달려들더니 고태위를 배 위로 끌어올렸다. 이 사람이야말로 낭리백조 장순. 물속에서 사람을 잡는 것이 마치 자라 한 마리를 잡듯이 빠른 솜씨였다.

선두의 배를 타고 있던 구악은 양림의 일도에 거꾸러졌고 그것을 구출하려고 달려든 서경과 매전은 정천수와 설영, 이충, 조정과 맞닥뜨리게 되어서 서경은 붙잡혔고, 매전은 설영의 일창(一鎗)에 찔려 절명하고 말았다.

여덟 사람의 두령들이 수부(水夫)로 변장을 하고 있었으니, 뱃속에는 아직도 이운, 탕륭, 두흥 세 사람이 여유작작하게 버티고 있었다.

수로의 병사들이 이렇게 승리를 거두고 있는 한편, 육로를 맡은 노준의는 산 앞 가도(街道)로 달려가 관군의 선봉인 주앙, 왕환과 정면으로 충돌해서 싸웠다.

노준의는 창으로, 주앙은 대부(大斧)로 대결하기 20여 합, 승부를 가리지 못하고 있을 때 돌연 후군에서 아우성 소리가 들렸다.

이것은 양산박의 기마대군(騎馬大軍)이 숲속에 숨어 있다가 덤벼들었기 때문이었다. 동쪽으로부터 관승과 진명, 서북쪽으로부터 임충과 호연작이 덤벼드니 항원진과 장개는 막아낼 도리가 없어서 뺑소니를 쳐버렸고, 주앙·왕환도 결사적으로 제주성 안으로 도주하여 패잔병을 수습했다.

송강은 고태위를 산 채로 잡게 되자 시급히 대종을 시

켜서 병사들을 살해하지 말라는 명령을 내렸다. 중군의 대해추선을 타고 있던 문참모를 위시하여 붙잡힌 여가수, 무희들은 딴 배로 옮겨 태운 뒤 금고를 울리면서 대채로 호송했다.

송강, 오용, 공손승이 충의당에 모여 있을 때, 장청이 고태위를 끌고 나타났다. 송강은 물에 젖은 고태위에게 친히 비단옷을 갈아입히고 정중하게 인사를 했다.

이때 연거푸 여러 호걸들이 관군의 장수들을 호송해 가지고 나타났다.

동위·동맹은 서경을, 이준·장횡은 왕문덕을, 양웅·석수는 양온을, 원씨 삼형제는 이종길을, 정천수·설영·이충·조정은 매전을 호송해 오고, 양림은 구앙의 모가지를, 이운·탕릉·두흥은 섭춘·왕근의 모가지를 바쳤고, 해진·해보는 문참모와 여가수·무희들을 호송해 가지고 나타났다. 붙잡지 못하고 놓쳐 버린 것은 겨우 주앙·왕환·항원진·장개 네 사람뿐이었다.

송강은 잡혀 온 사람들에게 다 같이 옷을 갈아입혀 주고, 충의당에 불러서 나란히 앉히고 정중하게 대접하였고, 포로가 된 병사들은 모조리 석방시켜서 제주로 돌려 보냈다.

송강은 잡혀 온 사람들을 위하여 성대한 주연을 베풀고 이렇게 말했다.

"성은(聖恩)을 두 번씩이나 보람없이 하여 심히 죄송하오! 여러분께서 우리들의 입장을 깊이 헤아리시어 깊은 구렁텅이에 빠져 있는 우리들이 한시바삐 햇빛을 볼 수 있도록 해주시면 각골명심하고 그 은혜를 보답하겠소!"

고태위가 임충과 양지의 무시무시하게 부릅뜬 눈총을 받아 가면서 대답했다.

"걱정하실 것은 없습니다. 소인이 조정으로 돌아가게 되면 천자께 상주하여 여러분이 모두 특사령의 특전을 받으시고 조정의 녹을 받는 양민(良民)이 될 수 있도록 최선을 다하겠습니다."

고태위는 주흥이 도도해지자 불쑥 이런 말을 했다.

"소인은 젊었을 적부터 씨름을 배워서 씨름에 있어서는 천하무적이오!"

노준의도 술이 거나하게 취한 판이라 고태위가 천하무적이라는 것이 귀에 거슬려서 연청을 손으로 가리키며 말했다.

"내 아우도 씨름을 할 줄 아는데, 태산에서 세 번이나 경기대회에 나가 져본 일이 없는 천하무적이오!"

고태위는 다짜고짜로 일어서더니 옷을 벗어부치고 연청더러 씨름을 하자고 했다.

여러 호걸들은 송강이 그를 조정의 태위(太尉)로서 후대하는 것을 심히 마땅치 않게 생각하던 판이라, 이놈을 한 번 혼내 줄 수 있는 좋은 기회라고 연청을 충동시켜서 씨름을 하게 했다.

고태위가 연청의 상대가 될 까닭이 없었다. 연청은 단숨에 고태위를 움켜잡아서 한편으로 내동댕이쳐 버렸다. 송강과 노준의는 당황해서 고태위를 부축하여 일으켜 주었다. 고태위는 겁을 집어먹고도 어쩔 수 없이 다시 주석에 나가 앉아 밤이 깊도록 술을 마셨다.

이튿날도 역시 주연을 베풀고 고태위를 위로해 주었다.

그는 떠나가게 됐을 때 이렇게 말하였다.

"여러분을 위해서 특사령이 하루 바삐 내리도록 반드시 노력하겠습니다. 소인의 말을 못 믿으신다면 여러 장수를 인질로 남겨 두고 가겠습니다."

그러나 송강은 어디까지나 관대하고 점잖았다. 한 사람이라도 인질로 잡아 둘 필요가 없다면서 고태위의 말을 깨끗이 거절하고, 사흘째 되던 날 다시 작별의 술잔을 나누고 금·은·비단 등 예물도 후하게 주어서 떠나 보내기로 했다.

마지막 떠나갈 마당에 고태위는 또 장담을 하였다.

"그러시다면 믿을 만한 사람 한 분만 소인을 따라가게 해 주십시오. 소인이 그 사람을 천자께 배알시키고, 양산박 여러분의 형편을 상세히 상주케 하여 하루바삐 특사령의 조서가 내리도록 하겠습니다."

송강은 특사령을 기다리는 마음이 간절했기 때문에 곧 오용과 그밖의 여러 두령들과 상의한 끝에 성수서생 소양을 태위에게 딸려 보내기로 했다.

그러자 오용이 또 말했다.

"혼자 가기는 좀 허전할 터이니, 낙화를 딸려 보내 두 사람이 다녀오도록 하십시다."

고태위가 말했다.

"그처럼 소인의 뜻대로 두 분이나 맡겨 주셔서 동행케 해 주신다니 감격하여 마지않습니다. 그러면 약속하온 일을 어김없이 실천하겠다는 의미에서 소인은 문참모를 이곳에 남겨두고 가기로 하겠습니다."

송강은 크게 기뻐했다.

나흘째 되던 날, 송강은 오용과 더불어 20여 기(騎)의 부하를 거느리고, 고태위와 절도사들과 함께 산 아래까지 내려와 금사탄을 20리 앞둔 지점까지 전송해 주고 작별의 술잔을 나눈 다음, 산채로 되돌아와서 특사령의 문서가 내리기만 고대하고 있었다.

고태위 일행은 제주로 돌아갔는데, 벌써 연락을 전한 자가 있어서 제주에 있던 선봉인 왕환·항원진·장개와 태수 장숙야가 성 밖에까지 나와서 영접을 하였다.

고태위는 성 안으로 들어가 며칠 동안 몸을 쉬면서 병사를 수습했고, 절도사들에게는 각자 제 고장으로 돌아가서 몸을 휴양하면서 다음 명령을 기다리고 있으라 했다.

마침내 고태위는 주앙과 대소 아장, 그리고 낙화·소양을 거느리고 동경으로 떠나게 됐는데, 필경 고태위는 송강의 특사령에 관한 일을 어떻게 천자께 주선할 작정인지?

옮긴이 약력

중국 남양대학에서 수업.
경향신문 문화부장 및 편집부국장 역임.

저서
단편집 : ≪결혼패전≫ ≪날아다니는 코끼리≫ ≪인형의 도시≫ 등 다수
단편소설 : ≪태양은 누구를 위하여≫

역서 : ≪삼국지(전6권)≫ 서문문고 55~60

수호지(4) 〈서문문고 078〉

초판 발행 / 1973년 4월 20일
개정판 인쇄 / 2002년 9월 20일
개정판 발행 / 2002년 9월 25일
옮긴이 / 김 광 주
펴낸이 / 최 석 로
펴낸곳 / 서 문 당
주소 / 서울시 마포구 성산동 54-18호
전화 / 322—4916~8 팩스 / 322—9154
창업일자 / 1968. 12. 24
등록일자 / 2001. 1. 10
등록번호 / 제10-2093
SeoMoonDang Publishing Co. 2001

ISBN 89-7243-278-4 ※ 잘못된 책은 바꾸어 드립니다